미스터 하이든

미스터
하이드

Die Wahrheit und andere Lügen

사샤 아랑고 지음 │ **김진아** 옮김

Ｂ 북폴리오

카데에게 바칩니다.

이 세상의 끔찍한 일들은 사실 그 속을 들여다보면

힘없는 자들의 도와달라는 외침인 경우가 많다.

R.M. 릴케

1

내 이럴 줄 알았지. 잠깐 눈길을 주었을 뿐이지만 헨리는 그동안의 불길한 예감이 현실화되었음을 확인할 수 있었다. 애벌레처럼 몸을 웅크린 태아는 한쪽 눈으로 그를 째려보는 것만 같았다. 저 꼬리 옆으로 뻗어나온 촉수 같은 게 아기 발인가? 인생을 살면서 절대적 확신이 드는 순간은 그리 많지 않다. 그러나 그 순간 헨리의 머릿속에는 선명한 미래가 펼쳐졌다. 저 애벌레는 무럭무럭 자라 사람이 될 것이다. 원하는 것을 요구하고 권리를 주장하는 인간이 될 것이다. 주둥이를 나불대며 질문을 쏟아낼 것이고 언젠가는 인간이 되기 위해 알아야 할 모든 것을 습득할 것이다.

태아의 초음파 사진은 딱 엽서만 한 크기였다. 오른쪽 가장자리에는 흑백 스펙트럼이 있었고, 왼쪽에는 작은 글자들이, 위에는 날짜와 산모 이름, 의사 이름이 박혀 있었다. 사진이 가짜라는 증거는 어디에도 없었다.

운전석에 앉아 담배를 피우던 베티는 그의 눈에 눈물이 반짝이는 것을 보았다. 그가 기뻐서 우는 거라고 생각한 그녀는 그의 얼굴을 쓰다듬었다. 그러나 그는 아내 마르타를 생각하고 있었다. 왜 마르타는 그에게 아이를 낳아주지 않았을까? 그가 지금 왜 딴 여자 옆에 앉아 있어야 하냔 말이다.

그는 자신이 경멸스러웠다. 자신의 행동이 부끄러웠고 아내에게 너무 미안했다. 살다 보면 어떻게든 된다는 믿음으로 이제까지 살아왔지만 제멋대로 돼버리는 일도 있었다.

오후 시간이었다. 절벽 아래서는 철썩철썩 파도치는 소리가 단조롭게 반복되었고 바람은 풀을 뉘며 달려와 녹색 스바루의 유리창을 두드렸다. 자, 시동을 걸고 힘껏 액셀을 밟기만 하면 돼. 그러면 차는 절벽 아래로 나동그라질 것이고 5분 안에 모든 게 끝나는 거야. 셋이 함께 죽는 거야. 하지만 그러려면 먼저 자리에서 일어나 베티와 자리를 바꿔야 한다. 그건 너무 귀찮은 일이 아닌가.

"뭐라고 말 좀 해봐요."

뭐라고 말을 한단 말인가? 엎질러진 물이다. 그녀의 자궁 속 태아는 이미 꿈틀거리고 있는지도 모른다. 그가 지금껏 살면서 배운 게 있다면 하지 말아야 할 말은 그냥 마음속에 담아두어야 한다는 것이다.

베티는 헨리가 우는 것을 딱 한 번 보았다. 메사추세츠 스미스 대학에서 명예박사 학위를 받을 때였다. 그전에는 그가 운다는 것을 상상도 할 수 없었다. 한편 그때 맨 앞줄에 조용히 앉아 있던 헨리는 아내 마르타에 대해 생각하고 있었다.

베티는 조수석 쪽으로 몸을 돌려 그를 껴안았다. 두 사람은 그렇게 포옹한 채 가만히 서로의 숨소리를 듣고 있었다. 그러다 헨리가 느닷없이 조수석 문을 박차고 풀밭에 구토를 했다. 낮에 마르타와 함께 먹은 라자냐가 그대로 나왔다. 그건 마치 태아의 벌건 살덩어리로 만든 과일 콤포트 같았다. 그렇게 생각한 순간 헨리는 사레가 들렸고 금방이라도 숨이 넘어갈 듯 캑캑거리기 시작했다.

베티는 구두를 벗고 재빨리 내리더니 그를 차에서 끌어내려 뒤에서 안고 그의 가슴께를 힘껏 눌렀다. 그렇게 여러 번 반복하자 그의 콧구멍에서 라자냐가 뿜어져 나왔다. 순간적으로 일어난 일이었다. 베티가 그렇게 신속하게 올바른 응급조치를 취하다니 놀랄 노자였다. 두 사람은 그렇게 스바루를 배경으로 풀밭에 서 있었고 바람은 물거품을 실어와 눈처럼 뿌려댔다.

"어떻게 하면 좋겠어요?"

이런 질문에는 "자기야, 이런 식의 관계가 좋게 끝날 리 없잖아" 정도가 올바른 대답일 것이다. 하지만 그런 대답을 해버리면 나중에 감당하기가 힘들어진다. 그때 땅을 치고 후회한들 소용없다. 그런 대답은 관계에 변화를 가져오거나 관계 자체를 아예 없애버리게 된다. 그리고 누가 이런 신선놀음을 포기하고 싶겠는가!

"집에 가서 아내에게 다 말할게."

"정말?"

헨리는 놀란 베티의 얼굴을 보고 스스로도 흠칫 놀랐다. 빌어먹을, 그런 말을 하다니, 다 말하겠다고 하다니! 그럴 필요까진 없었는데…… 아, 오버했다.

"다 말하다니, 어떻게요?"

"그냥 다. 있는 그대로 말해야지. 더 이상 거짓말은 하지 않겠어."

"용서한다고 하면요?"

"설마 그러겠어?"

"아이는 어떡해요?"

"난 딸이었으면 좋겠어."

베티는 그를 와락 껴안더니 그에게 입을 맞추었다.

"역시! 사내대장부예요."

그렇다, 그는 사내대장부였다. 그는 이제 집으로 가서 모든 거짓을 걷어버리고 진실을 말할 것이다. 봐주는 거 없다, 추한 세부사항까지 다 까발리는 거다. 아니, 잠깐, 모든 걸 까발릴 필요는 없나? 하지만 꼭 해야 할 말은 할 것이다. 그러려면 생살을 째는 아픔이 있을 것이다. 눈물이 흐를 테고 누군가는 크게 상처를 받을 것이다. 그 자신도 예외가 아니다. 그것은 신뢰에 기반한 마르타와의 조화로운 관계가 끝나는 것을 의미했다. 하지만 해방을 의미하기도 했다. 그는 더 이상 찌질한 불륜남이 아니어도 된다. 더 이상 이렇게 수치스러워하지 않아도 된다. 그래, 해야 한다. 입에 쓰고 삼키기 힘들지라도 진실이 우선이다. 그다음엔 어떻게든 될 것이다.

그는 베티의 가느다란 허리를 팔로 감쌌다. 풀밭에 큼직한 돌덩이가 보였다. 묵직해 보이는 게 그만하면 사람에게 치명상을 입힐 수 있을 것 같았다. 허리를 굽혀 들어올리기만 하면 돼!

"자, 타지."

그는 스바루의 운전석에 앉아 시동을 걸었다. 그리고 절벽을 향해 돌진하는 대신 후진 기어를 넣고 차를 뒤로 뺐다. 나중에 크게 후회하게 될 행동이었다.

* * *

절벽에서 숲길로 구불구불 이어지는 오솔길은 소나무 숲에 가려 눈에 잘 띄지 않았다. 오솔길에 깔린 구멍 뚫린 시멘트 블록을 지나가자 숲가에 길게 늘어진 나뭇가지 뒤로 헨리의 차가 보였다. 베티는 차창을 열고 멘톨 담배에 불을 붙인 뒤 담배 연기를 길게 빨아들였다.

"자해 같은 거 하진 않겠죠?"

"그러지 않길 바라야지."

"어떻게 반응할까요? 나라고 얘기할 거예요?"

나라니 뭐가? 그는 하마터면 그렇게 물을 뻔했다.

"물어보면."

마르타는 물론 물어볼 것이다. 계획적으로 외도를 행한 상대에게 '왜, 언제부터, 누구랑?'이라고 묻는 건 인지상정이다. 파트너의 배신이란 우리가 반드시 풀고 싶은 수수께끼가 아니겠는가.

베티는 그의 허벅지에 손을 얹었다. 손가락 사이에는 불붙은 담배가 들려 있었다.

"자기야, 우린 조심했어요. 둘 다 아이를 원하지 않았잖아요."

헨리는 그 말에 백번, 아니 수천 번 공감했다. 그는 아이를 원하지 않았다. 특히 베티에게서 아이를 가질 생각은 없었다. 베티는 애인으로나 어울리지 어머니가 될 만한 여자는 아니었다. 너무 자기밖에 몰라 모성애적 아량이나 희생을 기대할 수 없었다. 만약 둘 사이에 아이가 생긴다면 그녀는 그를 마음대로 휘두를 권력을 갖게된다. 그녀는 그의 가면을 벗기고 막장 드라마 한 편이 나올 때까지 그를 괴롭힐 것이다. 그는 이미 오래전부터 정관수술을 받을 생각을 했다. 하지만 그때마다 알 수 없는 이유로 결정을 미뤄왔다. 아마 언젠가는 마르타가 그의 아이를 낳아줄지도 모른다는 희망때문이었으리라.

"그 아이가 우리에게 오고 싶었나보지."

그 말을 들은 베티가 말없이 웃었다. 입술이 가늘게 떨리고 있었다. 정확하게 감동을 발사하는 말투였던 것이다.

"내 생각엔 딸일 것 같아요."

그들은 차에서 내려 다시 자리를 바꿨다. 베티는 운전석에 앉아 구두를 신더니 기계적으로 페달을 밟고 기어를 넣었다.

기뻐하지 않는군. 베티는 속으로 생각했다. 하지만 방금 자신의 인생을 바꾸겠다고, 아내를 버리겠다고 다짐한 남자에게 기뻐하라고 하는 건 무리겠지. 수년간 그의 애인으로 살아왔지만 베티는 그에 대해 아는 것이 없었다. 하지만 그가 가정적인 남자가 아니라는 것 하나만큼은 확실했다.

그렇게 오래 기다리진 못할 거야. 헨리는 속으로 생각했다. 베티는 그가 모든 것을 포기할 때까지 기다리지 못할 것이다. 사실 그는 이 평화롭고 편안한 삶을 가장 역할과 바꿀 생각이 전혀 없었다. 그는 가장이 될 만한 사람이 아니었다. 마르타에게 고해성사를 하고 나면 새로운 정체성을 만들어내야 한다. 새로운 헨리를 만들어내는 일은 번거롭고 고될 것이다. 다른 헨리, 오직 베티만을 위한 헨리. 으, 생각만으로도 머리가 아팠다.

"내가 해줄 일이 있으면 말해요."

헨리는 고개를 끄덕였다.

"담배 좀 끊어."

베티는 담배 연기를 쭉 빨아들이더니 꽁초를 휙 던졌다.

"힘들어지겠죠?"

"맞아, 힘들어질 거야. 다 끝나면 전화할게."

베티는 주행기어를 넣다 말고 그를 쳐다보았다.

"원고는 어디까지 됐어요?"

"많이 안 남았어."

그는 허리를 숙여 열린 문 안을 들여다보았다.

"우리 얘기 누구한테 한 적 없지?"

"네, 전혀 없어요."

"애는 내 애가 맞는 거지? 그러니까 진짜 애가 생겼고 조금 있으면 나온다는 거지?"

"네, 당신 아이 맞아요. 곧 세상에 나올 거고요."

그녀는 키스를 하려고 살짝 벌어진 입을 내밀었다. 그는 거부감
이 일었지만 꾹 참고 그녀 쪽으로 몸을 낮추었다. 그녀의 혀가 홈
이 없는 커다란 나사처럼 그의 입속으로 파고들었다. 그가 차문을
닫자 차는 국도 방향으로 숲길을 따라 내려갔다. 그는 차가 보이지
않을 때까지 바라보고 서 있다가 불이 꺼지지 않은 채 풀밭 위에서
타고 있는 긴 담배꽁초를 발견하고는 발로 밟아서 껐다. 그는 그녀
의 말을 믿었다. 베티는 그런 거짓말을 지어낼 만한 여자가 아니었
다. 그러기엔 상상력이 너무 부족했다. 그녀는 젊고 싱그러웠다. 마
르타에 비하면 여성적 매력도 흘러넘쳤다. 베티는 아름다운 여자
였다. 하지만 그리 머리가 좋은 편은 아니었다. 대신 엄청나게 현실
적이었다. 그런 여자가 그의 아이를 가진 것이다. 친자확인 같은 건
필요 없었다.

베티의 건조한 실용주의는 처음 만난 날부터 그에게 깊은 인상
을 남겼다. 그녀는 마음에 드는 것이 있으면 그냥 가졌다. 녹색 눈
에 금발 곱슬머리, 날씬한 발, 위트도 있었고 동그란 젖가슴 위에는
귀여운 주근깨가 있었다. 처음 만난 날 그녀는 멸종 위기에 처한 동
물 사진이 박힌 원피스를 입고 있었다.

두 사람의 불륜관계는 처음 만난 순간부터 시작됐다. 그는 그녀

에게 잘 보이려고 노력하지 않았다. 단점을 숨기거나 구애할 필요도 없었다. 그녀는 그를 천재로 생각했으니까. 그녀는 그가 유부남이라는 사실, 아이를 원하지 않는다는 사실에 전혀 개의치 않았다. 오히려 반대였다. 모든 게 시간문제였다. 그녀는 오랫동안 그런 남자를 기다려왔다고 제 입으로 말했다. 쪼잔한 남자들은 널려 있지만 스케일이 큰 남자가 없다는 게 그녀의 주장이었다. 그 스케일이 구체적으로 뭘 뜻하는지는 알 수 없었다.

현재 모리아니 출판사의 편집장인 베티는 실습생으로 일을 시작했다. 그때 이미 국문과를 졸업한 상태였기 때문에 자신의 능력에 미치지 못하는 자리라고 생각했지만 다른 기회가 없었다. 전공수업에 영 재미를 붙이지 못했던 베티는 부모님이 하라는 대로 법학과에 가지 않은 걸 후회했다. 출판사에서는 과분한 학력에도 불구하고 좀처럼 승진 기회가 생기지 않았다. 그녀는 점심시간이면 편집자들 방에 몰래 들어가 원고를 훔쳐보곤 했다. 책상 위에는 자진해서 보내온 원고가 읽지 않은 채 산더미처럼 쌓여 있었다. 그날도 회사 식당에 가져가서 읽으려고 편집자 책상의 원고 더미에서 하나를 집어 들었는데, 하필 그게 헨리의 타자 원고였다. 당시 돈에 쪼들렸던 헨리는 우편료를 아끼려고 등기가 아닌 일반우편으로 원고를 부쳤다.

베티는 음식접시를 아예 한쪽으로 밀어놓고 원고 읽는 데 집중했다. 그러다 30페이지쯤에 이르렀을 때 급히 사장실이 있는 4층으로 뛰어올라갔다. 그리고 낮잠을 자고 있던 회사 창업주이자 출판사 대표인 클라우스 모리아니를 깨웠다. 그로부터 네 시간 뒤 모리아니는 손수 헨리에게 전화를 걸었다.

"안녕하십니까, 클라우스 모리아니라고 합니다."

"네? 정말이요?"

"대단한 작품을 쓰셨습니다. 정말 대단해요. 저작권은 파셨나요?"

그럴 리가 있나. 헨리의 처녀작 『프랭크 엘리스』는 전 세계적으로 천만 부가 팔려나갔다. 흔히 말하듯 폭발적 힘을 지닌 강력한 소설이었다. 자폐증을 앓던 소년이 경찰관이 되어 누이를 죽인 범인을 찾으러 다니는 내용인데, 처음 찍은 10만 부는 겨우 한 달 새 다 팔려버렸다. 팔리기만 한 게 아니라 분명 읽히기도 했을 것이다. 파산 위기에 놓여 있던 모리아니 출판사는 그 돈으로 고비를 넘길 수 있었다. 그로부터 8년이 지난 지금 헨리는 자신의 책이 20가지 언어로 번역되어 팔리는 세계적인 베스트셀러 작가이자 수많은 문학상의 수상자가 됐다. 그 밖에도 열거하기 힘들 정도로 많은 타이틀을 가지고 있다. 그동안 모리아니 출판사에서 펴낸 베스트셀러가 다섯 권인데 모두 영화화되었고 연극무대에도 올려졌다. 『프랭크 엘리스』는 학교 교과서에도 실렸으니 거의 고전의 반열에 올랐다고 봐야 할 것이다. 그리고 헨리는 여전히 마르타와 함께 살고 있었다.

헨리가 그 소설 중 단 한 문장도 쓰지 않았다는 사실을 아는 사람은 그 자신과 마르타뿐이었다.

2

가끔씩 헨리는 마르타를 만나지 않았다면 어떻게 됐을까 생각해 보았다. 매번 내리는 결론은 똑같았다. 그냥 그렇게 계속 밑바닥 인생을 살았을 것이다. 지금처럼 유명해지지도 않았을 것이고 풍족하고 여유로운 삶을 누리지도 못했을 것이다. 이탈리아산 스포츠카는 엄두도 못 냈을 것이고 그의 이름을 아는 사람도 없었을 것이다. 그거 하나는 확실했다. 그는 투명인간처럼 살았을 것이다. 그것도 기술이라면 기술이다.

악조건 속에서 삶의 역경을 헤쳐나가는 것은 물론 흥미로운 일이다. 없어봐야 안다고 돈이 넘치면 돈의 가치를 모르는 법. 다 옳은 말이다. 하지만 부유하고 화려한 삶을 살기 위해서라면 지루함과 무기력증 정도는 감수해야 하지 않을까? 아무리 그래도 배고픔, 고통, 돈이 없어 치료하지 못하는 충치보다는 낫지 않은가 말이다. 행복하기 위해서 꼭 유명해져야 할 필요는 없다. 특히 요즘에는 유명인이면 곧 훌륭한 사람인 것처럼 과대평가하는 경향이 있기도 하지만 헨리는 칙칙한 무명인의 세계에서 화사한 유명인의 영역으로 진출한 뒤로 삶이 전과 비교할 수 없이 편안해졌다는 것을 부인할 수 없었고, 몇 년 전부터는 이 상태를 유지하는 데만 힘쓰고 있었다. 사실상 그에게는 더 이상 올라갈 곳도 없었다. 좀 속물적일지 몰라도 이 문제에 있어서 그는 철저한 현실주의자였다.

『프랭크 엘리스』 원고는 그에게 있어 인생 최고의 '득템'이었다. 원고는 빵 구울 때 쓰는 기름종이로 돌돌 말린 채 낯선 방 침대 밑에서 발견됐다.

그는 숙취로 깨질 듯한 머리를 부여잡고 왼쪽 양말을 찾고 있었다. 여느 때와 같이 낯선 집에서 하루를 보낸 뒤 조용히 사라지려는 찰나였다. 침대 옆자리에 누워 있던 여자는 전날 처음 본 여자였고 통성명을 할 생각 같은 것도 없었다. 발과 골반에서부터 이어지는 여성스러운 굴곡과 가느다란 밤색 머리카락이 보였다. 더 자세히 보고 싶은 생각도 없었다. 난로는 차디차게 식어버렸고 방은 어두컴컴했고 공기 중에서는 먼지 냄새와 숙취 냄새가 났다. 그곳에 더 머물 이유가 없었다.

헨리는 타는 듯한 갈증을 느꼈다. 전날 특별히 술을 많이 마신 탓이었다. 그날은 그의 서른일곱 번째 생일이었다. 축하해주는 사람은 아무도 없었다. 물론 생일인지 아는 사람도 없었다. 누가 어떻게 알겠는가? 부모는 오래전에 세상을 떴고 떠돌이에게 주기적으로 만나는 친구도 있을 리 없었다.

그에게는 저녁에 돌아갈 집도 월급이 나올 직장도 없었다. 앞으로 어떻게 살아야 할지에 대한 고민도 없었다. 그런 게 왜 필요하단 말인가? 미래는 불확실한 것이다. 미래를 안다고 말하는 사람은 거짓말쟁이다. 과거란 지난 일들에 대한 기억이다. 즉 머릿속에서 만들어낸 것일 뿐이다. 확실한 것은 현재다. 현재만이 자아를 펼칠 수 있는 공간을 마련해준다. 그리고 바로 사라진다. 헨리를 괴롭히는 것은 불확실한 것이 아니라 확정된 것이었다. 미래에 무슨 일이 생길지 상상하는 것은 마치 구덩이 위에서 흔들거리는 추를 보는 것과 같았다. 회한, 죽음, 부패하여 썩어 문드러지는 일 말고 무엇이 더 있겠는가? 그는 이러한 현실적인 가치관에 의거해 살았다. 그리고 자신의 인생을 사후 역사학자들에 의해 평가되어야 할 하나의 종합적 과정으로 보았다. 그러나 아무것도 남기지 않은 사람의 삶을 어떻게 평가할 수 있겠는가? 즉 그는 두려울 것이 없었다.

마르타의 원고는 '침묵은 인간의 본성에 반하는 것이다'라는 말로 시작되었다. 그렇지! 헨리는 속으로 무릎을 탁 쳤다. 단순명료한 게 그가 써도 딱 그렇게 썼을 것 같았다. 그는 다음 문장을 읽었고 계속해서 종이를 넘겼다. 왼쪽 양말은 잊은 지 오래였다. 다른 때 같았으면 음식을 사먹을 요량으로 아무렇게나 던져둔 푼돈이나 그 밖에 돈 될 만한 것을 찾아 두리번거리다가 진즉에 그 집을 빠져나갔을 것이다.

헨리는 첫 문단을 읽었을 뿐인데도 원고 속 이야기가 자신의 이야기와 비슷하다는 느낌을 받았다. 그는 옆에서 쌔근쌔근 숨소리를 내며 잠든 여자가 깨지 않도록 최대한 조용히 종이를 넘기며 한 번도 쉬지 않고 끝까지 원고를 읽었다. 작은 글씨로 빽빽하게 채워진 종이에는 고친 흔적이 전혀 없었고 그가 아는 한 오타나 틀린 문장부호도 없었다. 그는 가끔 읽기를 멈추고 옆에 누워 있는 여자의 얼굴을 물끄러미 바라보았다. 전에 그녀를 만난 적이 있던가? 그녀를 만나 자신의 얘기를 들려주고 잊어버린 걸까? 이름이 뭐라고 했지? 이름을 말하긴 했던가? 그녀는 말이 많은 편이 아니었다. 작고 가냘픈 체구에 눈에 띄지 않는 수더분한 인상이었다. 긴 속눈썹이 잠든 그녀의 얼굴 위에 그림자를 드리우고 있었다.

* * *

이른 오후 마르타가 잠에서 깼을 때 헨리는 이미, 난로를 피우고 별 이유 없이 물이 새던 수도꼭지를 고쳐놓고 비뚜름하게 걸려 있던 샤워커튼을 고쳐 달고 부엌 청소를 하고 달걀프라이를 다 만든 뒤였다. 식탁 위에 놓여 있던 타자기에 기름을 치고 삐걱거리던 타자기 바도 똑바로 펴놓았다. 마르타의 원고는 원래대로 빵 굽는 종이에 돌돌 말아 침대 밑에 두었다. 마르타는 식탁에 앉더니 달걀프라이를 맛있게 먹었다.

그는 그녀에게 함께 살자고 제안했고 그녀는 아무 말도 하지 않았다. 그는 그것을 오케이 사인으로 받아들였다.

그들은 하루 종일 함께 지냈다. 그녀는 그가 전날 밤 취해서 자신을 아무짝에도 쓸모없는 놈이라고 했다고 말해주었다. 그는 그 말이 사실임을 시인했지만 전날 일이 기억나지는 않았다.

오후에는 식물원에 가서 아이스크림을 먹으며 산책을 했다. 그는 그녀에게 지금까지 살아온 이야기를 들려주었다. 그에게 있어 유년기의 끝을 의미하는 그날, 어머니가 사라지고 아버지가 계단에서 떨어진 날에 대해 이야기했지만 숨어 산 일은 입에 올리지 않았다.

마르타는 한 번도 끊지 않고 조용히 그의 이야기를 들었다. 그의 팔을 꼭 붙잡고 열대온실을 걸었고 나중에는 살며시 그의 어깨에 머리를 기댔다. 헨리는 남에게 자신의 이야기를 그렇게 많이 한 적이 없었다. 그리고 그가 말한 것은 대부분 사실이었다. 말해야 할 것은 다 말했고 꾸미거나 지어낸 것도 없었다. 그들은 행복한 오후 시간을 보냈다. 그 이후로도 이어질 평화로운 날들의 시작이었다.

두 사람은 그날 밤에도 난로 근처에 놓인 마르타의 침대에서 함께 잤다. 그는 술에 취하지 않은 상태로 거의 수줍어하면서 조심스럽고 부드럽게 그녀를 만졌다. 그녀는 말이 없었지만 호흡은 빠르고 거칠었다. 그가 잠들고 난 후 그녀는 자리에서 일어나 타자기 앞에 앉았다. 헨리는 타자치는 소리에 잠이 깼다. 타자기 소리는 규칙적인 간격으로 반복되다가 잠시 멈추었다가 탁 하는 소리와 함께 끝났다. 그리고 띵 하고 줄 바뀌는 소리가 났고 다시 탁탁탁탁 소리가 났다. 그렇게 줄이 바뀌고 문장이 바뀌었다. 한 장을 다 치고 종이를 뺄 때면 쉬익 하고 높은 소리가 났고 새 종이로 갈아 끼울 때면 쉭쉭 하는 짧은 소리가 났다. 문학은 저렇게 만들어지는 거구나, 그는 속으로 생각했다. 그렇게 밤새도록 타자기 소리가 이어졌다.

헨리가 그다음으로 고친 것은 침대였다. 그러고 나서 타자기 밑에 깔 고무판을 구해왔다. 식탁 의자도 새로 두 개 구하고 전기세를 아끼려고 전기계량기에 구멍을 뚫었다. 그렇게 차례차례 일을 해 나가면서 그는 돈 없이도 집을 꾸미는 일이 가능하다는 사실, 그 일에 자신이 얼마나 재능이 있는지 알게 되었다.

그는 집 안을 쓸고 닦고 가꾸었다. 마르타는 그가 살림하는 모습을 바라볼 뿐 별말이 없었다. 다른 일에 있어서도 마찬가지였다. 헨리는 그것이 마냥 신기하기만 했다. 말이 없다고 해서 의견이 없거나 무관심한 것도 아니었다. 그의 행동에 딱히 트집 잡을 것이 없을 뿐 그녀는 모든 것에 만족하고 있었다. 마치 처음부터 그렇게 될 줄 알았다는 듯한 태도였다.

어느 날 헨리는 마르타가 원고를 전혀 읽지 않는다는 사실을 깨달았다. 그녀는 원고에 대해 말하는 법도 없었고 자신의 작품을 자랑스러워하지도 않았다. 그저 작업 중이던 원고가 끝나면 바로 다음 이야기를 쓰기 시작했다. 가을이 되어 잎을 모두 떨어뜨리는 나무 같다고나 할까? 작업을 하면서 다음 이야기를 생각하는지 작업과 다음 작업 사이에 생산적 휴식 같은 것도 없었다. 그녀가 무슨 돈으로 생활비를 조달하는지는 헨리에게 오랫동안 수수께끼였다.

대학공부를 했다고는 하는데 전공이 뭔지는 말하지 않았다. 아마도 저축해놓은 돈이 있을 거라 생각했는데 은행에 가는 일도 거의 없었다. 먹을 것이 없으면 그냥 굶었다. 오후에는 항상 수영을 하러 갔다. 한번은 헨리가 몰래 뒤따라간 적이 있는데 정말 수영만 하고 돌아왔다.

헨리는 지하창고에서 원고가 가득 든 여행가방을 발견했다. 아이 시체라도 숨기듯 급히 구겨 넣은 원고들은 물에 젖어 곰팡이가 잔뜩 끼어 있었고 쥐똥이 그득했다. 글씨는 읽을 수 있었지만 종이는 한 덩어리가 되어 떨어지지 않았다. 돌이킬 수 없는 이야기들이었다. 만약 헨리가 챙기지 않았다면 『프랭크 엘리스』도 조용히 썩어가다가 어느 추운 날 난로 속에 던져져 잠시 온기를 주고 사라지는 신세가 됐으리라. 『프랭크 엘리스』가 살아남은 건 순전히 헨리의 공이었다. 창조자는 아닐망정 구조자이기는 했던 것이다. 헨리도 나중에 그렇게 자신의 양심을 다독였다. 그것만 해도 어디인가.

"문학에는 관심 없어. 난 그냥 글 쓰는 게 좋아."

마르타는 어느 날 그렇게 자신의 생각을 말했다. 헨리는 나중을 위해 그 말을 기억해두었다. 거의 밀폐에 가까운 경험세계를 가진 마르타가 어떻게 그런 다채로운 인물들을 묘사해내는지 헨리에겐 풀리지 않는 수수께끼였다. 여행 경험이 별로 없는데도 그녀는 세상을 다 아는 것 같았다. 그는 그녀를 위해 요리를 했고 그들은 함께 대화를 나누거나 침묵하거나 잠을 잤다. 그녀는 밤에 일어나 원고를 썼고 그는 점심때가 되면 음식을 준비했다. 식사를 마친 뒤에는 그녀가 밤새 쓴 원고를 읽었다. 그는 원고 한 장 한 장을 소중히 챙겨두었다. 그녀는 원고가 어디로 갔는지 묻는 법이 없었다. 그렇게 그들 사이에는 조용히 그리고 자연스럽게 사랑이 싹텄다. 그들은 함께여서 좋았고 그런 생활은 두 사람 모두에게 도움이 됐다. 헨리는 이것이야말로 최적의 삶이라고 생각했다. 그가 그 평화를 깨지만 않으면 될 일이었다.

헨리는 전화번호부에서 출판사 주소를 네 개 찾아내 자신의 이름으로 『프랭크 엘리스』 원고를 부쳤다. 원고를 쓴 사람이 누군지 절대 발설하지 않겠다고 마르타에게 거듭 다짐한 뒤였다. 그 비밀은 평생 지켜야 하며, 출판된다면 헨리의 이름으로 책을 내야 한다는 게 마르타의 조건이었다. 헨리는 조건을 수락했고 약속을 지키겠노라고 맹세했다. 그리고 자신의 방식대로 약속을 지켰다.

* * *

오랫동안 답변이 오지 않았기 때문에 헨리는 자신이 원고를 부쳤다는 사실조차 잊어버렸다. 그리고 그렇게 요청 없이 보낸 원고가 채택될 가능성이 얼마나 낮은지 알았더라면 우편료에 괜히 돈을 낭비하지 않았을 것이다. 그러나 모르는 게 득이 될 때가 있는 법.

그동안 그는 청과시장에 나가 일을 했다. 새벽 2시에 나가 일을 하고 정오쯤 되면 채소 냄새를 풍기며 돌아와 마르타에게 줄 음식을 만들었다.

마르타는 부모님에게 헨리를 소개시켰다. 아주 오랫동안 망설이다가 내린 결정이었는데, 마르타의 아버지를 보니 왜 그랬는지 알 것 같았다. 처음 인사하러 간 날 명예퇴직 소방관인 그는 벨벳 소파에 앉아 눈에 활활 타오르는 적개심을 담은 채 헨리를 삐딱하게 노려보았다. 류머티즘 때문에 온몸의 관절이 좋지 않았고 이미 엄지손가락은 못 쓰게 된 상태였다. 슈퍼마켓 계산원인 어머니는 밝고 따뜻한 심성의 소유자로 누구나 바라는 다정다감한 어머니였다.

그들은 커다란 소파 세트가 점령하고 있는 거실에서 카르다몸(중동지방의 향신료_역주)을 넣은 커피를 마시고 별 의미 없는 대화를 나누었다. 장식대 위에는 새장이 하나 있었는데, 노란 새 한 마리가 금방이라도 죽을 것처럼 축 늘어져 있었다. 마르타의 아버지는 장식장에 조명을 달고 옛날 소방관 헬멧들을 전시해두었는데, 그것은 그의 커다란 자랑거리였다. 그는 헨리에게 헬멧의 연대, 기원, 기능을 하나하나 설명하며 헨리가 지루한 표정을 짓거나 몰래 하품을 하지는 않는지 매서운 눈초리로 살폈다. 그러나 헨리는 나 죽었소 하는 심정으로 그 모든 과정을 견뎠을 뿐 아니라 자발적으로 질문을 하는 적극성을 보이기도 했다.

추운 겨울이 왔다. 헨리는 현관문을 새 문으로 바꿔 달고 창문 틈새를 막고 따뜻한 전기담요 두 개를 구해왔다. 문은 재활용 목재 컨테이너에서 봐두었다가 눈이 많이 오는 날 컨테이너 위로 올라가 그 무거운 문을 끄집어내 개미처럼 어깨에 들쳐 메고 돌아왔다. 대패질로 겉면을 조금씩 밀어내고 아랫부분에 나뭇조각을 대자 문틀에 잘 맞았다. 새 문 덕분에 이제 찬바람이 들어오지 않았다. 마르타는 깊이 감동받은 눈치였다. 뭐든 뚝딱뚝딱 만들어내는 헨리의 목공 실력은 전에도 여자들에게 에로틱한 인상으로 어필하곤 했다. 목공 일이든 뭐든 취미생활은 지루함이나 나쁜 생각이 들지 않게 해준다. 지루함은 악의 근원 아닌가. 헨리가 목공일이나 수리를 하는 것은 꼭 누구에게 잘 보이고 싶어서가 아니라 그저 그 일이 좋아서였다. 뭔가 고치는 게 재미있었고 딱히 다른 할 일이 없어서이기도 했다.

다음 해 봄 헨리는 장인을 죽였다. 빈 소방대의 소방 헬멧을 장인에게 선물했는데, 참고로 빈 소방대는 역사상 가장 오래된 직업소방대다. 늙은 소방 헬멧 수집가는 너무 기쁘고 놀란 나머지 동맥류가 터지면서 즉사하고 말았다. 전혀 예상하지 못하고 의도하지도 않은 상태에서 고도의 전문적 방법으로 완벽하게 폭군 살해에 성공한 셈이었다. 그래서인지 양심의 가책도 느껴지지 않았다. 사실 머릿속에 도사리고 있던 동맥류는 변기에 앉아 힘을 주다가도 터질 수 있었다. 그리고 폭군이 사라진 것을 모두 좋아해 아무도 헨리를 나쁘게 생각하지 않았다.

소방 헬멧은 전부 죽은 소방대원과 함께 땅에 묻혔고, 마르타의 어머니는 얼굴이 폈다. 그녀는 노란 새를 다른 사람에게 줘버리고 반년 뒤 알게 된 미국인 기업가와 함께 위스콘신으로 이민을 갔다. 그녀는 그곳에서 번개에 맞았고, 그 뒤로는 왼손으로 쓴 긴 편지를 통해 새로운 삶을 살고 있는 자신의 소식을 전했다.

그러던 중 모리아니에게서 전화가 왔다. 헨리는 자전거를 타고 출판사로 갔다. 만약 그 일이 어떤 큰 파장을 불러올지 알았더라면 그곳에 가지 않았으리라.

* * *

로비에 들어서니 베티가 그를 기다리고 있었다. 그들은 함께 엘리베이터를 타고 7층으로 올라갔다. 베티의 은방울꽃 향수 냄새가 엘리베이터 안에 퍼졌고 헨리는 그녀의 귓불에 뚫린 작은 구멍과 목에 난 북두칠성 모양의 귀여운 주근깨를 발견했다. 그는 베티가 그의 유전자 염기서열을 분석하는 것을 몸으로 느낄 수 있었다. 그 시간은 너무도 짧았다. 그들 사이의 관계는 그렇게 해서 가닥이 잡혔다.

사장실에 들어서니 책상 앞에 앉아 있던 모리아니가 얼른 나와 헨리의 두 손을 덥석 잡았다. 마치 고향친구를 다시 만난 듯했다. 딱 봐도 출판업자의 것으로 보이는 책상 위에는 책과 원고가 높이 쌓여 있었다. 그리고 맨 위에 『프랭크 엘리스』가 놓여 있었다. 헨리가 상상한 출판사의 모습 그대로였다.

헨리는 자신이 저자라고 밝힘으로써 마르타와의 약속을 지켰다. 알고 보니 그건 전혀 어려운 일이 아니었다. 작가임을 증명하기 위해 뭔가 특별히 설명하거나 증빙자료를 제출할 필요도 없었다. 작가라는 건 원래 글 쓰는 것 외에 특별히 할 줄 아는 게 없어도 된다. 글 쓰는 건 누구나 할 수 있는 일이 아닌가. 특별히 전문지식이 필요한 것도 아니고 특별히 자신을 선전할 필요도 없다. 약간의 인생 경험 말고 학력이 필요한 것도 아니다. 대학 졸업장도 필요 없다. 필요한 것은 오직 글뿐이다. 글에 대한 평가는 평론가와 독자들에게 맡기면 된다. 무릇 작가는 자신에 대해 말을 아낄수록 후광이 빛나는 법이니까. 헨리는 문학에는 관심이 없다, 글 쓰는 게 좋을 뿐이라고 말했다. 마르타의 그 말은 딱 그 상황을 위한 말이었다.

책은 불티나게 팔렸다. 돈이 들어오자 마르타와 헨리는 이전 집보다 크고 따뜻한 집으로 옮겼고 곧 결혼했다. 돈은 계속해서 들어왔다. 무더기로 들어왔다. 돈이 많아졌지만 마르타에게는 지름신이 강림하지 않았고 사치하고 싶은 욕심도 생기지 않는 것 같았다. 그녀는 별일 아니라는 듯 원래대로 글쓰기를 계속했다. 그동안 헨리는 쇼핑을 하러 다녔다. 값비싼 양복을 사 입고 예쁜 여자들과 말 그대로 금쪽같은 시간을 보내고 이탈리아산 자동차를 구입했다. 모리아니 출판사의 경영은 천장을 뚫고 금싸라기 비가 내리는 형국이었기 때문에 모리아니는 헨리에게 수익금의 일부를 나눠주었다. 헨리는 완전범죄에 성공한 갱스터가 된 기분이었다. 그는 마르

타를 마세라티에 태우고 전 유럽을 돌아다녔다. 그 먼 포르투갈에
도 갔다. 여행을 다니며 좋은 호텔에 머물렀지만 크게 달라지는 것
은 없었다. 마르타는 여전히 밤에 일어나 글을 썼고 헨리는 테니스
를 치거나 잡무를 해치웠다. 그는 장보기 목록을 만들어 장을 보고
동양요리를 배웠다.

   헨리는 매일 오후 새로 나온 원고를 읽었다. 그리고 마음에 드는
지 어떤지만 마르타에게 말해주었다. 대부분은 그의 마음에 들었
다. 소설이 완성되기 전까지 그 원고를 볼 수 있는 사람은 오직 헨
리뿐이었다. 그리고 원고가 완성되면 직접 출판사에 가져갔다. 그
러면 모리아니와 베티가 벽에 목재마감이 된 사장실에 앉아 동시
에 원고를 읽었다. 헨리는 그동안 옆방 소파에 누워 『이즈노구드』
(프랑스 만화. 『아스테릭스와 오벨릭스』 저자들의 작품_역주)를 읽었다.
참고로 『이즈노구드』는 세상에서 가장 재미있는 만화다.
   두 사람이 몇 시간째 원고를 읽는 동안 출판사에는 긴장된 침묵
이 감돌았다. 드디어 읽기를 마친 모리아니는 관리부장을 불러 "책
낼 준비 해!"라고 말했다. 그러면 그로부터 두 달 뒤 언론홍보가 시
작됐다. 기자들도 선택된 몇 사람만 모리아니의 사무실에 와서 견
본을 읽을 수 있었다. 그들은 기밀유지각서에 서명을 해야 했다. 언
론에 널리 퍼뜨려야 하지만 동시에 찔끔찔끔 정보를 흘림으로써
독자들을 애타게 만들어야 하기 때문이었다.
   마르타는 공식적인 행사에 얼굴을 내미는 법이 없었다. 도서전

이나 낭독회가 있으면 그녀 대신 베티가 동행했다. 그래서 베티와 헨리가 부부인 줄 아는 사람도 많았다. 그리고 그들은 겉으로 보기에 꽤 잘 어울리는 한 쌍이었다. 누가 봐도 선남선녀의 만남이었으니까.

헨리는 어디를 가나 박수갈채를 받았다. 친절한 미소와 자상한 안내, 축하의 말이 그를 따라다녔다. 그러나 그는 그리 행복해 보이지 않았다. 군중에 둘러싸이는 것이 부담스럽다는 표정이었다. 그러나 그 겸손함이 독자, 특히 여성들에겐 큰 매력으로 다가왔다. 그러나 그가 말을 절제하는 데는 다른 이유가 있었다. 자신이 작가가 아니라 사기꾼이라는 사실을 명심하고 행동에 주의를 기울이는 것이었다. 호랑이 행세를 하는 여우의 조심성이라고나 할까.

그리고 모두가 친한 척하는데 그 많은 사람의 이름과 얼굴을 외우는 것도 사실 힘이 들었다. 그가 멈춰 서는 곳에는 항상 사람들이 떼로 몰려왔다. 카메라 플래시가 번쩍였고 빨아들일 듯한 시선이 그에게 들러붙었다. 사람들은 그의 관심 여부를 떠나 끊임없이 뭔가를 보여주었고 그가 제대로 이해하지 못하는 것을 설명하려 들었다. 그는 짤막한 인터뷰만 수락했고 작업방식에 대한 질문에는 답변을 거절했다. 마치 구름 위에 떠 있는 듯한 이상한 기분이었다. 삶에서 점점 현실성이 사라지고 있었다. 마치 수채화가 빗물에 번지듯, 처음에는 윤곽이 사라지더니 곧 전체가 희미해져 갔다. 마르타는 진즉에 그 부분을 지적했다. 성공이란 햇빛에 따라 바뀌는 그림자와 같은 것이라고. 헨리는 속으로 생각했다. 언젠가 해가 지면 그림자도 사라질 테고 나도 사라지겠지.

　헨리는 자신의 책이 어떤지 평론가들로부터 배웠다. 물론 훌륭한 소설이라는 것은 그도 알고 있었다. 소설을 발굴해낸 장본인이 모를 리 있겠는가. 그러나 구체적으로 무엇이 어떻게 훌륭한지 알고 나니 공식적 저자인 그도 놀라지 않을 수 없었다. 그러니 똥구멍이 찢어지게 가난한 삶을 살다가 사후에야 가치를 인정받는 예술가들은 얼마나 안타까운가! 헨리는 가장 듣기 좋은 평만 골라서 마르타에게 읽어주려 했지만 마르타는 전혀 들으려 하지 않았다. 그녀는 이미 다음 소설을 쓰고 있었고 성공이나 명예에는 여전히 관심이 없었다. 원칙적으로 서평을 읽지 않는 마르타와 달리 헨리는 모든 평을 한 자 한 자 다 읽었다. 특히 마음에 드는 칭찬에는 자를 대고 줄을 그었고 기사를 오려서 스크랩북도 만들었다. '문장 하나하나가 요새와 같다.' 헨리는 이 평이 가장 마음에 들었다. 책 표지 접히는 곳에 굵은 글씨로 인쇄돼 있었는데 큰 신문사에서 문학 칼럼을 쓰는 페펜코퍼라는 사람이 쓴 것이었다. 헨리는 '그렇지! 단순하면서도 정곡을 찌르는 문장. 내가 써도 이렇게 썼을 거야'라고 생각했다. 하지만 그런 말은 누구나 할 수 있는 것이다. 애석하게도 그건 그에게서 나온 문장이 아니었고, 그 무엇도 그에게서 나온 것은 없었다.

3

　도로 위에 꽃잎처럼 스러진 작가의 생. 차가 도로에서 균형을 잃고 전속력으로 미끄러지는 찰나에 주마등처럼 스쳐가는 인생 여정, 그리고 영원. 절벽에서 집으로 가는 길에 헨리는 눈부시게 노란 유채꽃밭 옆을 지나며 그런 상상을 했다. 우연한 사고에 의한 죽음, 운명의 차디찬 손에 죽는 것만큼 억울하고 슬픈 죽음이 또 있을까? 헨리는 지금의 자신에게 딱 어울리는 죽음이라고 생각했다. 카뮈가 그렇게 죽었고 외동 폰 호르바르트, 랜덜 재럴, 아니지 그 친구는 샹젤리제의 나뭇가지였지. 불쌍한 사람.

　방년 45세, 성공의 빛은 바로 그의 정수리 위로 내리꽂히고 있었다. 죽음은 그를 불사신으로 만들고 마르타는 혼자 비밀을 간직할 것이다. 아마 그가 죽은 후에도 계속해서 글을 쓸 것이고 그렇게 쓴 원고는 모두 창고에서 썩어 없어지겠지. 헨리는 그런 생각을 하니 왠지 안심되었다. 아내보다 일찍 죽을 생각은 없었지만 지금 이 순간에는 차라리 그게 낫지 싶었다. 다른 여자와 바람을 피우고 아이까지 생겼다는 말을 어떻게 한단 말인가? 그것도 하필이면 베티와.

헨리는 두 여자가 자신의 무덤 앞에 서 있는 모습을 상상해보았다. 마르타, 그의 성공을 있게 한 고요한 원천, 깊이를 알 수 없는 샘 같은 가냘픈 여자. 그리고 베티, 주근깨가 난 비너스, 그의 아이의 어머니. 제발 싸우지 말고 잘 지내야 할 텐데. 서로 그렇게 다를 수가 없는 두 사람이기에 헨리는 조금 걱정됐다. 그리고 두 여자 사이에 서 있는 아이. 마르타는 아이가 헨리와 닮았다는 걸 바로 눈치 챌 것이다. 마르타는 언젠가 그를 용서해줄까? 베티는 과연 좋은 엄마가 될 수 있을까? 그럴 가능성은 별로 없었다. 하지만 죽은 사람에게 그게 다 무슨 소용이란 말인가? 그의 죽음을 슬퍼하는 사람은 많을 것이다. 심하게 괴로워하는 사람도 있으리라. 그리고 좋아서 입이 찢어지는 사람도 있을 것이다. 어찌 됐든 죽어서 좋은 건 그 누구의 눈치도 볼 필요가 없어진다는 것이다. 부끄러울 것도, 숨길 것도, 두려워할 것도 없어진다. 그 얼마나 좋은가!

하지만 길은 미끄럽지 않았고 근처에는 나무도 보이지 않았다. 게다가 헨리의 남색 마세라티에는 ABS니 EPS니 하는 갖가지 안전장치들이 장착되어 있어, 만약 사고가 난다고 해도 에어백이 그를 감쌀 것이고 저절로 안전띠가 조여올 것이다. 차는 그가 죽도록 내버려두지 않을 것이다. 그럼 그는 식물인간이 되어 인공심박조율장치를 매달고 죽지 못해 사는 신세가 되겠지. 끔찍한 상상이었다. 그는 속도를 높였다. 제아무리 마세라티라고 해도 시속 200킬로미터에서 안전장치가 작동하지는 못하겠지. 자, 이제 나무만 나타나면 된다.

그때 휴대전화가 울렸다. 모리아니. 헨리는 액셀에서 발을 뗐다.

"헨리, 어디쯤 왔어?"

"300페이지요."

"오, 그래? 좋아, 좋아."

모리아니는 기분이 좋으면 쓸데없이 말을 두 번씩 했다.

"언제 보여줄 건가?"

"얼마 안 남았어요. 한 20페이지 정도."

"20페이지? 아주 좋아, 아주 좋아. 얼마나 걸리겠어?"

"20분 정도요. 20분 있으면 집에 도착해서 쓰기 시작할 겁니다."

헨리가 웃으며 말했다.

"내 생각엔 말이야, 25만 부 정도 찍으면 될 것 같은데 어떤가?"

헨리는 모리아니가 은행에서 대출을 못 받는다는 걸 알고 있었다. 그리고 모리아니도 대출을 받을 생각이 없었다. 그는 항상 사재를 털어 홍보비와 인쇄비를 마련했다.

"집을 담보 잡히는 건데 원고부터 읽는 게 순서 아닐까요?"

"이 사람아, 내 집 내가 담보 잡히는데 언제든 무슨 상관인가? 그리고 오늘 같은 날 안 하면 언제 하겠나? 아까 글쎄, 페펜코퍼가 원고 견본 좀 볼 수 있겠냐고 정중하게 부탁하더라니까. 그 페펜코퍼가 부탁을 했다고. 어떤가?"

페펜코퍼. '문장 하나하나가 요새와 같다'의 주인공. 그는 인기 있는 평론가로 작품의 장점은 고스란히 두고 단점만 쏙쏙 골라내는 재주가 있었다. 그를 감동시키기란 결코 쉽지 않았다. 그에게는 그 무엇도 쇼킹하지 못했고 그가 인정하는 참신함의 기준은 너무 높았다. 그러나 세간에서 뭐라고 하든 그가 본질을 읽어낼 줄 알고 작품 속의 아름다움을 끄집어내 반짝거리게 만드는 기술이 있다는 데는 이견이 없었다. 그는 외부로 모습을 드러내지 않은 채 숨어서 활동했다. 그래서 사람들은 그가 어떻게 생겼는지, 혹 아직도 어머니 집에 얹혀사는 건 아닌지 궁금해했다.

"좀 기다리라고 하세요. 대표님이 먼저 읽고 나서 주세요."

"당연하지! 제목은 정했나?"

"아직."

"걱정 마. 그건 우리가 만들면 되니까. 언제쯤 읽을 수 있겠나?"

유채꽃밭 사이에 노루 한 마리가 서 있는 것이 보였다. 헨리는 점점 더 속도를 줄였다.

"대표님, 압박 안 하겠다고 하셔놓고 또 압박하시네. 들으면 실망하실 텐데요."

"실망하든 안 하든 그건 내가 알아서 할 일이고."

헨리는 도로변에 차를 세웠다.

"결말을 어떻게 할지 아직 못 정했어요."

"이제까지 항상 올바른 선택을 했잖아."

"이번엔 좀 어렵네요."

"베티랑 의논해봤어?"

"아니요."

"베티랑 얘기해봐. 전화해서 만나라고."

"시간이 지나면 생각나겠죠, 뭐."

"20페이지라! 좋아, 좋아. 그럼…… 8월 중순이면 되겠지?"

"네, 될 것 같습니다."

* * *

헨리와 마르타가 사는 저택은 언덕 위에 있었다. 대대로 귀족들이 살던 고풍스러운 저택으로 돌기단 위에 지어진 헛간과 전용 예배당을 갖추고 있었고, 저택을 둘러싼 10만 평 규모의 농지와 들판은 소작농들이 경작했다. 들판 사이로 난 진입로에는 포플러들이 대칭을 이루며 죽 늘어서 있었다. 고목이 울창한 정원에는 울타리도 없고 출입금지를 알리는 팻말도 문패도 없었지만 근방 사람 중이 저택에 누가 사는지 모르는 사람은 없었다.

헨리가 대문 안으로 들어서자 검정 호바바르트 한 마리가 공중으로 뛰어오르며 반가워 어쩔 줄 몰라 했다. 때 묻지 않은 순수함으로 주인을 반기는 폰초의 모습에 헨리는 매번 감동을 받았다. 마세라티의 바퀴가 자갈길 위에서 나지막한 소리를 내며 굴러갔다. 바다에 수영하러 간 마르타는 아직 돌아오지 않은 것 같았다. 항상 열려 있는 대문 옆에 세워져 있어야 할 접이식 자전거가 보이지 않았다. 폰초가 뚫고 나오는 바람에 찢어진 현관문 앞 방충망은 일 년이다 되도록 고치지 않은 채 문틀에 걸려 있었다. 헨리는 마르타의 자전거를 벌써 몇 번이나 고쳐줬는지 모른다. 타이어도 여러 번 기웠다. 헛간에 사브가 세워져 있는데도 마르타는 그 차를 거의 사용하지 않았다. 사실 원하기만 한다면 비행기도 살 수 있고 요트도 살 수 있었지만 마르타는 접이식 자전거로 만족했다.

헨리는 캐시미어처럼 부드러운 검은색 개털을 쓰다듬었다. 그리고 돌멩이 하나를 집어 멀리 들판으로 던졌다. 폰초는 새총으로 겨눈 듯한 탄성으로 튀어나가더니 곧 키 큰 풀숲 사이로 사라졌다. 그래, 네 팔자가 상팔자다. 돌멩이 하나로도 저리 행복해하다니!

그래, 마르타가 돌아오면 바로 말하는 거다. 헨리는 모든 것을 털어놓겠다고 다짐했다.

타자 원고 여섯 장이 아일랜드 식탁 참나무 상판 위에 줄 맞춰 나란히 놓여 있었다. 54장 3부였다. 새벽녘까지 타자 치는 소리가 나더니 밤새워 완성한 모양이었다. 헨리는 조리대 위에 열쇠를 아무렇게나 던져놓고 나무접시에 담긴 당근 하나를 집어 들었다. 그리고 당근을 먹으며 원고를 읽기 시작했다. 마르타의 타자 활자가 눈앞에 펼쳐졌다. 뺄 것도 더할 것도 없는 정갈한 문장이었다. 만약 다른 단어를 넣는다면 전체가 흐트러질 정도로 그 자체로 완벽한 문장. 이야기 전개도 물 흐르듯 자연스러웠다. 지어낸 이야기가 아니라 씨앗이 자라 화초가 되듯 당연한 귀결을 향해 가는 이야기였다. 귀신이 곡할 노릇이었다. 마르타는 이런 것들을 어떻게 다 알았을까? 그에게는 들리지 않고 그녀에게게만 속삭이는 목소리라도 있는 걸까?

원고를 읽고 난 뒤에는 팬들이 보낸 편지를 읽었다. 출판사에서 매일매일 추려서 보내주었다. 헨리는 『프랭크 엘리스』 책 몇 권에 사인을 했다. 발신인은 대부분 여자였다. 그렇게 사인된 책들은 나중에 터무니없이 비싼 가격으로 이베이에 올라오기도 했다. 개중에는 자신의 사진이나 말린 꽃을 붙여서 보내는 사람도 있고 키스 자국을 찍어 보내는 사람도 있었다. 요즘에는 머리카락을 붙여 보내는 경우가 점점 많아지고, 심지어 청혼하는 사람도 있었다. 그가 유부남이라는 사실은 이미 언론을 타고 퍼질 대로 퍼졌는데도 말이다.

무슨 말부터 해야 할까? 가장 하기 싫은 것부터? 아이 얘기부터 꺼내? 아니야, 그걸 꼭 말할 필요는 없지. 한꺼번에 다 말할 필요는 없어. 그가 베티에게 느끼는 감정은 사랑이라기보다는 남자들이 대상에 상관없이 주기적으로 느끼는 욕정 같은 것이었다. 베티와 만난 지 얼마나 됐지? 처음 만난 날부터 계산해야 하나? 아니면 해변 모텔 '바닷바람'에서 체액을 나눈 날부터? 도대체 그게 언제였지? 마르타는 분명 그것을 알고 싶어 할 것이다. 제대로 대답하려면 정확히 언제였는지 찾아봐야 한다. 마르타를 위해 그 정도 수고는 하는 것이 옳다. 헨리는 자신이 불륜을 저지른 게 언제부터인지 알아보려고 편지 뭉텅이를 들고 서재로 갔다. 이왕 하는 거 정확하게 해야 하지 않겠는가.

그러나 헨리는 일을 시작하기 전 악행에 대한 정보가 어마어마하게 들어 있는 매우 유용한 잡지 『법의학저널』을 꺼내 들고 안락의자에 앉았다. 범죄를 계획 중이거나 현재 범죄를 저지르고 있는 사람이라면 꼭 봐야 할 전문서적이다. 이 잡지에서는 법의학이 발달하면서 범죄가 탄로 날 위험이 얼마나 높아졌는지를 다룬다. 그리고 동시에 인간의 악행을 없애려는 온갖 노력이 무용지물이라는 것도 보여준다. 어떤 처벌이나 방법도 우리 모두에게 내재하고 있는 생물학적 살의를 감당해내지 못한다. 욕심, 복수, 어리석음에 의한 죽음은 문화사적 관점에서 볼 때 자연스러운 죽음이다. 인간 조건의 한 단면을 보여줄 뿐이다.

헨리는 파노라마 창문 앞에 쳐진 자동 블라인드가 작동하는 소리에 잠이 깼다. 벌써 저녁이 된 모양이었다. 그는 마르타에게 모든 것을 말했다. 계획한 대로 무자비하게, 하나도 빠짐없이 털어놓았다. 아내가 이별을 쉽게 받아들일 수 있도록 모질게 정 떼는 쪽을 택했다.

'당신, 잘 들어.' 그가 말했다. '나 다른 여자가 생겼어. 그래서 우리 그만 헤어져야겠어. 난 그 여자와 자고 싶어. 당신은 더 이상 내 욕망의 대상이 아니야. 사실은 그 여자가 싫지만 그건 그렇게 중요한 게 아니고. 난 당신을 사랑해. 하지만 당신은 남이 아니잖아. 그래서 우리 사랑은 우정 같은 거야. 언제나 그랬어. 난 당신을 욕망할 만큼 충분히 경멸하지 못했어. 우리 사이엔 더 이상 흥분할 만한 일이 없어. 아니, 사실은 한 번도 그랬던 적이 없어. 그리고 그 여자는 당신보다 예쁘고 나이도 어려. 그 여자랑 만난 지 꽤 오래됐어. 당신도 아는 사람이야. 바로 베티야. 그래, 하필이면 베티야. 베티는 내 전리품이자 뮤즈이자 노예야. 난 베티를 경멸해. 우린 공모자야. 그녀는 내 저열한 욕정에, 난 그녀의 발을 보면 흥분해. 그리고 베티가 미안하다고 전해달래. 나도 정말 미안해. 내 말 오해하진 말고. 난 정말 당신을 좋아해. 성자를 존경하듯 당신을 존경해. 언제나 보호해주고 싶었고. 이 일만 없었다면 언제까지나 그랬을 거야. 베티가 내 아이를 가졌어. 당신은 아이 낳기 싫다고 했잖아. 나도 아이는 싫어. 아이를 키운다는 건 상상할 수도 없어. 내가 아이 울음소리 싫어하는 거 당신도 알지? 아마 베티가 낳은 아이도 하루 종일 울어대겠지. 하지만 어쩌겠어? 어떻게 하다보니 일이 이렇게 됐네. 그동안 정말 고마웠어. 평생 죄의식 느끼면서 살게. 약속해.'

그가 아이 얘기를 꺼냈을 때 마르타는 나지막하게 그의 이름을 중얼거렸다. 그 순간 갑자기 파도가 밀려오더니 마르타를 실어가 버렸다.

헨리는 가죽 소파에서 몸을 일으켰다. 오른발에 쥐가 나서 감각이 없었다. 그는 발가락에 다시 피가 돌 때까지 발을 주물렀다. 그리고 창밖으로 펼쳐진 들판을 멍하니 바라보았다. 파도는 사라지고 없었다.

그는 커피를 마시고 싶어 절뚝거리며 부엌으로 갔다. 빌어먹을 파도, 마르타가 아니라 나를 실어갔어야 하는데! 헨리는 마르타에게 그런 말을 한 것을 뼛속 깊이 반성했다. 그건 정말 너무나 잘못된 행동이었다. 왜 존경과 감사에 대해 말하지 않았을까? 그녀를 얼마나 대단하게 생각하는지, 얼마나 사랑하는지, 왜 그런 말을 하지 못했을까? 그는 아내에게 그 누구에게서도 느끼지 못한 깊은 애정을 느꼈다. 그런 아내에게 그는 잡초를 뽑듯 심장을 도려내는 독설을 퍼부었다. 그녀는 평생 그 상처를 극복하지 못하리라. 그건 확실했다.

그는 커피머신에서 물이 데워지는 동안 한쪽 발로 서서 기다렸다. 이 문제는 훨씬 부드럽게 접근할 필요가 있었다. 아기 얘기는 아예 꺼내지 않는 것이 좋을 것이다. 마르타는 바로 이성을 잃을지도 모른다. 하지만 아기 문제를 밝히지 않는다면 사실을 털어놓을 이유가 있을까? 그냥 지금까지처럼 조용히 지내면 되지 않을까? 헨리는 그 문제에 대해 생각하면 할수록 마르타가 아니라 베티에게 진실을 말해야 한다는 쪽으로 생각이 기울었다. 그런 면에서는 베티가 마르타보다 훨씬 강했다. 베티는 나름대로 새 삶을 찾아 나설 것이고 아이를 함께 키울 남자를 만날 것이다. 베티는 살아남기 위해 태어난 여자니까.

고급 체리목 계단이 가볍게 삐걱거리는 소리가 나더니 마르타가 2층에서 내려왔다. 머리에는 흑단 비녀를 꽂고 실크 가운 차림에 일본식 밀짚 슬리퍼를 신고 있었다. 그녀는 언제나처럼 그를 보고 웃었다. 그를 보고 웃는 표정이 있다. 가녀린 몸매를 가진 그녀는 거의 소리를 내지 않고 사뿐사뿐 걸었다. 처음 만났을 때부터 지금까지 몸무게가 는 적이 없었다. 그들은 꽤 오래전부터 따로 생활했고 잠도 따로 잤다. 그녀는 위층에서 그는 아래층에서. 그녀는 여전히 밤에 일어나 글을 쓰고 점심때까지 잠을 잤다. 그 밖의 일은 모두 그가 처리했다. 집사든 운전수든 정원사든 마음만 먹으면 들일 수 있었지만, 마르타는 헨리를 제외한 다른 사람을 곁에 두지 못했다. 그가 아래층에서 자정 뉴스를 보거나 새벽녘까지 성냥개비 모형 만들기에 빠져 있을 때면 위층에서 원을 그리며 서성거리는 발자국 소리가 났다. 그럴 때는 부엌으로 가서 카모마일 차를 한 주전자 끓여 2층 문 앞에 갖다놓았다. 가끔은 문에 귀를 대보기도 했지만 문에 손을 대지는 않았다. 그러고 나서 조용히 아래층으로 내려와 있으면 어느 순간부터 다시 타자 치는 소리가 들렸다. 그녀 안의 악령이 다시 받아쓰기를 시작한 것이리라.

헨리는 아내가 글 쓰는 모습을 한 번도 본 적이 없었다. 글을 쓰는 동안 아랫도리가 대리석으로 변해버리는지, 머리에서 뱀 수백 마리가 혀를 날름거리는지 알 수 없는 일이었다. 글 쓰는 모습을 들여다볼 용기도 나지 않았다.

"헨리, 2층에 담비가 있는 것 같아."

"누가 있다고?"

"담비. 회색 선을 긋고 있어."

"회색 선?"

"응, 회색 선이 모여서 긴 줄을 만들어."

"다람쥐처럼?"

"더 길고 평행선이야."

그건 실제로 담비일 가능성이 컸다. 마르타에게 짧은 회색 선이 보이면 작은 설치류 동물이니까 선이 길고 평행선이면 좀 큰 짐승일 것이다.

마르타는 선천적으로 공감각적 능력이 있었다. 그녀에게는 모든 냄새와 소리에 각각의 색깔과 무늬가 존재했다. 초등학교에 들어가 알파벳을 배우기 시작할 때부터 환시를 경험했다. 모든 단어에 색깔이 있었는데 그 색은 보통 첫 번째 알파벳의 색깔에 따라 정해졌다. 그녀는 그것을 당연한 것으로 여겼다. 그러다 열 살이 되어서야 비로소 단어들이 뿜어내는 그 신비로운 빛을 모두가 볼 수 있는 게 아니라는 사실을 깨달았다. 그건 매우 애석한 일이었다. 마르타는 그 일을 어머니에게 말했고, 어머니는 그녀를 바로 병원에 데려갔다. 의사는 구닥다리 교육을 받은 사람이었고 색맹이었다. 그는 아이에게 뚱뚱해지고 굼떠지는 것 외에 별 효능이 없는 약을 처방했다. 마르타는 약을 게워내고는 그 뒤로 그 빛나는 색깔들에 대해 남에게 말하지 않았다. 헨리를 만나기 전까지 그건 그녀만의 비밀이었다.

"올라와서 좀 봐줘."

'자기야, 난 정말이지 울고 싶을 정도로 무가치한 인간이야.' 헨리는 그렇게 말하고 싶었다. '난 당신 발가락의 때만도 못한 놈이라고. 때려 죽여도 시원찮을 인간이 나야. 자, 어서 날 꿰뚫어보라고, 날 구원해달란 말이야.'

"오늘 저녁은 생선 어때?"

"나 그 소리 때문에 무서워 죽겠어."

"이리 와봐."

헨리는 마르타를 안고 그녀의 머리카락에 입을 맞추었다. 마르타는 그의 가슴에 머리를 기댄 채 그의 냄새를 맡았다.

"자기 오늘은 약간 오렌지색인데…… 무슨 안 좋은 일 있어?"

마르타가 물었다.

"할 말이 있어."

"뭔데?"

그는 차마 입이 떨어지지 않았다. 그래서 자신도 이해 못할 말을 우물거리다가 어색하게 웃었다. 그가 웃으면 마르타는 그의 입에서 진한 남색 스프링이 튀어나오는 것이 보인다고 했다. 그리고 세상의 어떤 남자도 춤추는 작은 별모양 물방울을 튀기며 순수한 울트라마린으로 웃지 못한다고 말해주었다.

마르타는 그에게 입을 맞추었다.

"여자 문제면 얘기 하지 마. 어서 가서 담비나 좀 잡아줘."

그녀는 헨리의 손을 잡고 층계로 이끌었다. 헨리는 그녀를 따라가며 속으로 미소를 지었다. 그녀는 이미 모든 걸 알고 있었고 화난 것 같지도 않았다. 헨리는 그녀가 자신의 약점을 감싸줄 때면 특별히 더 위대해 보였다. 그래서 다른 여자에게 갈 때면 배려하는 마음을 갖고 조신하게 행동했다. 그는 자신의 행동이 부끄러웠고 변해야겠다는 다짐을 하기도 했다. 하지만 그가 바람을 피우고 돌아올 때면 마르타는 으레 그의 죄의식을 투영하는 색깔을 알아채곤 했다. 마르타가 경계하는 상대는 오직 베티뿐이었다. 그것이 틀린 생각이 아니라는 것은 이미 앞에서 드러났다. 그런데 두 여자가 만난 것은 모리아니의 정원에서 열린 칵테일파티 때 딱 한 번뿐이었다.

저녁 공기가 무척이나 온화한 날이었다. 모리아니의 정원에는 밤에 피는 꽃들이 꽃받침을 활짝 열어놓고 꽃가루를 날라줄 나방을 기다리고 있었다. 등이 훤히 드러난 드레스를 입은 베티는 포크로 하릴없이 딸기화채를 뒤적거리고 있었다. 드레스는 허리의 움푹 들어간 부분까지 보일 정도로 파여 있어 헨리는 베티의 허리에 자석처럼 이끌렸다. 남편의 시선을 눈치챈 마르타는 지나가는 말처럼 "헨리, 저 여자는 안 돼"라고 말했다. 헨리는 앞으로 만남을 끊겠다고 약속했지만, 마음 깊은 곳에서는 베티를 절대 끊지 못할 것이라는 예감이 들었다. 그 후 베티를 만날 때는 집에서 멀리 떨어진 곳을 택했다. 그리고 선불카드 휴대전화를 사고 모텔과 로맨틱한 저녁식사는 현금으로만 결제했다. 그럼에도 불구하고 베티와의 만남은 급하게 해치우는 정사관계에 머물렀고, 이유를 알 수 없는 슬픈 예감은 사라지지 않았다.

* * *

마르타의 방은 그리 크지 않았고 온통 크림색으로 도배되어 있었다. 천장이 높은 공간은 정신병원에 있던 때가 생각난다며 싫어했다. 작은 책상과 등받이 없는 회전의자는 비스듬한 지붕 밑 창가에, 흰색 시트를 씌운 침대는 지붕창과 욕실로 들어가는 문 사이에 있었다. 처음에 『프랭크 엘리스』로 벌어들인 백만 유로로 헨리는 프랑스식 고성을 사려고 했다. 그러나 마르타는 성은 너무 크고 춥다며 좀 작은 걸 알아보자고 했다. 마르타가 다음 소설을 쓰는 동안 헨리는 해변에서 가까운 곳에 있는 귀족 저택을 발견하고 바로 집 수리에 착수했다. 그러는 한편 부동산중개인 여자와 쏠쏠히 재미를 보았다.

헨리는 천천히 방을 둘러보며 귀를 쫑긋 세웠다. 새 종이가 타자기에 끼워져 있었다. 구겨서 버린 종이뭉치도 없고 휴지통도 깨끗했다. 메모지가 붙어 있지도 않았다. 기획이나 수정의 흔적은 어디에서도 찾을 수 없었다. 그건 마르타의 머릿속에서 폭포처럼 쏟아져 나오는 단어들이 타자기를 거쳐 그대로 종이에 옮겨진다는 걸 뜻했다. 옆으로 새어나가는 물방울 따위는 없었다.

"소리 들려?"

"아니, 아무 소리도 안 들리는데."

"자고 있을 수도 있어."

그들은 말없이 귀를 기울였다. 바로 지금이야. 그는 속으로 생각했다. 지금 말해야 해. 하지만 그의 생각들은 말이 되어 나오지 않았다.

"지붕에 황새가 앉았었나 보네."

"헨리, 황새는 밤에 활동하는 새가 아니야."

"참, 그렇지. 어디서 소리가 들렸는데?"

마르타는 천장 한 곳을 가리켰다.

"저기 침대 바로 위."

헨리는 신발을 벗고 침대에 올라가 천장에 귀를 대보았다. 천장을 이루는 판자와 마룻대(상량) 사이에는 지붕 전체에 걸쳐 사람이 겨우 기어갈 수 있을 정도의 공간이 뚫려 있었다. 작은 짐승이 추위를 피하기에는 안성맞춤이었다. 헨리는 잠시 그 자세를 유지한 채 숨도 쉬지 않고 귀를 기울였다. 그러자 바로 머리 위에서 소리가 들렸다. 뭔가가 대들보 위에서 날카로운 이빨을 갈아대고 있었다. 그러다 문득 소리가 멈췄다. 녀석이 눈치챈 것 같았다.

헨리는 전문가라도 되는 양 심각한 표정을 짓더니 침대에서 내려왔다.

"위에 뭔가가 있어."

"얼마나 커?"

"움직이지 않아서 그건 모르겠어."

"담비일까?"

"그럴 수도 있지."

"고양이보다 커, 작아?"

"작아. 걱정 마, 내가 잡아줄게."

"하지만 죽이진 않을 거지?"

그는 신발을 도로 신었다.

"그럼. 나 생선 사러 갔다 올게."

4

헨리가 사는 작은 어촌 마을은 바닷가 만에 위치하고 있었다. 낮은 지붕들, 자연적으로 발생한 항구, 작은 가게들……. 쓸데없이 화단만 많고 보통 광장에 하나씩 서 있게 마련인 동상도 없는데 서점은 하나 있었다. 그리고 그 서점에는 유명 작가를 만나기 위해 찾아오는 관광객들을 위해 주인이 걸어놓은 헨리의 사진이 있었다.

가게에서 생선을 다듬던 세르비아인 오브라딘 바자리크는 헨리의 마세라티 엔진 소리가 들리자 칼을 내려놓고 손을 씻었다. 쇼윈도에 물고기 사진을 붙여놓았기 때문에 밖에서 무슨 일이 일어나는지 알려면 청력에 의존하는 수밖에 없었다. 오브라딘에게 헨리는 이보 안드리치(구유고연방 출신 노벨문학상 수상 작가. 『드리나 강의 다리』라는 대표작이 있음.) 사망 후 생존하는 작가 중 가장 위대한 작가였다. 그는 헨리가 이 작은 마을에 와서 정착한 것이 절대 우연이 아니라고 믿었다. 왜냐하면 우연이란 무신론자들에게나 존재하는 것이니까. 헨리는 적어도 일주일에 한 번은 생선을 사러 왔다. 그리고 그와 함께 보스니아 담배를 나눠 피우며 인생에 대한 철학적 대화를 나눴다. 세상에서 가장 친절하고 천재적인 작가 헨리 하이든은 생선을 무척 좋아했다. 그리고 오브라딘 바자리크, 그는 생선가게 주인이었다. 여기에 어디 우연이 끼어들 자리가 있단 말인가?

헨리는 다른 사람들에게 자신의 집 위치를 가르쳐주지 말라고 부탁했다. 오브라딘은 그러겠노라고 약속했지만 그 약속을 지키는 것은 절대 쉽지 않았다. 주로 여자 관광객들이 와서 수줍게 혹은 뻔뻔한 표정으로 헨리에 대해 묻는데, 그는 그때마다 여기 그런 사람 없다며 딱 잡아떼면서도 자신이 그와 얼마나 특별한 사이인지 떠벌리고 싶어서 입이 간질간질했던 것이다. 그의 아내 헬가는 밤중에 남편이 느닷없이 "나 그 사람 알아요! 내 친구라니까!"라고 잠꼬대하는 소리에 잠을 깨곤 했다.

오브라딘은 언젠가 플라이낚시를 하며 헨리에게 말했다.

"비밀이 있다는 게 얼마나 괴로운 건지 자네는 모를 거야. 그건 마치 기생충과 같은 거야. 영양분을 빨아먹으면서 점점 크게 자라지. 급기야 심장을 갉아먹고 이제 밖으로 나오려고 해. 까딱하면 입 밖으로 튀어나오고 눈 위로 기어나온다고!"

헨리는 조용히 듣고 있다가 이렇게 말했다.

"그럼 나처럼 해봐. 작은 똥구덩이를 파고 거기에 비밀을 싸질러버려. 그러면 비밀도 없어지고 그런 개똥 같은 상황과도 안녕이지."

오브라딘은 저명한 작가에게 어울리지 않는 저급한 표현이라고 말했다. 하지만 헨리는 그저 웃기만 했고 하루 종일 그 얘기를 하며 혼자 즐거워했다.

그날과 달리 오늘은 헨리의 표정이 어두웠다.

"어이, 친구. 문제가 생겼어. 우리 집 지붕에 담비가 살아."

헨리가 가게 문을 열고 들어오며 말했다. 오브라딘은 양쪽 볼에 입을 맞추며 헨리를 맞았다.

"내가 죽여줄게."

"그건 안 돼. 마르타가 싫어해. 산 채로 잡을 방법 없을까?"

"덫을 놓으면 되지. 하지만 그걸 잡아서 어쩌려고?"

"어디 숲 같은 데 가서 놔주지, 뭐."

"그럼 다시 올걸. 자네가 죽이지 않는다는 걸 알 테니까."

"좋아, 그럼 내가 잡아서 가져올 테니까 자네가 죽여줘."

장사가 안 되는 걸 잘 아는 헨리는 가게가 잘되느냐고 묻지 않았다. '드리나'라는 이름을 가진 오브라딘의 하늘색 모터보트는 이미 40년이나 되어 수명이 간당간당했다. 오브라딘은 모터가 말을 듣지 않는 날에는 도매상을 찾아가 냉동생선을 사왔는데 그런 일은 점점 잦아졌다. 헨리는 이자 없이 돈을 빌려주겠다며 어선을 새로 사라고 했지만 오브라딘은 절대 안 된다며 거절했다. 그럼 대출 보증을 서주겠다고 했지만 친구는 전당포가 아니라며 역시 받아들이지 않았다. 헨리는 오브라딘의 아내 헬가에게 가끔씩 현금을 쥐여주며 급한 불을 끄라고 하는 수밖에 없었다. 헨리가 그렇게 몰래 도와주지 않았다면 오브라딘은 진즉 파산했을 것이다. 그리고 오브라딘이 그 사실을 알게 되는 날은 두 말할 필요도 없이 두 사람의 우정이 끝나는 날이었다.

두 남자는 보스니아산 마리화나에 불을 붙여 물고 날씨, 바다, 문학에 대해 이야기했다. 그러다 문득 오브라딘이 전쟁 얘기를 꺼내는 때도 있었다. 그가 브라투나츠(스르프스카 공화국의 행정구역_역주)에서 일어난 대량학살과 트르노폴예(보스니아-헤르체고비나 북쪽 지역의 지명_역주) 수용소 시절을 회상할 때면 눈빛이 어두워지고 목소리도 비장해졌다. 그리고 마치 그 모든 일이 지금 일어나고 있는 것처럼 현재형으로 이야기했다. 헨리는 그의 이야기를 듣고 있노라면 그가 진정 피해자인지 가해자인지 헷갈릴 때가 많았다. 체트니크(세르비아 민족주의 유격대_역주) 대원들이 그의 딸을 강간하고 말뚝에 매단 이후 그는 주말마다 사라예보 근방의 고향 산악마을을 찾아가 체트니크들을 쏴 죽였다. 지금도 몰래 그러고 있는지 몰랐다.

"소설은 다 돼가?"

"거의. 스무 페이지 정도만 더 쓰면 돼."

"그럼 축하파티를 해야지. 우리 가게에 아귀 들어왔는데."

"좋아, 하지만 돈은 낼 거야."

"좋을 대로 하셔. 참, 『프랭크 엘리스』를 영화로 만든다면서?"

"응, 난 맘에 안 들어. 왜 그런 짓을 하는지……."

"그럼 허락하지 말지 그랬어? 우리 마누라 말로는 문학은 영화화할 수 없대. 내 생각은 어떤지 알아? 문학은 절대 영화화하면 안 돼. 영화가 뭔지 알아?"

오브라딘은 도마에 손가락을 문질러 생선피를 묻히더니 길게 늘이는 시늉을 하며 헨리의 코앞에 들이댔다.

"이거, 이게 바로 영화야. 곤죽, 고름, 똥오줌."

"그래, 그 말이 백 번 옳아. 마르타도 항상 그렇게 말해. 하지만 난 안 된다는 말을 잘 못하겠더라고. 자네도 잘 알잖아."

오브라딘은 털이 숭숭 난 검지를 들어 좌우로 가볍게 흔들었다.

"자네 오늘 말하는 게 맘에 안 들어. 무슨 일 있어?"

"아니, 일은 무슨? 아무 일도 없어."

"이봐, 헨리, 자신에게 좀 관대해져 보라고. 자네에게 명성이 왜 더 필요해? 그런 걸 즐기지도 않잖아. 오히려 명성을 피해 이런 촌구석에 와서 사는 거잖아. 그게 다 자네가 좋은 사람이기 때문이야. 그런데 왜 항상 자신에 대해서 나쁘게 말하는 거지?"

"오브라딘, 난 원래 그런 사람이야. 근본부터 썩었고 아무짝에도 쓸모없는 인간이야. 정말이야."

오브라딘은 눈을 가늘게 뜨고 헨리를 응시했다.

"유대인들이 하는 말 알지? 생각이 말이 되고 말이 행동이 된다. 내가 나쁜 사람들을 좀 알아. 가족 중에도 있었어. 내가 그런 사람들이랑 한 지붕 밑에서 한솥밥 먹고 살아 봤는데, 자네는 그런 부류가 아니야. 자네는 좋은 사람이야. 그래서 마을 사람들이 다 자네를 좋아하는 거라고."

"그거야 내가 발전기금을 내기 때문이겠지."

헨리는 타르 향이 짙은 연기를 들이마셨다. 그리고 기침이 나오자 기침을 참느라 황새처럼 한쪽 다리를 들어 올렸다.

"젠장, 엄청 독하군. 오브라딘, 자네 일본 사람들이 뭐라고 하는 줄 아나?"

"일본 사람들이 뭐라고 하든 무슨 상관이야?"

"사랑받는 것은 재앙이다."

"그래? 그 사람들은 그걸 어떻게 알았대? 헨리, 작가는 아무나 되는 게 아니야. 그건 숙명이라고. 난 작가가 될 수 없어. 내 마누라도 못하고. 난 그래서 신께 감사 기도를 드린다니까. 아무렴, 그건 큰 벌이야."

오브라딘이 가게 바닥에 침을 퉤 뱉어가며 말했다.

"저기 뭐가 붙어 있는데. 손님인가봐."

헨리가 사진에 가려진 쇼윈도를 가리켰다. 창가에 두 개의 그림자가 어른거렸다.

"쳇, 관광객이로군."

오브라딘이 흘깃 쳐다보더니 내뱉었다.

"확실해?"

"그럼, 관광객 아니면 누가 내 물고기 그림을 보겠어?"

"맞네, 관광객이네."

"그렇다니까. 자네 때문에 온 거야. 자, 이제 보라고."

오브라딘은 잠복이라도 하는 듯 작업대 뒤로 가더니 피 묻은 도마 위에 담배를 내려놓았다. 종소리와 함께 문이 열리더니 볼이 발

갖고 엉덩이가 평퍼짐한 여자 둘이 들어왔다. 그들은 작업대 앞으로 가더니 무관심한 표정으로 생선을 바라보았다. 생선을 사러 온 건 분명 아니었다. 그들은 가게 안에 자욱한 담배 연기 때문에 약간 당황한 것 같았다. 둘 중 나이 든 여자가 눈을 감더니 눈꺼풀을 파르르 떨었다. 앵글로색슨계 여자들이 잘하는 행동이었다. 왜냐고? 누가 그 이유를 알겠는가.

"두 유 스피크 잉글리시?"

오브라딘은 머리를 흔들었다. 두 여자 모두 흰색 운동화 차림이었고 고어텍스 소재로 된 배낭을 메고 있었다. 둘 다 머리가 짧고 입술은 얇고 얼굴색이 붉었다. 둘이 뭐라고 수군거리는데, 나이 든 여자의 턱살이 떨렸다. 헨리가 헛기침을 했다.

"캔 아이 헬프?"

나이 어린 여자가 수줍은 얼굴로 웃자 고르고 흰 치아가 드러났다.

"퍼햅스 유 노우 헨리 하이든?"

헨리가 대답하기 전에 오브라딘이 끼어들었다.

"노."

오브라딘은 털이 숭숭 난 팔뚝을 작업대 위에 올려놓았다.

"노 히어, 히어 저스트 피시."

여자들은 난감한 표정으로 서로를 쳐다보았다. 나이 어린 여자가 뒤로 돌아 몸을 약간 앞으로 숙이자 나이 든 여자가 배낭에서 닳아빠진 책 한 권을 꺼냈다. 『프랭크 엘리스』의 영어 번역본이었다. 그녀는 오브라딘에게 책을 내밀며 흠잡을 데 없이 손질된 손톱으로 책 뒷면에 있는 헨리의 사진을 가리켰다.

"헨리 하이든. 더즈 히 리브 히어?"

"노."

헨리는 담배를 밟아 끄더니 여자들 앞으로 불쑥 나섰다.

"얼라우 미."

그가 손을 뻗자 여자는 흠칫 놀라며 책을 건넸다.

"오브라딘, 펜 있나?"

오브라딘은 생선내장이 묻어 지저분한 연필을 내밀었다.

"왓츠 유어 네임, 맴?"

나이 든 여자는 헨리를 알아보고 놀라서 곱상한 손으로 입을 가렸다.

"오 마이 갓……"

"저스트 헨리, 맴."

헨리는 이 순간을 사랑했다. 좋은 일을 하고 뿌듯한 기분에 젖을 수 있기 때문이었다. 이렇게 기분 좋으면서도 보람 있는 일이 또 어디 있겠는가. 그들은 그를 만나려고 먼 길을 왔을 것이다. 지구를 반 바퀴 돌아서 왔는지도 모른다. 잠시 얼굴 한 번 보려고 말이다.

헨리는 책 두 권에 사인을 했고, 오브라딘은 헨리를 가운데 두고 두 여자가 함께 있는 사진을 찍어주었다. 여자들은 구름 위에 붕 뜬 듯한 표정으로 생선가게를 나갔다.

"난 비밀 지키려고 매번 똥줄이 타는데 자네는 그때마다 나타나서 '나 여기 있소' 하면 어쩌자는 거야?"

"저 사람들 생선 사러 다시 올 거야. 이제 자네가 잡아먹지 않는다는 걸 알 테니까."

* * *

헨리는 저녁으로 오브라딘에게서 사온 동그란 아귀 살을 철판에 구웠다. 그리고 마르타와 함께 잔디 깎은 냄새가 진동하는 서늘한 베란다에 앉아 프랑스산 화이트와인을 곁들인 저녁식사를 했다.

"내가 걱정해야 해?"

마르타가 그녀만의 독특한 톤으로 짧게 말했다. 상대로 하여금 더 이상 질문을 할 수 없게 만드는 말투였다. 아내를 잘 아는 헨리는 아내의 말속에 숨은 뜻을 바로 알아차렸다. '내가 입 아프게 구구절절 다 말해야겠느냐, 변명은 필요 없다, 못 알아듣는 척하지 마라'였다.

헨리는 포크로 고기조각을 찍어 와인 거품을 발랐다.

"아니, 전혀 아니야. 걱정하지 마. 내가 다 알아서 할게."

더 이상의 말은 필요 없었다. 잘 모르는 사람들은 결혼한 지 오래된 부부들이 텔레파시로 소통하는 것을 보고 침묵한다고 말하곤 한다. 헨리도 결혼 전에는 식당에서 말없이 식사하는 부부를 보면 할 말이 없어서 그러는 거라고 생각했다. 하지만 지금은 말이 없는 가운데 얼마나 활발한 대화가 오가는지 안다. 개중에는 텔레파시로 농담이 가능한 사람들도 있다.

마르타는 소설의 마지막 장인 54장을 끝맺으러 평소보다 일찍 일어섰다. 하지만 테라스 문가에서 다시 한 번 뒤를 돌아보았다.

"헨리, 꼭 새로 시작해야 할까? 지금처럼 사는 게 좋지 않아?"

그녀는 남편의 대답을 기다리지 않고 바로 돌아섰다.

헨리는 설거지를 하고 개밥을 준 다음 자신의 작업실로 갔다. 스포츠뉴스를 보고 성냥개비 모형을 붙이는 것이 그의 저녁 일과였다.

읽지 않은 책들로 채워진 높은 책장들 옆에는 신문기사로 가득 찬 캐비닛이 몇 개 있었다. 그 안에는 그에 관한 기사들이 날짜, 언어, 필자에 따라 스크랩북에 분류되어 있었다. 특별히 마음에 드는 부분에는 자를 대고 밑줄을 그어놓았다. 학교 다닐 때부터 칭찬받아서 몸에 밴 버릇이었다. 중요한 상은 벽에 액자로 걸어놓거나 유리진열장에 세워놓았다. 헨리는 어릴 때부터 자신이 베껴 쓰거나 자료수집에 취미가 있다는 것을 알았다. 책이 나올 때마다 그의 스크랩은 책장 한 칸을 채울 만큼 늘어났다. 마르타에게는 한 번도 보여준 적이 없었다. 그건 생각만으로도 귀가 빨개질 정도로 부끄러운 일이었다.

창가에는 책상이 놓여 있었다. 그는 거기서 답장을 쓰고 세무사에게 줄 영수증을 정리하고 성냥개비 모형을 만들었다. 완성된 모형은 일단 창고에 처박아두었다가 하지 축제에 소시지를 구울 때 땔감으로 사용했다. 그는 이미 4만 개짜리 노르웨이 '시트롤' 축소

판을 조립한 적이 있다. 참고로 시트롤은 세계에서 가장 규모가 큰 콘딥 가스 시추용 해상 플랫폼이다. 헨리는 이어 〈보난자〉 시리즈 두 편을 본 후 뿌듯한 기분으로 잠자리에 들었다. 그리고 그날 밤 판다로사 목장의 호스 카트라이트(미국 웨스턴 드라마 〈보난자〉에 등장하는 둘째 아들의 별칭_역주)처럼 꿈도 꾸지 않고 푹 잤다.

* * *

헨리는 자동 블라인드가 작동하는 소리에 잠이 깼다. 창으로 아침 햇살이 쏟아져 들어왔다. 그는 이불을 젖히고 일어났다. 기상한 아랫도리 시계가 7시 20분임을 알려주었다. 폰초는 침대 옆 바닥에 잠들어 있었다. 그는 커피를 마시고 오랫동안 샤워를 한 뒤 신발장에서 아웃도어 장화를 꺼내 신었다. 그 장화를 본 폰초는 정신없이 꼬리를 흔들며 현관문 앞을 바쁘게 오갔다. 헨리가 문을 열어주자 앞장서 달려가더니 얼른 차 조수석에 올라탔다. 드디어 오늘의 산책시간이 돌아온 것이다.

헨리는 개와 함께 산책을 나갈 때면 인근 주민들과 부딪치지 않으려고 백 킬로미터 반경 안에서 최대한 멀리 돌아다녔다. 유명한 소설가가 어디 지나가는 떠돌이와 같겠는가. 다행히 작은 숲길 하나까지도 표시된 자세한 지도가 있어서 지난 2년 동안 크고 작은 들판과 숲을 섭렵했고 그림 같은 풍경이 펼쳐진 늪지대와 외떨어진 해변을 돌아다니며 다양한 짐승들과 희귀한 새들을 관찰할 수 있었다. 그렇게 좋은 구경을 하며 돌아다니다보니 덤으로 살도 빠졌다. 폰초는 20억 개에 이르는 후각세포로 차가 있는 곳을 정확하게 찾아냈기 때문에 길을 잃을 걱정도 없었다.

이번에는 마을에서 서쪽으로 40킬로미터 떨어진 삼림지로 방향을 잡았다. 폰초와 함께 몇 번 간 적이 있는 곳이다. 그는 그늘이 시원해 보이는 휴게소에 차를 세웠다. 멀지 않은 곳에 계곡이 있는지 양치류 이파리 사이로 시원한 물소리가 들려왔다. 주변은 향긋한 송진 냄새로 가득했고 나무꼭대기 사이를 뚫고 들어온 햇살이 수천 개의 이파리 위로 부서졌다.

그는 주머니에서 작은 빨간색 휴대전화를 꺼내 배터리를 끼웠다. 베티에게 전화할 때는 절대 같은 장소에서 두 번 이상 하지 않았다. 인구과잉에 시달리는 지구에서 투명인간으로 살았을 때 습득한 습관으로, 만약의 경우를 위한 것이었다. 그는 패스워드를 치고 화면이 나타나기를 기다렸다. 이 앙증맞은 전화기는 선불카드를 사용하기 때문에 계산서 날아올 일이 없어 좋았다. 선불카드는 주유소, 편의점 어디서나 살 수 있다. 실용적이고 싸고 익명을 보장한다. 헨리는 그 익명성이 참 마음에 들었다.

베티는 첫 번째 신호음이 나자 바로 전화를 받았다. 목소리가 가라앉아 있었다. 막 담배를 피운 것이리라.

"말했어요?"

"오늘 저녁에 만나서 얘기해. 지금 출판사야?"

"오늘은 집에 있었어요. 반응이 어땠어요?"

그는 일부러 뜸을 들였다. 전화통화할 때는 이 방법이 가장 효과적이다. 한편 얼굴을 맞대고 얘기할 때는 알 듯 말 듯한 미소가 가장 확실하다. 어떤 상황에서나 쓸 수 있고 트집 잡힐 염려도 없다.

"마르타는 아주 의연했어."

전화기 속에서 라이터 켜는 소리가 찰칵 하고 들렸다. 그녀는 박하 향 담배 연기를 들이마셨다.

"대표님이 아시면 바로 쫓아낼 거예요."

"마르타가 얘기하지는 않을 거야."

"확실해요?"

"확실해."

"하지만 나한테 많이 화났을 텐데요?"

"그건 맞아. 베티, 직장을 잃을까봐 겁나?"

"나요? 아니요. 그냥 마르타에게 미안해서 그러는 거예요. 그리고 솔직히 말하면 좀 부끄럽기도 하고요."

"이제 와서 왜?"

그녀는 훅 하고 담배 연기를 들이마셨다. 헨리는 바로 옆에서 담뱃불의 열기가 느껴지는 것만 같았다.

"그게 무슨 소리예요? 내가 이제까지 아무 생각도 없는 줄 알았어요?"

"아무 생각 없었잖아."

"그런 적 없어요. 헨리, 왜 또 이렇게 차갑게 굴어요? 힘든 건 알겠는데 나한테 화풀이하지 말아줘요."

"난 그냥 사실을 말했을 뿐이야."

"네, 그냥 사실을 말했을 뿐이겠죠. 사실 나도 지금 당신 머릿속이 어떤지 정말 알고 싶지 않네요."

그래, 모르는 게 나을 거다. 헨리는 속으로 생각했다. 폰초는 뭔가 발견했는지 이슬이 반짝이는 풀밭을 지그재그로 달려갔다.

"설마 내가 일부러 임신한 거라고 생각하는 건 아니겠죠, 헨리? 솔직히 말해봐요."

"난 항상 솔직하잖아. 솔직하지 않은 적 없어."

사실 그 생각은 미처 하지 못했다. 그런데 듣고 보니 그럴 수도 있을 것 같았다. 베티도 벌써 서른여섯이고, 그동안 오래 기다려왔다. 그런데 그가 조심하지 않았더니 덜컥 일이 벌어진 것이다.

"그만 하자."

"무슨 소리예요?"

"진심으로 하는 말이야. 카드 다 됐어. 30초 있으면 끊어질 거야. 오늘 저녁에 얘기하자고."

"나 지금 좀 놀랐거든요. 일부러 그런 거예요?"

"응, 조금은. 내 성격 잘 알잖아. 8시에 갈 테니까 기다리고 있어. 그리고 담배 그만 피워. 우리 애를 생각해야지."

"알았어요, 자기야⋯⋯."

"응?"

"사랑해요."

"착각이야."

"항상 그렇게 얘기하죠. 그냥 좀 받아들이면 어때서 그래요. 그냥 받아들여요. 사랑해, 사랑해, 사랑한다고요."

헨리는 전화기에서 배터리를 뽑았다. 이로써 그는 다시 투명인간이 되었다. 베티는 마르타가 모리아니에게 고자질할까봐 겁내고 있었다. 어쩌면 겁내는 건 당연했다. 본인은 모르겠지만 그녀가 편집장 자리를 꿰찰 수 있었던 건 다 마르타 덕분이니까. 모리아니는 아마 더 이상 객관적으로 일을 처리할 수 없다고 판단해 베티를 해고할 것이다. 베티의 장점은 자기 생각밖에 안 한다는 데 있었다. 그는 그녀의 계획 중 일부일 뿐이었다. 헨리는 그게 더 마음에 들었다. 베티에게는 약간 특이한 면이 있었다. 성공과 연애를 동시에 잡으려고 했다. 말하자면 중앙난방이 되는 정글 탐험이랄까? 속을 들여다보면 그녀 역시 그처럼 몰염치하고 타락한 인간이었다. 그래서 일이 더 쉬웠다.

헨리는 휘파람으로 개를 불렀다. 폰초는 백 미터 정도 떨어진 곳에서 뭔가를 입에 물고 있었다. 꽤 커 보였다. 개 있는 곳으로 가는데 장화 신은 발이 모래 속에 푹푹 빠졌다. 폰초는 호바바르트종이라 토끼 사냥을 하기에는 너무 느리고 무거웠다. 입에 물고 있는 짐승은 토끼보다 컸다. 그가 다가갈수록 폰초는 먹잇감을 더 꽉 물었다. 한 20미터쯤 떨어진 곳에서 보니 노루였다. 폰초가 노루의 넙적다리를 물어뜯자 뒷다리가 공중에서 이리저리 흔들렸다.

노루는 아직 살아 있었다. 총에 맞았거나 병든 노루일 수도 있었다. 살 속에 개 이빨이 박힌 채 노루는 이해할 수 없다는 눈빛으로 그를 쳐다보다가 바르르 떨며 고개를 처들었다. 시퍼런 혀가 축 늘어진 입에서는 한숨 같은 숨소리와 함께 입김이 피어올랐다.

"폰초, 놔! 놓으라고!"

개는 피가 묻어 시뻘건 주둥이로 노루 살을 한 입 더 물어뜯더니 한쪽으로 가서 웅크리고 앉아 손바닥만 한 고기를 먹었다. 헨리는 죽어가는 짐승 곁에 쭈그리고 앉았다. 하얀 털이 난 배가 쭉 갈라져 있고 내장이 밖으로 밀려나와 있었다. 이 벌어진 몸뚱어리는 온 힘을 다해 살려고 애쓰고 있었다. 헨리는 주머니를 뒤졌지만 전화기 말고는 아무것도 없었다. 노루의 입에서 비명 같은 울음이 터져 나왔다. 그는 노루의 따뜻한 목을 만져보았다. 맥박이 거칠게 뛰고 있었다. 주위에는 노루를 고통에서 놓아줄 만한 돌덩이 같은 것이 보이지 않았다.

헨리는 두 손을 노루의 목에 대고 힘껏 눌렀다. 노루가 버둥거리기 시작했지만 그는 손을 놓지 않았다. 그리고 노루가 죽자 아직 온기가 있는 사체를 가만히 쓰다듬었다. 숨이 끊어진 짐승의 사체에서는 곧 부패가 시작되었다. 헨리는 죽은 노루 옆에 앉아 베티에게 줄 이별 선물을 궁리했다. 베티는 엄청나게 화낼 것이고 크게 실망할 것이다. 하지만 실망이 있어야 착각이 끝나는 법. 일기예보에서는 오늘 밤 비가 올 거라고 했다. 앞으로 열 시간 뒤에 그는 베티에게 모든 것을 말할 것이다.

5

긴 법원 복도는 텅 비어 있었다. 기스베르트 파시는 창문 아래 나무벤치에 앉아 치통도 잊은 채 갈색 서류가방을 꼭 끌어안고 있었다. 사람들 몇 명이 그 앞으로 지나갔다. 급히 뛰어가는 사람도 있고 쭈뼛거리며 걷는 사람도 있었다. 그들은 모두 회색 문 뒤로 사라졌다. 그가 지하서고에서 발견한 상자 안에는 회색 서류철 두 개가 들어 있었다. 겉표지에 물음표 스티커가 붙어 있었는데 그 위에 삐뚤삐뚤한 글씨로 '파쇄용'이라고 적혀 있었다. 파쇄되었어야 할 문건이 그냥 그렇게 보물상자에 든 채 잊힌 것이다. 그에게는 정말 보물을 찾은 것이나 다름없었다. 칠칠치 못한 담당 공무원에게 감사할 일이었다.

하이든 사건의 법원기록은 얇았고 언뜻 보기에는 특별할 것이 전혀 없었다. 문건은 1979년 12월 2일 처녀적 성이 분트크노프인 헨리의 어머니 샤를로테 하이든이 실종된 일을 객관적인 언어로 기술하고 있었다. 실종신고를 한 사람이 아무도 없었기 때문에 수색은 뒤따르지 않았다. 그다음 문단에서는 그날 밤 음주 상태에서 계단에서 굴러떨어진 세금공무원 마르틴 E. 하이든의 죽음을 다루고 있었다. 그러나 두 사건 사이의 연관관계를 의심하는 문맥은 아니었다. 살인에 대한 말도 없었다. 그러나 그것은 수수께끼 같은 참극이었고 열 살짜리 소년의 삶을 파탄 내기에 충분했다. 그 아이는 천재 혹은 범죄자가 될 수도 있었고 영원히 입을 다물어버릴 수도 있었다.

헨리 하이든이라는 아이의 거취에 대해서는 별도의 법적절차를 통해 처리될 것이라고 맨 끝에 짤막하게 나와 있었다. 실종된 어머니가 다시 나타날 가능성은 희박했으므로 헨리는 고아 신분이 인정되어 고아원 위탁이 결정되었다.

샤를로테 하이든이 실종되고 1년이 지난 뒤 어린 헨리의 교육과 보육은 후견 재판소에 의해 다시 정해졌다.

* * *

즉, 헨리의 말은 모두 거짓이었다. 큰 사고가 나서 배가 뒤집혔다는 것도, 아버지가 대단한 야생동물 사냥꾼이었다는 것도, 얼음처럼 차가운 북해에 모두 빠져 죽고 헨리 혼자 유일하게 구조됐다는 것도 모두 지어낸 말이었다. 사실 헨리의 아버지는 개 주인들에게 세금을 걷는 말단공무원이었고, 헨리는 오줌싸개에 거짓말쟁이일 뿐 아니라 수틀리면 무슨 짓을 저지를지 모르는 사이코패스였다.

파시는 30여 년 전 가톨릭 재단에서 운영하는 성 레나타 보육원에서 헨리를 처음 만났다. 그때 헨리는 열두 살이었고 절대 착한 아이가 아니었다. 사람들이 사이코패스가 되는 데는 비극적 사건이 계기로 작용하곤 한다. 그래도 그 비극적 사건이 출생인 경우는 흔치 않다. 처음에는 순수하게 태어나지만 자라면서 하나둘씩 악을 실험해보고 일정한 형태를 갖춰나가는 것이다. 당시 헨리는 이미 수많은 보육원을 거친 상태였다. 쫓겨나거나 도망친 전력이 화려했지만, 그는 그런 말을 절대 입에 올리지 않았다. 마치 과거의 시간들은 중얼거림이 되어 지나온 길 위에 얼어붙었다는 듯이.

성 레나타 보육원에 왔을 때 헨리는 코밑에 솜털이 잔잔하게 나고 완력이 있는 조숙한 소년이었다. 성격은 활달하고 유쾌했지만 어딘지 모르게 들짐승 같은 데가 있었다. 틈만 나면 장난을 쳤는데 주로 다른 아이들을 놀리면서 즐거워했다. 하지만 아주 미워할 수만은 없는 매력이 있었다. 여자관계든, 어른들의 권위에 도전하는 일이든, 더 많은 몫을 차지하는 일이든 그는 다른 아이들보다 경험이 많았고, 따라서 또래들 사이에서 항상 우위를 차지했다. 그는 어른들에게서나 보이는 무딘 감수성을 가지고 있었다. 그래서 또래들에게는 엄청나게 강하고 무서워 보였다. 그리고 학교에서든 보육원에서든 선생님에게 잘 보이려고 촉을 곤두세우고 있다가 기회가 오면 얼른 낚아챘다. 그러나 그럴 때마다 매우 조심스럽게 행동했기 때문에 기회를 박탈당한 아이가 그 사실을 모르고 지나가는 경우도 많았다.

당시 그가 보인 가장 큰 재능은 남이 가진 좋은 것을 빼앗아 칭찬과 특권을 가로채는 것이었다. 양심은 존경심을 전제로 한다. 그에게는 이 두 가지가 모두 결여되어 있었다. 신체적 고통쯤은 아무것도 아니라는 듯 행동했고 벌 받을까봐 무서워하는 건 계집애들이나 하는 짓이라고 생각했다. 헨리는 보이지 않는 갑옷으로 무장한 듯했다.

수업시간에는 꼭 공부 잘하는 아이 옆에 앉았다. 시험 볼 때 잘 베끼기 위해서였다. 하지만 막상 시험을 볼 때면 베끼는 데 집중하지 않고 건방을 떨다가 문제를 틀리곤 했다. 그는 도둑질 자체에만 관심이 있었지 일단 손에 들어온 장물에는 바로 흥미를 잃었다. 시험지를 베끼다 들키면 다른 아이에게 책임을 돌렸다. 하지만 그 누구도 그를 고자질할 엄두를 내지 못했다. 헨리가 결계라도 쳐놓은 듯 그 누구도 그의 권력 범위를 벗어나지 못했다. 만약 그의 마음에 안 드는 행동을 하면 언제 어디서 해코지를 당할지 몰랐다. "밤길 조심해라"가 헨리가 항상 하는 말이었다. 복수의 암시일 뿐이었지만 그 말이 더 무서웠다. 말이 되어 나오지 않은 복수의 약속은 독 묻은 화살처럼 아이들의 뇌리에 박혀 있었다. 당시 기스베르트는 그렌델 신화를 읽고 있었다. 그 이야기에는 밤에 잠자는 사람을 잡아다 늪지 아래에 있는 동굴에서 잡아먹는다는 기분 나쁜 괴물이 나오는데, 헨리는 그 괴물의 복사판 같은 존재였다. 언제 어디서 나타날지 몰랐지만 그 괴물을 만나게 되면 끝이 좋지 않을 거라는 사실만은 확실했다.

헨리가 성 레나타 보육원에서 머문 기간은 1년 3개월 정도였다. 그는 마치 초청 공연이 끝나기라도 한 듯 어느 겨울날 보육원장의 금고를 훔쳐서 홀연히 사라졌다. 그가 어디로 가버렸는지, 왜 사라졌는지 아무도 몰랐다. 그리고 그를 찾는 사람도 없었다. 그날은 성 레나타 보육원의 광복절이었다. 기스베르트의 귀에는 긴 보육원 복도에 울려 퍼지는 함성이 마치 영광송처럼 들렸다. 수녀선생님들까지도 한숨 돌리는 눈치였다. 관리인 말에 따르면 보일러실의 작은 창문을 깨고 그 사이로 빠져나갔다고 했다. 유리조각에 묻은 피로 보아 꽤 상처가 깊을 것이라고도 했다. 기스베르트는 헨리가 원생들 중 누군가를 끌고 갔을지도 모른다고 생각했다. 하지만 없어진 사람은 없었다. 보육원에서는 헨리가 돌아오기를 기다리긴 했지만 찾으러 가지는 않았다. 기스베르트의 기억으로는 경찰을 부르거나 관청에 알리지도 않았다. 사람들은 헨리가 정말 돌아오지 않는지 일단 기다려보기로 했다. 밤이 되면 아이들은 침상에 누웠지만 늦게까지 잠들지 못한 채 작은 소리에도 귀를 기울였다. 그렇게 시간이 흘렀지만 헨리는 다시 나타나지 않았다. 그렌델은 마녀 어머니가 사는 지하 동굴로 내려간 것 같았다.

* * *

여기서 사실 하나를 밝히고 가자면 트라비스 포르스터라는 이름은 필명이다. 기스베르트 파시 말고 어감이 좋은 다른 이름을 가질 권리는 누구에게나 있다. 하지만 작가도 아니면서 작가라고 뻥치고 남의 인생을 훔칠 권리는 그 누구에게도 없다. 기스베르트 파시는 이 필명을 두 인물의 이름에서 따왔다. 트라비스는 스콜세지의 영화 〈택시 드라이버〉에서 인정받기 위해 노력하는 트라비스 비클의 모습이 인상적이어서 택했다. 포르스터는 역사에서 너무 허술하게 다뤄진 탐험가 조지 포르스터의 성에서 따왔다.

기스베르트 파시, 우리는 그냥 편하게 기스베르트 파시라는 이름으로 부르기로 한다. 그는 법원 벤치에 앉아 마치 성 레나타 보육원이 등 뒤에 있다는 듯 뒤를 돌아보았다. 규칙적인 간격으로 희미한 전등이 켜 있던 눅눅한 수면실이 떠올랐다. 성 레나타 보육원은 약육강식의 논리가 지배하는 강제수용소 같은 곳이었다. 힘세고 잔인한 녀석들이 약한 아이들을 괴롭혔고 그들 중 가장 악독한 놈이 바로 헨리였다. 그건 곧 가장 강하다는 뜻이기도 했다. 헨리는 신고식으로 기스베르트의 앞니 두 개를 부러뜨렸다. 자기가 2층에서 자고 싶다는 게 이유였다. 원래 신입은 2층에서 자지 못하게 되어 있었다. 스물댓 명 되는 아이들이 어둠 속에서 숨죽인 채 그 소리를 들었다. 수면실에 불이 꺼지자마자 헨리는 행동을 개시했다. 무시무시한 그렌델이 움직인 것이다. 그는 2층으로 기어 올라가 다짜고짜 기스베르트를 때리더니 아래층으로 끌어내렸다. 모두 무서워서 덜덜 떨 뿐 말리는 사람도 없었다. 기스베르트는 어른이 되어서도 그날 밤을 절대 잊을 수 없었다. 위에서 그 사이코가 비명을 지르며 잠꼬대를 하고 이불에 오줌을 싸는 동안 그는 입안 가득 피가 고인 채 우두커니 어둠 속에 누워 있었다.

그로부터 수십 년이 지난 뒤 우연히 신문의 문학특집란에서 헨리 하이든의 이름을 접했을 때, 기스베르트는 그저 동명이인일 거라고 생각했다. 서평에서는 괴물신인의 등장을 알리며 참신한 문체와 저력을 갖춘 작품이라고 그의 소설을 치켜세웠다. 헨리일 리가 없었다. 그런데 작가의 사진이 실려 있었고 그 사진 속의 사람은 그가 아는 헨리였다. 녹회색 눈동자, 승자의 심술궂은 미소. 그렌델이 돌아온 것이다. 부러진 앞니 두 개는 진즉 의치로 바꿨지만 그 아픈 기억만은 아직도 생생했다. 기스베르트는 가까운 데 있는 서점에서 그 책을 사서 비닐을 벗겼다. 그리고 서점을 걸어 나가면서 이미 책을 읽기 시작했다.

『프랭크 엘리스』는 서평대로 잔잔한 스릴러였고 정말 잘 쓴 책이었다. 군더더기 없이 깔끔하면서도 디테일을 읽는 재미가 있었다. 그렇지만 노벨상감은 아니었다. 뭐 지금 그게 중요한 건 아니지만 말이다. 책표지에는 '문장 하나하나가 요새와 같다'고 쓰여 있었다. 백만이 넘는 사람들이 그 책을 사서 읽었다. 기스베르트는 이빨이 아파왔다. 그 무자비한 괴물 녀석이 어떻게 혼자 힘으로 이런 베스트셀러를 쓸 수 있었는지 아무리 생각해도 이해가 되지 않았다. 하지만 헨리가 아니라면 누가 그 소설을 썼겠는가? 보육원을 떠난 후 첫 번째 소설이 출판될 때까지 그는 무엇을 했을까? 아무리 찾아봐도 살아온 흔적이 없었다. 고등학교 졸업장도 없고 출판물도 없고 하다못해 아마추어 글모음집에 글이 실린 적도 없었다. 사이 코패스라면 전과 정도는 있을 거라 생각하기 쉽지만 그런 것도 전혀 없었다. 대학에 등록하지도 않았고 예술과 관련된 활동을 한 적도 없고 친구나 문학계의 동료를 짐작케 하는 단서도 없었다. 혹시 이전에는 필명으로 책을 낸 걸까? 그렇다면 어떤 이름을 썼을까? 아무리 작품 뒤에 숨어서 일하는 사람이라도 삶의 변화가 생기면 자신을 드러내지 않을 수 없고 무릇 예술가란 관객을 찾게 마련 아닌가? 헨리 하이든의 경우는 예외였다. 그는 보육원에서 도망친 후 바로 잠수를 탔고 수십 년간 죽은 듯이 살다가 어느 날 갑자기 문학계의 혜성으로 떠올랐다.

기스베르트는 눈에 띄지 않게 조사를 진행했다. 그는 모든 일을 그렇게 조용히 처리했다. 먼저 예술 영역에서부터 조사를 시작했다. 오랫동안 키워온 소설가의 꿈은 나이 들면서 조용히 내려놓았다. 이제는 출판사로 원고도 보내지 않고 밤새워 쓴 습작들을 복사 가게에 가서 제본하지도 않았다. 물론 손가락이 누렇게 변색되고 이빨 사이에 시가 가루가 낀 늙다리 작가들의 낭독회에도 가지 않았다. 그건 천하에 쓸모없는 짓이다. 그는 구석기 여행자에 관한 소설을 11년에 걸쳐 완성했다. 하지만 출판사마다 천편일률적으로 형식적인 답변을 보내왔기 때문에 결국 트라비스 포르스터라는 필명으로 자비출판을 했다. 그러나 바로 파산으로 내몰렸고 그때부터 6년간 파산관리인의 감시 아래 팍팍한 삶을 살았다. 비좁은 집에 그득그득 쌓여 있던 책들은 결국 단열재 만드는 곳에 팔았다. 그에게는 책을 불태우는 것과 같은 일이었다. 그 후 그는 글쓰기를 그만두었다. 그동안 써놓았던 단편소설, 연극 대본, 라디오 대본들도 서랍 깊은 곳으로 들어갔다. 그는 다시 기스베르트 파시라는 이름을 사용했으며 여권에서 필명을 지웠다. 꿈은 거기까지였다.

그 뒤로는 외국인에게 독일어 가르치는 일을 했다. 학생들은 대부분 아프리카 출신으로 가뭄, 전쟁, 가난을 피해 고무보트를 타고 대서양을 건너온 이들이었다. 그는 그들이 새로운 삶을 일굴 수 있도록 도왔다. 그들이 천신만고 끝에 도착한 부자 나라에서는 언어 능력을 증명하지 않으면 체류 허가를 내주지 않았다. 기스베르트는 자신이 하는 일을 정의롭고 중요한 일로 여겼다. 그야말로 좋은 직업이었다. 여가시간에는 취미로 아마존에 서평을 올렸다. 혹시 오해할까봐 말해두자면 좋은 말만 썼다. 부정적 평가란 발가락의 때만큼이나 비생산적이라는 게 그의 생각이었다. 그래도 만약 나쁜 평을 올리면 트라비스 포스터의 이름을 사용했다. 이왕 만든 필명이니 쓸 데가 있어야 할 것 아닌가. 물론 마음이 편하지는 않았다.

기스베르트는 헨리를 좇아 유럽 곳곳을 돌아다녔다. 헨리가 참여하는 심포지엄을 들으러 갔고, 가뭄에 콩 나듯 나오는 인터뷰를 연구했으며, 헨리의 말 한마디 한마디를 분석했다. 둘이 얼굴을 마주한 적도 많았다. 눈길이 마주쳤지만 헨리는 그를 알아보지 못했다. 소설 속에서 인간에 대한 이해가 그토록 깊었던 작가치고는 사람에 대한 기억력이 너무 떨어졌다.

낭독회를 할 때도 마음만 먹으면 대형 콘서트홀을 채울 수 있었겠지만 헨리는 굳이 서점을 고집했다. 맨 앞줄에는 항상 여자들이 앉았다. 모두 서른에서 쉰 사이의 부인네들, 일명 위기의 여자들이었다. 그들은 오직 문학을 사랑해서 그 자리에 있다는 듯 행동했지만, 속으로는 헨리의 말 한마디 한마디에 자지러졌고 마치 애무를 받듯 아랫도리를 촉촉이 적셔가며 헨리의 목소리에 귀를 기울였다. 기스베르트의 눈에는 그것이 빤히 보였다. 이름만 낭독회일 뿐 그것은 그들만의 비밀스러운 윤활의 축제였다.

물론 기스베르트도 헨리의 소설이 대단하다는 건 인정했다. 헨리는 아주 훌륭한 작품을 써냈다. 군더더기 하나 없이 깔끔하고 흥미진진한 이야기였다. 값비싼 맞춤구두에 트위드 재킷을 입고 앉아 책을 낭독하는 헨리의 모습에서는 일말의 무관심이 묻어났다. 월계수관을 볼 때 카이사르의 표정이 그렇지 않았을까? 그는 감정을 들여 열심히 읽지 않고 무심한 듯 건조하게 책을 읽었다. 마치 겸손하고 싶다는 듯, 어서 마지막 기차를 타고 집으로 돌아가 서재에 혼자 틀어박히고 싶다는 듯. 얼빠진 새끼, 기스베르트 파시는 속으로 생각했다, 책 하나도 제대로 못 읽는군.

헨리는 사인하는 데 시간을 많이 들였다. 매력적인 미소를 지으며 독자들과 농담을 주고받았고 그에게 뽀뽀를 해대며 사진기를 들이대는 여자들에게 포즈를 취해주었다. 그는 그들 모두를 유혹

할 수 있었지만 누구 하나를 집으로 데려가거나 하지는 않았다. 기스베르트는 어느 날 테스트를 하기로 마음먹고 사인을 받으려고 길게 늘어선 사람들 뒤에 가서 섰다. 그리고 자기 차례가 오자 『특별한 죄의 무게』를 내밀었다.

"기스베르트 파시라고 합니다. 사인 부탁합니다."

헨리는 고개를 들어 그를 보았다. 배부른 사자가 지나가는 가젤을 보는 눈빛이었다. 헨리는 미소 띤 얼굴로 고개를 끄덕이고는 '기스베르트 파시 님께, 헨리 하이든'이라고 썼다. 그게 다였다. 눈동자의 흔들림 같은 것도 없었다. 헨리는 정말 그를 잊어버린 것이었다. 부러진 앞니 두 개도, 베껴 쓰던 그의 작문숙제도 함께 말이다. 어쩌면 더 잘된 일이었다.

그 이후로 기스베르트는 적을 경계하는 차원에서 헨리와 마주치는 일이 없도록 조심했다. 대신 헨리의 사라진 과거를 찾아내 조각조각 맞춰나가기 시작했다. 그것으로 그는 인생의 과제를 얻은 셈이었고 그의 삶은 충만해졌다. 담배도 끊었고, 까짓것 전혀 어렵지 않았다. 불면증도 없어졌다. 살찌는 부작용이 있던 우울증 약도 끊었다. 심지어 원형탈모도 나아졌다. 인생의 적을 만난 사람에게는 의사가 필요 없는 법이라고 하지 않던가.

* * *

헨리는 점심을 먹으러 시내로 나갔다. 역사 옆 지하주차장에 주차를 하고 나온 그는 주차권 뽑는 기계 옆 쓰레기통에 빨간 전화기를 버렸다. 그리고 엘리베이터를 타고 올라가면서 베티에게 이별 선물로 집을 한 채 사줄까 생각했으나 곧 머리를 흔들었다. 그리고 주차장 바로 옆에 있는 푸드트럭에서 고기완자를 사먹었다. 겨울이면 주위에서 일하는 창녀들이 몸을 녹이는 곳이었다. 헨리는 역 근처를 좋아했다. 매운 겨자소스를 친 고기완자도 맛있었다. 그곳에 가면 언제나 온화한 절망이 느껴졌다. 그곳은 바닥에 한번 떨어진 물건이 오랫동안 그 자리를 지키는 그런 곳이었다.

베티에게 낙태를 권하는 것은 옳지 않았다. 그것은 그녀 스스로 정할 문제였다. 그럴 경우 수술 비용은 당연히 그가 댈 것이다. 헤어질 때 흔히 하는 '친구로 지내자'는 말도 어울리지 않았다. 그들은 한 번도 친구였던 적이 없으니까. 그가 그녀에게 느낀 감정은 좋아하는 감정이라기보다는 단순한 성적 욕구였다. 아마 그녀도 그것을 눈치챘을 것이다. 그래서 그가 그녀 몸속으로 파고들 때마다 그렇게 신체적 거부반응이 나왔던 것이리라. 한편 그는 그것 때문에 더 흥분했고 결과적으로 그들의 정사에는 매번 강제적인 면이 없지 않았다. 헨리는 그런 상황에서 아이가 생겼다는 것이 믿기지 않았다. 베티는 성적인 부분에 대해서 몇 번 지나가는 말처럼 언급한 적이 있었다.

"헨리, 우리가 완벽하게 한몸이 되지 못할 거라면 적어도 제대로 섞이긴 해야 하지 않을까요?"

이제는 그것도 끝난 얘기다. 이별은 신속하고 확실하게 진행되어야 한다. 의심의 여지가 남아서는 안 된다. 그리하여 마침내 깨끗한 양심을 회복하고 새로운 것이 들어올 자리를 마련해야 한다. 물론 그는 그녀가 그리울 것이다. 못 견디게 그리울지도 모른다. 하지만 그건 헤어지고 난 뒤의 일이다.

푸드트럭 바로 건너편에 전당포가 보였다. 방탄유리에 '즉시 대출, 높은 한도 보장'이라고 쓰여 있었다. 헨리는 그 빤한 거짓말이 왠지 마음에 들었다. 그는 고기완자를 마저 먹고 손가락까지 빨아먹은 다음 길을 건너기 위해 튕기듯 걸음을 옮겼다.

굳게 잠겼던 문이 띠 하는 소리와 함께 열렸다. 두꺼운 유리문 뒤에 앉아 보석을 만지작거리던 안경쟁이 남자 둘이 뒤를 돌아보았다. 그들은 바로 돈 냄새를 맡았다. 헨리는 먼저 다이아몬드 목걸이를 보여달라고 했다. 너무 화려했다. 이별이 무슨 축하할 일도 아닌데. 브로치는 너무 노티 나고…… 그렇다면 귀고리는? 이런 경우 절대 사지 말아야 할 품목이 바로 귀고리다. 막 가게를 나가려는데 파텍 필립 시계가 눈에 띄었다. 그는 그 단순한 디자인이 마음에 들었다. 게다가 우아하고 실용적이기까지 했다. 베티는 실용적인 물건을 좋아했다. 그리고 전당포에 진열된 시계에는 슬픈 사연이 있게 마련이다. 그런 사연이 없다면 누가 시계를 내다 팔겠는가? 물질적 어려움이든 증오든 감춰야 할 비밀이든, 그런 사연으로 인해 그 시계에는 특별한 멋이 담기게 되는 것이다. 헨리는 만약 베티가 시계를 그의 면전에 대고 집어던지면 마르타에게 결혼기념일 선물로 주면 된다고 생각하면서 그 시계를 샀다.

오후 4시. 하루 중 가장 편안한 시간이 아닐까? 미처 못 한 일을 처리하기엔 너무 늦고, 한결 부드러워진 햇살에 유리잔 속의 얼음이 은은하게 빛나는 시간. 낮잠 대신 롱드링크 한 잔을 마시며 자신의 나쁜 습관을 용서하고 보이지 않는 편지를 쓰는 시간. 무의미하게 흘러가버린 하루를 마치고 스스로 자신을 에스코트해 거리로 나서는 시간.

헨리는 상점과 카페가 죽 늘어선 보행자거리를 유유히 걸었다. 눈에 띄지 않으려는 유명인처럼 보이려고 야구모자를 쓰고 크고 검은 선글라스도 꼈지만 그를 알아보는 사람은 아무도 없었다. 헨리는 여느 날과 마찬가지로 하루를 공친 기분이었다. 그래서 지금 그 상으로 서점에 들를까 고민하는 중이었다. 주변 건물에서는 사람들이 계속 쏟아져 나왔다. 대부분은 쥐꼬리만 한 월급을 받으려고 8시간 동안 힘든 직장인의 하루를 보낸 사람들이었다. 가족을 위해, 나라를 위해, 연금공단을 위해 양심적으로 자기 몫을 다하고 나오는 사람들이었다. 헨리도 가끔은 그렇게 평범한 삶을 살고 싶었다. 그래서 퇴근시간이 얼마나 달콤한지도 느끼고 깨끗한 양심으로 살아보고 싶었다.

그는 작은 서점으로 들어갔다. 입구 바로 옆에 그의 책 두 권이 눈에 잘 띄는 높이에 진열돼 있었다. 그는 마음속으로 책 한 권에 사인을 하고 서점을 나왔다. 이제 세 시간 남았다. 그는 사람이 뜸한 DIY 가구점에서 나무로 만든 담비 덫을 발견하고 직원에게 사용법을 설명해달라고 했다. 덫은 생각보다 훨씬 싸고 길이가 1미터도 넘었다. 양쪽에는 열고 닫을 수 있는 문이 달려 있었다. 직원은 거대한 선반에서 덫을 내려 어떻게 문을 여닫는지 보여주었다.

"이게 바로 우리 담비 호텔입니다. 체크인은 되는데 체크아웃은 영원히 못한다는 거 아닙니까."

직원의 혀는 말을 많이 하는 직업 때문인지 노랗게 변색되어 있었다. 헨리는 그 혀를 점령하고 있을 작은 생명체들의 냄새가 느껴졌다. 아직 공장 냄새가 나는 새 물건들에 둘러싸여 하루하루를 살아야 하다니 이 얼마나 단조롭고 불쌍한 인생인가. 헨리는 더 이상 그 냄새를 맡고 싶지 않아 서둘러 계산대로 갔다. 이제 두 시간 남았다.

계산을 마치고 나온 그는 작은 영화관에 들어가 한국영화를 한 편 봤다. 영문도 모른 채 15년간 갇혀 지낸 남자에 대한 이야기였다. 헨리는 왠지 그 이야기가 낯설게 느껴지지 않았다. 영화표를 두 장 사서 좌석 하나에는 그가 앉고 옆 좌석에는 담비 덫을 두었다. 나무로 만들어진 덫은 마치 유아용 관처럼 영화를 보는 내내 옆에 놓여 있었다. 그는 영화가 끝나고 불이 켜지기 전 서둘러 영화관을 나왔다. 이제 시간이 됐다.

헨리는 저녁 7시경 다시 국도를 타고 해안 쪽으로 향했다. 이미 날이 어두워지고 있었고 도로에는 차가 한 대도 없었다. 투명한 줄을 그으며 비가 내리기 시작했다. 그는 폐쇄된 버스정류장 뒤로 돌아가 모래가 많은 숲길로 들어섰다. 그리고 불빛을 낮춘 채 천천히 절벽으로 통하는 시멘트 블록 위를 달렸다.

빗물이 떨어지자 뜨거운 지면 위에서 김이 피어올랐다. 키 큰 풀들에 가려 잘 보이지 않지만 절벽 가장자리에는 소나무들이 바람을 막아주는 한적한 장소가 있었다. 벙커나 기상관측소가 있던 자리인지 아직도 풀 사이로 오래된 기단의 흔적과 녹슨 철재가 언뜻언뜻 보였다. 헨리는 손에서 땀이 나고 가슴이 두방망이질 쳤다. 베티의 차가 보이면 바로 차에 옮겨 타고 모든 걸 말할 작정이었다. 시계를 보았다. 아직 8시가 안 된 시각이었다. 빨리 해치워야 한다. 그의 메시지는 도살장의 칼과 같이 정확하게, 고통 없이 상대에게 전달될 것이다. 베티는 아마 소리를 지르고 그를 때릴지도 모른다. 분명히 울겠지.

베티는 이미 와 있었다. 녹색 스바루는 언제나처럼 절벽 가까이 세워져 있었다. 그는 전조등을 끄고 천천히 차 뒤로 다가갔다. 실내등이 켜져 있어 차창으로 베티의 실루엣이 보였다. 오른손에는 담배가 들려 있었다. 아마 시끄러운 음악을 틀어놓아서 사람이 온 줄도 모르는 것 같았다. 빌어먹을, 담배 좀 끊으라니까……. 시계를 주면 끊을지도 모르지. 두 차의 범퍼가 서로 닿자 가볍게 덜컹거리는 느낌이 전해져 왔다. 헨리는 액셀을 살짝 밟았다. 마세라티의 힘에 스바루는 가볍게 밀렸다. 잠시 브레이크 등이 반짝이는 듯싶더니 스바루는 절벽 아래로 힘없이 떨어졌다.

헨리는 시동을 켜놓은 채 한동안 미동도 없이 앉아 있었다. 그리고 가죽 시트에 머리를 기대며 '에어백이 터지지 말았어야 하는

데……' 하고 생각했다. 지금쯤 베티는 필사적으로 창문을 두드리고 있을 것이다. 바다 밑은 춥다. 차가운 바닷물이 죽는 데 도움이 될 것이다. 어쩌면 차가 수면에 부딪힌 순간 이미 죽었을지도 모른다. 배 속의 아이는 아무것도 느끼지 못했을 것이다. 자신이 살았다는 사실 자체를 모를 테니까. 불쌍한 것.

10분쯤 지난 후 그는 눈을 뜨고 시동을 껐다. 그리고 어떻게 됐는지 보려고 밖으로 나왔다. 나오자마자 셔츠가 흠뻑 젖을 정도로 빗줄기가 거셌다. 그는 절벽 끝에 서서 아래를 내려다보았다. 깎아지른 듯 수직으로 떨어지는 지형이라 절벽을 전혀 건드리지 않고 바로 물속으로 직행한 것 같았다. 특별한 것은 아무것도 없었다. 검푸른 바다는 차 한 대를 꿀꺽 삼키고도 시치미를 뚝 떼고 있었다. 뒤따라 뛰어내려야 할 타이밍이었지만 돌이키지 못할 짓을 저질렀다는 생각과 차가운 빗물이 느껴질 뿐이었다. 그는 차 앞부분을 살펴보았다. 흠집 하나 없이 멀쩡했다. 그는 엄지손가락으로 번호판을 쓱 닦았다. 빗물이 눈 속으로 파고들었다. 그는 이제 범죄자가 되었다. 정확히 말하면 살인자다. 그가 예상한 그대로였다.

헨리는 입안이 텁텁해서 집에 가는 길에 주유소 편의점에 들러 껌을 샀다. 실험실에서 도망친 백색증 자이언트 토끼처럼 생긴 비만한 여자가 카운터에 앉아 있었다. 그는 현금을 내며 거울에 자신의 얼굴을 슬쩍 비춰보았다. 어라, 이것 봐라, 평소랑 똑같잖아. 그는 속으로 생각했다. 늦어도 내일 오후쯤에는 누군가 경찰에 신고

하겠지. 누가 제일 먼저 신고할까? 아마도 모리아니 사장일 것이다. 착해빠진 양반이라 걱정도 많은 편이다. 그리고 나쁜 일이란 금세 감지되기 마련이다. 그리고 기다림이 시작될 것이다. 조마조마한 마음으로 실낱같은 희망을 부여잡고 기다린다. 그러나 결국은 걱정했던 일이 현실이 되거나 더 심한 결과가 나온다. 그중 가장 끔찍한 것은 분명 기다림이리라.

베티의 부모님과 친한 친구들은 베티를 찾기 시작할 것이다. 열쇠를 찾아내든지 새로 깎든지 해서 문을 따고 들어갈 것이다. 그리고 베티네 집 냉장고에 떡하니 붙어 있는 태아 초음파 사진을 발견할 것이다. 아니, 그런 사진을 냉장고에 붙여놓는 여자는 없다. 아마도 자기 몸에 지니고 다니겠지. 손가방이나 그런 곳에. 혹시 베티가 산부인과 의사에게 아기아빠가 누군지 얘기했을까? 그럴 이유가 있나? 의사와 그런 얘기를 할 리는 없다. 그런 생각을 하다보니 문득 베티에게 일기를 쓰는지 물어보려고 했던 것이 떠올랐다. 여자들은 인생에서 한번쯤 일기를 쓰는 시기가 있지 않은가? 베티도 분명 일기를 썼을 것이다. 아, 진즉 물어볼걸.

그가 막 나가려고 할 때 뒤에서 부르는 소리가 들렸다.

"저기요…… 잠깐만요."

그는 발걸음을 멈추고 뒤를 돌아보았다. 자이언트 토끼가 손에 뭔가 들고 흔들고 있었다. 껌을 두고 온 것이다.

헨리는 돌아가서 껌을 받아왔다. 계산원은 그를 기억할 것이다. 언제가 됐든 경찰은 그를 찾아올 것이다. 그는 모든 준비가 되어 있었다. 어떤 질문에도 대답할 자신이 있었다. 왜냐하면 욕먹을 짓을 한 게 없으니까. 그는 해야 할 일을 했을 뿐이다. 그는 마르타에게 카모마일 차를 끓여주어야겠다고 생각하며 집으로 차를 몰았다.

마르타의 방에는 이미 불이 켜져 있었다. 밤에 찾아오는 글의 악령을 맞이하러 올라갔다는 뜻이었다. 헨리는 담비 덫을 계단 앞에 조용히 내려놓고 찻물을 안치고 개에게 먹이를 주러 살금살금 부엌으로 갔다. 커다란 부엌은 여느 때와 같이 깨끗했고 금속 위에 말라붙은 기름 냄새가 희미하게 났다. 주인을 본 폰초도 언제나처럼 열심히 꼬리를 흔들어댔다. 집 안은 여느 때와 다름없이 조용했다. 모든 것이 어제와 똑같았다. 순간 헨리는 휴대전화에 생각이 미쳤다. 전화기 속에 든 작은 SIM 카드를 빼지 않고 버린 것이다. 이렇게 생각이 없다니!

만약 그 전화기가 작동되고 위험에 빠진 베티가 그에게 전화를 했다면? 베티가 그 말고 누구에게 전화를 걸겠는가? 뒤에서 다가와 절벽 아래로 밀어버린 어두운 그림자가 그라는 사실을 모를 테니 말이다. 누가 그런 걸 상상이나 하겠는가? 그렇다면 쓰레기통 속에서 전화기가 울렸을 수도 있다. 만약 누군가 전화벨 소리를 듣고 전화를 받았다면…… 아니지, 바닷속에서는 전화를 할 수 없다. 당연하지, 물속에서는 말을 할 수 없으니까. 코와 입으로 마구 차가운 물이 들어와 살려고 발버둥치고 뽀글뽀글 거품을 뱉어내면서 피가 나도록 손을 내두를 뿐이지 전화를 걸지는 않는다. 암, 그렇고 말고.

헨리는 아일랜드 식탁에 한 손을 짚고 스카치 병을 들어 그대로 입에 대고 마셨다. 담배꽁초. 베티는 불붙은 담배꽁초를 풀밭이나 나무 덤불 속에 버리기 일쑤였다. 그때마다 헨리는 짜증을 내며 그 불을 비벼 끄기 바빴다. 그가 아니었다면 산불이 나도 여러 번 났을 것이다. 담배꽁초는 감식반이 제일 먼저 찾는 증거다. 텔레비전에 하도 많이 나와서 아이들도 다 안다. 담배에 묻은 베티의 침은 명백한 증거가 될 것이다. 게다가 게워놓은 라자냐도 있다. 거기엔 살인자의 유전자가 득실득실할 것이다. 한 500그램은 될 텐데……. 차라리 전화번호를 써서 사진과 함께 팻말을 박아놓는 게 낫겠다. 토사물을 분석하면 다 나올 텐데 미리 변호사에게 연락하는 게 낫지 않을까? 변호사에게 뭐라고 하지? 뜻하지 않게 내연녀를 죽였노라고? 죽일 의도는 없었는데 그냥 브레이크 밟는 걸 잊었다고?

그 말을 믿을 사람은 아무도 없을 것이다. 설령 있다 해도 먼저 마르타에게 설명해야 한다. 결국은 그녀를 위해 저지른 일이 아닌가. 마르타는 그를 이해하고 용서할 것이다. 이제까지 그녀가 그에게 화를 낸 적은 한 번도 없었다. 물론 이번엔 화를 낼 수도 있다. 그래도 그에게 불리한 증언을 하지는 않을 것이다. 가엾은 마르타, 그가 없으면 누가 그녀를 돌보겠는가?

헨리는 뭔가에 이끌리듯 창가로 갔다. 밖에는 여전히 비가 내리고 있었다. 내가 한 일은 나만이 알아. 그는 속으로 되뇌었다. 누가 그를 의심하겠는가? 그리고 누가 하필이면 그 절벽을 뒤지겠는가?

증거가 될 만한 타이어자국 같은 것은 빗물에 지워졌을 것이다. 천만다행이었다. 비와 바다는 그의 공모자였다. 둘 다 그가 끔찍히 싫어하는 것들이었다.

그렇게 생각하다보니 어느 정도 긴장이 풀리는 것 같았다. 엄밀히 따지면 그건 일종의 사고라고 볼 수도 있었다. 아니, 그건 사고였다. 그가 아니었어도 충분히 일어날 수 있는 일이었으니까. 그건 베티의 실수였다. 칠칠치 못함에서 나온 결정적인 실수였다. 베티는 너무 절벽 가까이에 차를 세웠다. 기어도 바꾸지 않았고 핸드브레이크조차 걸어놓지 않았다. 여자들이 늘 그렇듯 생각이 너무 짧았다. 이건 그저 베티가 위험하게 차를 세웠기 때문인 것이다. 누가 다른 생각을 할 것이며 누가 그렇지 않다는 걸 증명하겠는가? 또 누가 베티를 찾아내겠는가?

헨리는 안도의 한숨을 쉬며 실내화로 갈아 신었다. 그리고 스카치 병을 들고 시가를 피우러 조용히 지하 와인 창고로 갔다. 축하할 일은 없지만 시가는 죄의식을 없애는 데 효과가 있었다. 그는 알전구 불빛 아래 등받이 없는 나무의자에 앉아서 시가 하나를 다 피웠다. 어렸을 때 아버지가 남기고 간 얼룩덜룩한 색깔의 시가를 하나 다 피웠던 것처럼.

그날, 심리적 관점에서 볼 때 헨리의 어린 시절이 끝난 그날 밤, 아버지는 술에 취해 쿵쿵거리며 계단을 올라왔었다. 헨리에게 벌을 주기 위해서였다. 헨리는 그 소리를 듣고 얼른 침대 밑으로 숨었다. 오줌을 싸서 잠옷바지가 다리에 찰싹 달라붙어 있었다. 아버지는 성난 황소처럼 씩씩거리며 방으로 들어왔다. 들큰한 맥주 냄새가 온 방 안에 퍼졌다. 아버지는 불도 켜지 않고 침대 밑으로 손을 쑥 집어넣어 헨리를 끌어냈다. 헨리는 아버지가 그의 멱살을 잡고 일으켜 잠옷바지를 더듬을 때 얼마나 아팠는지, 아버지의 손아귀 힘이 얼마나 셌는지 지금도 잊히지 않았다.

"또 오줌 쌌지, 이 똥개새끼?"

물론이다. 매일 밤 반복되는 일이었다. 아버지는 그를 끌고 계단으로 갔다. 헨리는 계단 난간을 꽉 붙잡고 목청껏 어머니를 불렀다. 아버지는 그것 때문에 더 화가 나서 그를 세게 잡아끌었다. 그는 계단 난간을 더 꽉 붙들었고 순간 잠옷 천이 찢어지며 아버지의 육중한 몸이 계단 밑으로 굴러떨어졌다. 아버지는 그 자리에서 다시는 일어나지 못했다. 아버지는 검정 비닐자루에 담겨 밖으로 옮겨졌고 이웃 사람들이 모두 나와 그 광경을 지켜보았다. 그 이후 벌어진 일은 더더욱 처참했다.

그로부터 수십 년이 지난 오늘 헨리는 완전히 인사불성이 된 채 와인 창고에서 나온다. 그리고 잠자는 개에 발이 걸려 바닥에 한쪽 얼굴을 댄 채 쓰러진다. 전등불이 눈앞에서 우아하게 춤을 춘다.

그때 초인종이 울렸고 폰초가 벌떡 일어나 짖기 시작했다. 헨리는 시계를 보았다. 11시가 다 되어가고 있었다. 경찰? 제일 먼저 떠오른 생각은 경찰이었다. 하지만 경찰이 이렇게 빨리 올 수 있을까? 요즘 범죄학이 발전해서 기적 같은 일이 일어난다고는 하지만, 젠장 어떻게 이렇게 빨리 알아냈지? 아마 베티의 전화 때문이겠지.

베티는 그가 아니라 경찰에 전화를 한 것이다. 그렇다면 이건 베티의 마지막 복수가 될 것이다. 지금 집 주변에는 온통 경찰이 진을 치고 있을 것이다. 들판에는 저격수들이 배치됐겠지. 그렇다면 경찰이 들이닥칠 때까지 그냥 누워 있는 게 낫겠다.

그래서 헨리는 잠시 바닥에 누운 채 꼼짝도 하지 않았다. 마룻바닥에 떨어진 시가가 타들어가며 나무에 작은 구멍이 났지만 지금은 그게 중요한 게 아니었다. 헨리는 도스토옙스키의 소설 중 사형수가 총살당하기 전의 상황을 묘사한 부분이 떠올랐다. 그 시간의 밀도를 따라올 것은 없다. 그렇다고 그가 도스토옙스키를 좋아하는 건 아니었다. 너무 말이 많고 스토리가 복잡하게 얽혀 있기 때문이다.

다시 초인종이 울렸다.

이번에는 힘껏 누르는 소리였다. 길게, 길게, 짧게. 마치 모스부호 같았다. 헨리는 다시 앞날을 상상해보았다. 조금 있으면 마르타가 2층에서 내려올 것이다. 경찰이 그에게 수갑을 채우고 미란다 원칙을 읽어주는 장면을 그녀가 볼 것이라고 생각하니 끔찍했다. 마르타는 칫솔과 속옷을 챙겨주겠지. 분명 눈물을 흘릴 것이다. 그리고 "도대체 왜 그랬어?"라고 물을 것이다. 대답을 생각해놔야겠군. 헨리는 그렇게 생각하며 자리에서 일어났다. 그리고 피할 수 없는 상황과 대면하기 위해 문을 향해 걸어갔다.

문을 열자 빗속에 베티가 서 있었다.

그녀는 혼자였다. 얼굴은 창백했고 표정은 진지했다. 트렌치코트 속에는 체크무늬 투피스를 입고 있었고 금발은 높이 틀어 올린 모습이었다. 아마도 그가 틀어 올린 머리를 좋아한다는 걸 알기 때문일 것이다. 그녀는 건강미가 넘쳤고 그에게 화가 난 것 같지도 않았다.

"헨리, 부인이 다 알고 있어요."

그것은 복잡하고도 미묘한 감정이었다. 한편으로는 기뻤다. 마르타가 그의 불륜 사실을 알고 있다는 것도 기뻤고, 베티가 다치지 않았다는 사실도 기뻤다. 베티는 정말 아무렇지도 않아 보였다. 매끄러운 피부에는 찰과상 하나 없었고 감기에도 걸리지 않았다. 뭐, 감기 증상은 시간이 지나면 나타날 수도 있겠지만. 다른 한편으로는 무척 놀라웠다. 베티는 어떻게 헤어스타일을 구기지 않고 추락하는 자동차에서 살아나올 수 있었을까? 아마 집에 가서 옷을 갈아입었겠지. 하지만 왜 바로 경찰서로 달려가지 않고 저렇게 밝은 얼굴로 그를 찾아왔을까? 이상한 일이었다. 하지만 이 모든 걸 설명해 줄 이유가 있겠지.

"술 마셨어요?"

"나? 응."

"거짓말 하나도 안 보태고 전화를 백 번은 했을 거예요. 그런데 계속 안 받더라고요."

그녀의 말속에는 어떤 비난이나 원망도 섞여 있지 않았다. 적어도 화는 낼 거라고 생각했는데 아니었다. 자신을 죽이려고 한 사람에게는 화를 내는 게 당연할 텐데……. 그녀는 화를 내는 대신 집 안으로 한 발짝 걸어 들어와 그에게 입을 맞췄다. 그녀의 입에서 박하 냄새가 났다. 그녀가 그의 집에 온 것은 이번이 처음이었다. 그가 선물한 은방울꽃 향수 냄새가 은은하게 풍겼다. 베티는 향수를 뿌릴 여유까지 있었던 것이다.

"집이 왜 이렇게 어두워요? 어머나, 자기, 다쳤어요?"

"넘어졌어."

"피가 나요. 내가 방금 한 말 이해했어요?"

"아니. 무슨 소리야?"

"내 말은 아까 마르타를 만났다고요."

"누구?"

"이 댁 마나님요."

베티는 마치 아이에게 말하듯 대답했다. 그는 그 말투가 싫었다. 하지만 지금은 그런 사소한 것에 연연할 때가 아니었다.

"다 알고 있더라고요. 왜 여태까지 나한테 숨겼어요?"

헨리는 자신의 놀란 숨소리가 귓가에 느껴졌다.

"마르타가 뭘 알고 있다고?"

베티가 까르르 웃었다.

"시치미 떼지 말아요. 우리 관계에 대해서 다 알고 있던데요. 처음부터 다요."

그는 다시 와인 창고로 돌아갈까 생각했다. 시가를 피우다 잠든 거라면 얼른 다시 깨고 싶었다.

"마르타에게 다 말한 거야?"

"아니요. 당신이 말했잖아요."

베티는 검지로 그의 가슴께를 콕 찔렀다. 그것 역시 그가 싫어하는 행동이었다.

"마르타가 집으로 찾아왔더라고요. 우리 입장에서는 일이 훨씬 수월해졌어요."

"마르타가 주소를 어떻게 알고 찾아가?"

베티는 그런 식의 대화에 슬슬 짜증이 나는 듯했다. 그녀는 피곤하다는 표정으로 트렌치코트를 벗었다.

"그거야 당신이 말했겠죠. 마르타는 정말 슬퍼 보였어요. 화도 많이 났고요. 그래도 당신 걱정을 많이 했어요. 함께 차를 마셨는데, 당신이 슬럼프를 겪고 있다고 하더라고요. 마르타는 당신을 정말 잘 이해하는 것 같았어요. 정이 무척 깊은가봐요. 그러고 나서 차를 타고 절벽으로 갔어요."

그 말을 듣는 순간 헨리는 단단한 눈덩이로 가슴을 얻어맞는 기분이었다. 눈덩이는 갈비뼈 사이를 뚫고 들어가 그의 내면을 마구 헤집어놓았다. 베티는 그의 얼굴이 잿빛으로 변하는 것을 멍하니 바라보았다.

* * *

마르타의 방은 언제나처럼 말끔하게 정돈되어 있었다. 스탠드 조명이 켜져 있었고 타자기에는 새 종이가 끼워져 있었다. 휴지통은 비어 있었고 침대는 사용한 흔적이 전혀 없었다. 베개 위에 책한 권이 펼쳐져 있었고 침대 옆에 목욕가운이 놓여 있었다. 욕실에도 가보았지만 마르타는 없었다. 헨리는 창을 열고 밖을 내다보았다. 마르타의 흰색 사브가 빗속에 서 있었다. 전조등이 켜진 채였고 와이퍼가 저 혼자 열심히 돌아가고 있었다. 그는 큰 소리로 마르타를 불렀지만 아무 대답이 없었다.

계단을 내려가던 헨리는 베티의 트렌치코트가 담비 덫 위에 놓여 있는 것을 보았다. 그녀의 갸름한 구두가 그 옆에 놓여 있었다. 손님용 화장실에는 문이 열려 있었고 불이 켜 있지 않았다. 부엌도 마찬가지로 어두웠다. 어디선가 담배 연기 냄새가 솔솔 풍겼다. 헨리는 벽면이 나무로 장식된 복도를 따라 자신의 작업실로 갔다. 베티가 어둠 속에서 소리도 없이 불쑥 나타났다.

"무슨 일 있어요, 헨리?"

"없어졌어. 마르타가 없어졌어."

"그게 무슨 말이에요? 없어지다니요?"

"당신 여기 왜 온 거야?"

"마르타랑 여기서 차를 바꾸기로 약속했어요. 마르타가 그렇게 좀 해달라고 해서요. 아직 안 돌아온 거예요?"

베티는 그를 지나쳐 어두운 복도로 나가려고 했다. 그가 거칠게 그녀를 붙들어 세웠다.

"내 작업실에서 뭐 했어?"

"아야, 아파! 마르타가 있나 봤어요. 금방 돌아올 거예요. 너무 걱정 말아요."

헨리는 베티의 손에 담배가 들려 있지 않은 것을 확인했다.

"마르타랑 무슨 얘기 했어?"

"무슨 얘기를 했겠어요? 당연히 당신 얘기죠. 한 시간 정도 얘기했어요. 당신을 엄청 떠받들던데요. 그런 다음 내가 우리 만나는 장소를 알려줬어요."

"왜? 왜 그걸 알려줘?"

그는 그녀의 어깨를 더 꽉 붙들었고 그녀는 벗어나려고 몸부림쳤다.

"마르타가 당신을 만나러 가겠다고 했어요. 그래서 절벽으로 간 거예요."

그는 그녀의 얼굴을 물끄러미 쳐다보았다.

"마르타가 거길 어떻게 찾아가?"

"그래서 차를 바꾼 거잖아요. 마르타 차에 내비게이션이 없으니까요. 내비게이션 없으면 절대 못 찾아요. 이제 됐어요? 거기 갔다 왔어요?"

"담배 하나 줘."

"거기 갔었죠? 맞죠?"

"그래, 갔어. 담배나 줘."

베티는 담뱃갑에서 담배를 꺼내 건넨 다음 불을 붙여주었다. 그의 손이 떨렸다. 너무 심하게 떨려서 베티가 잡아주어야 할 정도였다. 그녀의 시선이 계단 앞 나무상자에 머물렀다. 하지만 그녀는 아무것도 묻지 않았다.

마르타는 죽은 게 분명했다. 그가 절벽 아래로 민 차 속에 타고 있던 건 마르타였다. 이로써 그는 인생을 망쳤다. 마음에서 우러나서 사랑했던 유일한 사람을 죽인 것이다. 마르타가 사라졌으니 이제 여유롭고 평화로운 삶도 안녕이었다. 마르타가 문을 열려고 필사적으로 유리창을 두드리는 모습이 소리 없는 영화의 한 장면처럼 머릿속을 스쳤다. 얼음처럼 차가운 바닷물이 그녀의 폐 속으로 밀려 들어가고, 결국 숨이 끊어졌겠지.

베티를 집에 데려다주는 차 안에서 헨리는 얼굴 오른편이 서서히 마비되는 느낌을 받았다. 그 느낌은 눈썹에서 시작해 관자놀이를 거쳐 귀로 이어졌다.

"아이 얘기도 했어?"

"아니요, 그건 몰라요."

"거짓말하지 마!"

"내가 왜 거짓말을 해요?"

"이 일에 대해서 함께 얘기한 사람 있어?"

"왜 그런 걸 물어요? 마르타가 다시는 안 돌아오기라도 할 것처럼?"

베티는 묘하게 긴장된 모습으로 조수석에 앉아 있었다. 담배도 피우지 않았고 그를 쳐다보지도 않았고 더 이상 질문도 하지 않았다. 적어도 질문을 입 밖에 내지는 않았다. 그는 굳은 표정으로 운전에만 집중했다. 머릿속으로 집에 가서 개를 때려죽이고 벤진 통에 든 기름을 집 구석구석에 뿌리는 상상을 하고 있었다. 성냥개비 모형부터 시작해 책에 불을 붙일 것이다. 종이니까 바로 활활 타오르겠지. 그다음은 나무계단이다. 그러면 불이 순식간에 2층으로 퍼질 것이다. 천장에 살고 있는 빌어먹을 담비도 함께 타 죽겠지. 남의 집에 몰래 들어와 산 벌이다.

"그 얘기 아무한테도 하지 마. 알았어? 아무한테도."

베티는 곧 내렸다. 그녀는 집까지 50미터 정도 걸어가는 내내 자신의 뒤통수에 박힌 헨리의 시선을 느꼈다.

그가 집에 도착했을 때 비는 어느 정도 그쳐 있었다. 집은 어두웠고 마르타의 창문에만 불이 환하게 켜져 있었다. 그는 소용없는 짓이라는 걸 알면서도 아내를 찾아 온 집 안을 뒤졌다. 환각처럼 찾아든 아픔이 점점 선명해지는 것을 느끼며 문이란 문은 모조리 열어젖히며 아내의 이름을 불렀다. 마치 유치한 숨바꼭질이라도 하듯 손전등을 들고 책장 뒤, 옷장 안, 후미진 구석구석을 비추었다. 마르타는 대답이 없었다. 당연했다. 바닷속 깊은 곳에 가라앉아 있을 테니까. 그런 상상을 하니 더욱 끔찍해져서 그는 다시 열 번도 넘게 아내의 이름을 불렀다.

작업실에 가보니 베티가 남기고 간 담배꽁초가 있었다. 블라인드가 내려져 있었으니 뭔가 눈치챌 만큼 많이 보지는 못했을 것이다. 하지만 스타킹만 신은 발로 몰래 들어왔다는 건 염탐하려는 의도가 분명했다.

그는 마르타의 사브를 헛간에 집어넣었다. 차 안을 뒤졌지만 낡은 슬리퍼 한 켤레와 빛바랜 지도, 빈 물병 몇 개만 나왔다. 차 안에는 아직도 베티의 은방울꽃 향수 냄새가 남아 있었다. 그는 헛간에서 삽과 벤진 통 두 개를 들고 나와 부엌으로 갔다. 개가 헉헉거리며 뒤를 따랐다. 먼저 집에 불을 지르고 예배당 뒤에 있는 우물에 빠져 죽을 생각이었다. 그는 벤진 통을 내려놓고 뾰족한 삽을 조리대 위에 올려놓은 뒤 남은 위스키를 병째로 들이켰다. 술이 취하는 대로 삽으로 폰초의 머리를 칠 생각이었다. 그러나 아무리 술을 마셔도 정신이 멀쩡했다. 위스키 맛이 나는 물인 게 틀림없었다. 아니면 벌써 취했어야 하는데…… 그는 싱크대에서 고무장갑을 꺼냈다. 자, 이리 와라, 똥개새끼. 어서 끝내자.

개는 쪼르르 달아나버렸다. 그는 비틀거리며 집 안을 돌아다니다 가구에 정강이를 찧고는 계획을 바꾸었다,

그는 마르타의 녹색 파카를 챙긴 뒤 세탁바구니에서 입던 옷을 하나 꺼내고 속옷, 샌들, 셔츠, 바지를 비닐봉지에 쑤셔 넣었다. 그리고 마르타의 접이식 자전거를 조심스럽게 그의 마세라티 트렁크에 실은 다음 차를 출발시켰다. 백미러로 보니 어둠 속에서 노란 불빛이 두 개 빛났다. 개의 눈이었다. 그 짐승은 모든 걸 알고 있었다.

새벽 4시, 동트기 한 시간 전. 해안으로 통하는 좁은 도로는 마을

을 가로질러 나 있었다. 그는 전조등을 끈 채 천천히 도로를 달렸다. 밝은 달빛에 건물 지붕들이 빛났다. 고양이 한 마리가 밤새 잡은 먹이를 물고 도로를 건너갔다.

보름달이 뜨는 날이면 늘 그렇듯 오브라딘은 잠을 이루지 못하고 창가에서 담배를 피우고 있었다. 그러다 귀에 익은 엔진 소리에 아래를 내려다보았다. 마세라티의 둥그런 실루엣이 보였다. 한밤중에 불도 켜지 않은 채 항구 쪽으로 차를 모는 데는 뭔가 이유가 있으리라. 만약 헨리가 해외로 가는 배에 차를 실어 보내는 게 아니라면 언젠가는 다시 이 길을 지나갈 터였다. 침대에서 자고 있던 헬가는 잠결에 통통한 손을 뻗어 옆자리를 더듬었다. 오브라딘은 옷장에 있는 양철상자에서 러시아산 적외선 열화상장치를 꺼내왔다. 그리고 다시 창가에 자리를 잡고 서서 새 담배를 뜯었다.

해안은 작은 항구 뒤에 있었다. 헨리는 자전거를 메고 바위 해변을 지나가 마르타가 하던 대로 절벽 틈에 기대놓았다. 그리고 모자 달린 파카를 자전거 핸들 위에 걸치고 마르타가 했을 법하게 그 옆에 옷을 개켜놓았다. 그런 뒤 차갑게 반짝이는 바다를 바라보았다. 마르타의 시체는 이미 물고기들이 먹어치웠을까? 아니면 언젠가 파도에 실려 이리로 밀려올까? 옷을 입은 채일까? 정말 무모한 짓이었어.

왜 그런 짓을 했을까? 끝없이 반복되는 파도의 철썩임에 돌멩이들이 이리저리 흔들렸다. 그러다 결국은 모래로 변할 것이다. 마르타는 바다를 참 좋아했다. 바다가 뭐 그리 좋았을까?

오브라딘이 예상한 대로 헨리의 마세라티는 약 30분 후 그의 집 창문 아래로 다시 지나갔다. 여전히 전조등을 끈 채였다. 운전석에 앉은 헨리의 모습이 녹색 화면 속에 나타났다. 깊이 생각해본 결과 오브라딘은 다음과 같은 결론을 내렸다. 작가에게는 한밤중에 불도 켜지 않고 항구 쪽으로 차를 몰아야 할 이유가 아주 많다는 것. 그중 하나만 예로 들자면 '정확한 단어'를 찾기 위해서다. 정확한 단어를 향한 집념은 일찍이 플로베르를 어두운 거리로, 프루스트를 침대로, 니체를 광기로 내몰았다. 그러니 그 집념이 헨리 하이든을 지옥으로 내몰지 말란 법도 없었다. 오브라딘은 이 우아한 결론에 이르자 그제야 안도했다. 그리고 엔진 소리가 사라지자 헬가 옆에 누워 바로 잠이 들었다.

헨리는 동트기 직전 집에 도착했다. 개는 그 자리에 그대로 서서 주인을 기다리고 있었다. 집 안으로 들어간 헨리는 마르타의 수영복을 벽난로 속에 집어넣었다. 그리고 안락의자에 앉아 폴리에스테르가 불에 녹아 작고 동그란 불덩이로 변하는 것을 지켜보았다. 그 수영복은 모든 게 터무니없이 비쌌던 산레모의 해변 거리에서 무척 싸게 산 것이었다. 마르타의 볼륨 있는 날씬한 허리가 돋보여서 그녀에게 무척 잘 어울렸다. 그녀는 수영복 입은 모습을 거울에 이리저리 비춰보고는 아이처럼 환하게 웃었다. 수영복을 산 다음 함께 캄파리를 마시고 우편엽서를 썼다. 행복이란 누군가와 함께하는 것이구나. 그때 그는 그렇게 생각했다. 그런데 이제 그 함께하는 삶이 사라져버렸다. 불에 탄 딱딱한 플라스틱 조각으로 변해버렸다.

따뜻한 난로 앞에 앉아 있노라니 얼굴 오른편에 다시 마비증상이 왔다. 이제는 뺨을 지나 코까지 퍼졌다. 썩어가는구나. 그는 속으로 생각했다. 안에서부터 밖으로 썩어가고 있어. 그래, 난 썩을 놈이야.

그리고 다음 순간 헨리는 천장에서 뭔가가 날카로운 이빨로 긁는 소리를 들었다.

6

"마르타?"

정원에 나갔다 온 헨리는 고무장화를 벗으며 집 안에서 나는 소리에 귀를 기울였다. 시계는 9시를 가리키고 있었다. 마르타가 아직 자고 있을 시간이었다. 하지만 오늘은 웬일인지 대문 옆에 기대 있어야 할 자전거가 보이지 않았다.

부엌에서는 채소 수프가 끓고 있었다. 미니당근을 뽑으러 잠시 나갔다 온 그는 당근을 조리대 위에 올려놓았다. 잘 포장해놓은 파텍 필립 시계가 그 옆에 놓여 있었다. 개가 그의 바짓부리에 코를 대고 킁킁거렸다.

"폰초, 마르타 못 봤니?"

개는 '웬 개수작이야?' 하는 듯 고개를 갸웃했다.

"그럼 내가 직접 찾지, 뭐."

헨리는 2층으로 올라가 살며시 문을 두드렸다.

"마르타?"

그는 손잡이를 잡고 조심스럽게 문을 열었다.

"여보, 일어났어?"

스탠드 전등이 켜져 있고, 침대에는 누운 흔적이 없고, 베개 위에는 책 한 권이 펼쳐져 있었다. 뒤따라온 개가 킁킁거리며 냄새를 맡았다. 그녀는 욕실에도 없었다. 그는 창문을 열고 큰 소리로 마르타를 불렀지만 아무 대답이 없었다. 이상한 일이었다. 하지만 아직 걱정할 단계는 아니었다. 마르타는 헛간에 있을지도 모른다.

그는 빠른 걸음으로 계단을 내려가 다시 장화를 신고 밖으로 나갔다. 헛간 문을 열어보니 그녀의 사브가 그대로 있었다. 일찍 일어난 김에 자전거를 타고 바다에 나간 건가.

헨리는 헛간 문을 닫고 잠시 생각했다. 내가 일찍 일어나는 걸 알 텐데 말도 없이 나갔을 리 없어. 그래, 마르타는 그렇게 하지 않았을 거야. 그는 그녀를 찾으러 바다에 나가보기로 했다.

그는 자동차 문을 열어젖히고 개에게 손짓을 했다. 자동차라면 사족을 못 쓰는 폰초가 웬일로 주둥이를 땅에 처박고 엎드린 채 꼼짝도 하지 않았다. 그건 폰초가 죽은 짐승 옆에서 뒹굴다 왔을 때 씻기려고 호스를 들 때나 보이는 행동이었다. 그는 주머니에서 육포 한 조각을 꺼내 높이 쳐들었다. 그러나 개는 여전히 움직일 생각을 하지 않았다. 그는 육포조각을 휙 던져준 다음 차에 타고 시동을 걸었다. 이 짐승은 모든 것을 알고 있었다.

오브라딘이 막 창문 블라인드를 올리고 있을 때 헨리가 그의 가게 앞에 멈춰 차창을 내렸다.

"오브라딘, 내 마누라 못 봤어? 이쪽으로 지나가지 않았어?"

오브라딘은 고개를 저었다.

"난 내 마누라밖에 못 봤는데. 대구 들어왔는데 어때? 한 마리 챙겨줄까?"

"아니, 나중에."

"담비는 잡았어?"

"아니, 아직."

헨리는 천천히 차를 출발시켰다. 백미러로 보니 뒤에서 오브라딘이 그를 쳐다보고 서 있었다. 항구 앞에서 서쪽으로 꺾으니 바로 해안이 나왔다. 바다 쪽에서 바람이 불어오고 있었다. 큰 파도를 알리는 빨간 깃발이 세게 펄럭였다. 그는 열쇠를 꽂아놓은 채 차에서 내려 바위해변을 백 미터쯤 걸었다. 마르타의 자전거는 절벽에 세워둔 그대로였다. 하지만 핸들 위에 걸쳐둔 녹색 파카가 보이지 않았다. 옷가지도 바람에 날려 절벽 여기저기에 흩어져 있었다. 그는 바위 위에서 마르타의 녹색 고무샌들 한 짝을 발견하고는 주우려고 몸을 굽혔다. 말라버린 미역 줄기가 바위 위에서 춤추듯 흔들렸다. 파도는 잿빛이었고 그 위에서 하얀 거품이 번뜩였다.

물가에 녹색 파카를 입은 마르타가 서 있었다.

그녀를 본 순간 그는 가슴이 철렁했다. 목구멍으로 뜨거운 것이 솟구치고 무릎이 휘청거렸다. 그녀는 등을 보이고 서 있었다. 맨발이었고 바지를 걷어 올린 차림이었다. 모자를 써서 머리는 보이지 않았다. 그녀는 허리를 굽혀 돌멩이 하나를 주웠다. 그는 바위를 건너뛰며 얼른 그녀에게 다가갔다.

"마르타!"

그녀가 깜짝 놀라 뒤를 돌아보았다. 헨리는 그 자리에 우뚝 섰다. 마르타가 아니었다. 마르타보다 한참 어린 여자였다. 그녀는 바람을 맞아 발갛게 상기된 얼굴로 겸연쩍게 웃었다.

"실례했습니다. 우리 집사람인 줄 알았습니다. 이거 우리 집사람 파카거든요."

그녀가 모자를 벗었다. 짧은 적갈색 머리가 나타났다. 앳된 얼굴의 여자였다. 서른 살도 채 안 돼 보였다. 그녀는 파카 단추를 풀기 시작했다. 헨리는 그녀를 보며 신이 자연이라는 이름으로 세상을 다스리고 있다면 신이 존재하는 게 맞다고 생각했다.

"아니에요, 놔두세요."

그는 마르타의 샌들을 든 손으로 햇빛을 가린 채 바다 쪽을 두리번거렸다. 그녀의 시선이 그를 좇았다.

"누구를 찾으세요?"

"우리 집사람요. 키는 아가씨만 하고 내 나이 또래입니다."

그러자 그녀도 함께 주위를 두리번거리기 시작했다.

"여기엔 아무도 없었는데……."

그녀가 하얀 치아와 건강해 보이는 붉은 잇몸을 드러내며 미안한 듯 웃었다.

"언제부터 여기 있었어요?"

"한 시간? 아니 한 시간 조금 더 됐을걸요."

그는 뒤에 있는 절벽 틈새를 가리켰다.

"저기 우리 집사람 자전거가 있어요. 여기 어디 있을 겁니다."

헨리는 서둘러 걷기 시작했다. 물가를 따라 걸으며 바다 쪽을 살폈다. 젊은 여자도 함께 걸으며 주위를 둘러보더니 자전거가 있는 곳으로 가서 절벽 주변을 살폈다. 그는 그녀가 흩어진 옷가지를 모으는 것을 곁눈질로 보았다.

헨리는 해변 끝까지 갔다가 돌아왔다. 장화 속으로 물이 들어가 질벅거렸다. 그가 가쁜 숨을 쉬며 자전거 있는 곳으로 돌아왔을 때 그녀는 마르타의 옷가지를 꼭 끌어안고 바위에 앉아 있었다. 헨리는 그녀의 시선을 느끼며 털썩 주저앉아 손으로 얼굴을 가렸다.

소방대원들이 도착해 트레일러에서 모터 달린 고무보트를 꺼내 바다에 띄울 때도 그녀는 바위에 앉은 채였다. 두 시간 후에는 해군 헬리콥터가 떴고 마을 어부들이 개를 앞세우고 해안을 수색했다.

기관실에 있던 오브라딘은 시끄러운 모터 소리에도 불구하고 용케 헬리콥터 프로펠러 소리를 알아듣고 갑판 위로 나왔다. 짙은 연기가 함께 뿜어져 나왔다. 육중한 군용 헬리콥터가 바다 위를 맴돌며 저공비행하고 있었다. 익사자 수색 아니면 조난 선박 구조 둘 중 하나였다. 오브라딘은 다시 연기 자욱한 기관실로 들어가 모터를 껐다. 드리나의 디젤엔진은 오래 버티지 못할 것이다. 맛이 간 공기

압축기가 벌써부터 기름을 토해냈다. 이제 수명이 다된 것이다. 오브라딘은 무슨 돈으로 새 모터를 사야 할지 생각하면 한숨부터 나왔다. 드리나는 원래 원양어선으로 만들어진 배가 아니었다. 하지만 청어가 많이 잡히지 않자 점점 더 먼 바다로 나가야 했고, 파도 상태가 안 좋을 때도 배를 함부로 굴리다보니 모터가 많이 손상됐다. 그래서 결국 이렇게 종말을 맞이하게 된 것이다.

오브라딘이 차를 타고 바닷가에 도착해서 보니 파도가 세게 치는 가운데 헨리가 허벅지까지 물속에 잠긴 채 서 있었다. 남자 두 명이 헨리를 부축해서 가까운 곳에 있는 구급차로 데려갔다. 헨리는 얼굴이 허옇게 질려 있었고 가볍게 비틀거렸다. 마을 주민 절반은 거기 모인 듯했고 아무도 말이 없었다. 하지만 속으로는 모두 같은 생각을 하고 있었다. 헨리의 눈은 번개에 맞아 모래밭에서 녹아가는 석영처럼 묘한 색깔로 흐려져 있었다.

짧은 머리에 아담한 체구의 엘레노어 린즈 시장은 들고 있던 망원경을 오브라딘에게 건네며 짤막하게 상황을 요약했다.

"장례식은 없겠네. 이미 먼 바다로 휩쓸려갔어."

오브라딘은 망원경으로 바다를 한번 보고는 손으로 십자가를 그었다. 달리 할 수 있는 일이 없었다.

저녁쯤에는 바람이 더 세졌다. 헤드라이트를 단 어선 두 척이 해안을 오갔고 거의 희망이 없는 상태인데도 해안경비대에서는 잠수부 딸린 배를 한 척 보내 수색하게 했다. 수색은 자정 무렵 끝났다.

마을의 불이 하나둘 꺼지기 시작했지만 항구 근처의 술집에서는 오래도록 불이 꺼지지 않았고, 작가 양반의 실종된 아내에 대한 이야기가 오갔다. 조용하고 눈에 띄지 않았던 작가 부인이 해수욕을 하다가 파도에 휩쓸렸고 먼 바다로 떠내려가 죽었다는 것을 의심하는 사람은 없었다. 그녀를 모르는 사람은 없었지만 잘 아는 사람도 없었다. 그녀는 그저 작가의 아내일 뿐이었다. 시내에 장을 보러 오거나 산책을 나오는 일도 별로 없었다. 그녀는 비가 오나 눈이 오나 매일 자전거를 타고 바다로 수영을 하러 갔고 항상 혼자였다. 사람들의 동정심은 아내 없이 홀로 이 밤을 지새워야 할 남편에게 집중됐다.

7

사람의 부재에 견줄 만한 고요는 없다. 모든 익숙한 것들이 사라진 고요. 이 고요는 적대적이고 비난으로 가득 차 있다. 기억의 그림자들이 소리 없이 고개를 쳐들고 일어나 한판 그림자놀이를 벌인다. 무엇이 현실인지 무엇이 기억인지 알 수 없어지면 우리를 부르는 목소리가 있다. 과거가 찾아온 것이다.

헨리는 문을 닫은 뒤 어둠 속에서 한참을 서 있었다. 집은 더 이상 예전의 집이 아니었다. 마르타는 떠났고 그는 초라한 모습으로 혼자 남았다. 양심이라는 악령과 함께 집에 갇혔다. 악령은 분명 그를 공격해올 것이다. 그는 마르타를 베티로 착각했고, 결국 자신이 가진 모든 것을 버렸다. 아무 필요도 의미도 없는 경솔한 행동으로 모든 걸 망쳐버렸다. 그 벌은 이미 시작됐다. 그는 매일 아침 이 기억과 함께 잠이 깰 것이고 기억은 나날이 새로워질 것이다. '비밀의 수호자로서 너는 절대 경솔해서는 안 된다. 남에게 털어놓아서도 안 되고 잊어서도 안 된다.' 마르타는 『특별한 죄의 무게』를 이렇게 시작했다. 그 말은 헨리를 향한 것이었다. 그가 아니면 누구겠는가?

해변에서의 과장된 수색 연기는 상당히 사실적이었다. 게다가 우연히 그 젊은 여자를 만난 것도 천운이었다. 우연보다 더 리얼한 것이 또 있겠는가? 한 여자가 아무 생각 없이 바닷가에서 돌멩이를 줍다가 비극의 현장을 목격한다. 슬픔에 제정신이 아닌 남자와 함께 실종자를 찾으러 다니고 구조대를 부르고 실종자의 옷가지를 줍는다. 그녀는 남자와 함께 울고 함께 슬퍼한다. 그리고 모든 것을 자세히 목격한다. 이것이 리얼 아니면 무엇이 리얼이겠는가!

거짓말쟁이들은 잘 알겠지만 거짓말이 어느 정도 설득력이 있으려면 아주 약간의 진실이 들어 있어야 한다. 한 방울만 들어가도 충분할 때가 많지만 중요한 것은 거짓말 속의 진실은 마티니 속의 올리브와 같아야 한다는 것이다.

마르타를 찾으러 가야겠다는 생각은 막 경찰에 전화를 걸려고 할 때 떠올랐다. 그는 이미 손에 전화기를 든 상태로 머리를 굴렸다. 믿고 싶은 게 있다면 직접 해보는 게 훨씬 낫지. 지어낸 거짓말은 금세 잊어버린다. 기억을 해야 하는데 세부적인 것까지 정확히 기억하려면 신경이 많이 쓰인다. 그리고 거짓말이란 언젠가는 폭탄으로 변하기 때문에 위험하다. 오래된 거짓말은 눈에 띄지 않는 곳에서 천천히 녹슬어간다. 아무도 눈치채지 못하기 때문에 거짓말한 사람은 안심하게 되고 점점 부주의해진다. 그러다 결국 잊어버린다. 그러나 다른 사람들은 그 일을 기억하고 있다. 그래서 잊어버린 거짓말이 어디 놓여 있는지 모른다면 그 부근 일대를 피하는 것이 좋다. 헨리의 지나온 인생은 그런 위험물로 가득했다. 그래서 그는 절대로 자신의 과거에 발을 들여놓지 않았다. 온통 지뢰밭이니까. 이렇게 지어낸 거짓말과 달리 직접 겪은 것은 오래도록 기억에 남는다. 헨리는 그런 믿음을 가지고 죽은 아내를 찾기 시작했다. 그리고 아내가 없어졌을 때 착실한 남편들이 느낄 법한 불안과 근심을 직접 느껴보려고 애썼다. 결과적으로 해변에서 주저앉았을 때는 정말 깊은 슬픔을 느낄 수 있었다. 실제로도 경악했고 마음 깊은 곳에서 우러나와 쓰디쓴 눈물을 흘렸다. 그리고 그 모든 것을 그 젊은 여자가 목격했다. 모든 것이 완벽했다.

헨리는 아직 그 감동이 가시지 않은 상태에서 담비 덫 위에 걸터앉아 모래로 가득한 장화를 벗었다. 양말이 젖어서 마룻바닥 위로 물이 뚝뚝 떨어졌다. 그는 계단 위를 올려다보았다. 낮은 계단 몇 개만 희미한 달빛에 빛나고 위에 있는 것들은 어둠에 묻혀 보이지 않았다. 이제 저 위에는 아무도 살지 않는다. 담비만 빼고. 그 녀석도 곧 처리할 테지만. 이제 그는 기억과 더불어 살 것이고 소설은 더 이상 출간되지 않을 것이다.

헨리는 자리에서 벌떡 일어났다. 소설! 모리아니에게 8월에 원고를 주겠다고 했는데……. 원고가 어디 있었지? 정신없는 와중에 못 보고 지나쳤나?

헨리는 계단을 두 칸씩 건너뛰며 2층으로 올라갔다. 마르타의 잠긴 방문 앞에 개가 주둥이를 처박고 엎드려 있었다. 원고는 항상 있던 자리인 타자기 옆 작은 책상 위에 있지 않았다. 휴지통은 언제나처럼 비어 있었다. 헨리는 정신없이 침대 밑을 살폈다. 그리고 옷장을 뒤지고 침대를 헤집고 욕실을 뒤졌다. 하지만 원고는 어디에도 없었다. 그는 창문을 열고 셔츠를 풀어헤쳤다. 너무 더웠다. 그는 마르타의 침대에 털썩 주저앉았다. 폰초가 어슬렁어슬렁 들어오더니 그의 발치에 앉아 자신의 털을 핥기 시작했다.

마르타는 이미 모든 것을 알고 있었다. 어제 베티를 만나기 전 원고를 벽난로에 던졌을 것이다. 아니, 모리아니에게 보냈을지도 모른다. 등기로 부치고 카드도 넣었겠지. 아마 카드에는 그녀의 둥글둥글한 글씨체로 이렇게 쓰여 있을 것이다.

'대표님, 원고 재미있게 읽으세요. 그중 헨리가 쓴 건 하나도 없습니다. 헨리는 뭘 써본 적이 아예 없어요. 아마 학교 작문도 못 쓸걸요. 농담 아니고요, 백 퍼센트 진지하게 하는 얘기입니다. 제 남편이 저와 결혼생활하는 동안 만들어낸 것이라곤 사생아 하나뿐입니다. 그리고 베티, 만약 내 마지막 소설을 네가 맡게 된다면 잘 알아둬. 네 배 속에 있는 아이는 제 아버지와 똑같은 삶을 살다 갈 거야. 처음부터 무가치한 존재로 태어나 무의미한 삶을 살 거라고. 참, 헨리는 자기 아버지도 죽였어. 기회가 있으면 어머니 무덤이 어디 있는지 물어봐. 그리고 대표님, 부탁 하나 할게요. 제가 내일 더 이상 이 세상 사람이 아니게 되면 경찰에 신고 좀 해주세요.'

헨리는 마르타의 침대에서 일어났다. 아니, 마르타가 그에게 그런 짓을 할 리 없다. 그녀는 고자질할 사람이 아니었다. 명예욕이 없듯이 보복이나 심술도 그녀와 어울리지 않았다. 그런 저질적인 욕망을 가진 여자였다면 애당초 결혼하지도 않았을 것이다. 마르타의 복수는 아마도 고요가 될 것이다. 고요는 이미 독을 품은 먼지처럼 집 안 곳곳에 내려앉아 있었다. 그때 다시 그 듣기 싫은 이빨 가는 소리가 났다. 벽을 통해 소리가 전해졌다. 담비가 바로 위에 있는 것 같았다.

헨리는 새벽녘이 될 때까지 계속 집 안을 뒤졌다. 벽난로에서는 마르타의 수영복이 타고 남은 작은 플라스틱 덩어리만 나왔을 뿐 종이 탄 재는 나오지 않았다. 잘 분리해놓은 주방 쓰레기통에도 원고 비슷한 것은 없었다. 결국 그는 원고 찾기를 포기했다. 체념하고 지친 상태로 침실에 들어갔는데 배게 위에 원고가 있었다. 표지에 연필글씨로 '하얀 어둠'이라고 쓰여 있었다. 마르타에게 제목이 떠오른 것이다. 헨리는 일회용 유리병에 쓰는 고무줄로 묶여 있는 원고를 펼쳤다. 마지막 장이 없었다. 대신 마지막 페이지에 '여보……'로 시작하는 편지가 연필로 쓰여 있었다. '여보, 조금만 더 기다려줘. 어떻게 끝날지 알겠어? 키스를 보내며, 마르타.'

* * *

베티는 오지 않았다. 클라우스 모리아니는 손에 들고 있던 MRI

사진을 책상서랍에 집어넣고 열쇠로 잠갔다. 암세포는 이미 허리에서 척추로 전이됐다. 하지만 아직 시간은 있었다. 8월에 헨리의 원고가 나오니까 책이 완성될 때까지 늦여름의 베니스로 신혼여행을 다녀올 시간은 충분했다. 베티는 베니스를 좋아했다. 르네상스 예술과 미역줄기 같은 진녹색 바다와 이탈리아의 태양을 사랑했다. 그의 배우자로서 그녀는 전 재산을 물려받을 것이다. 그녀가 청혼을 거절할 이유가 없었다. 모리아니는 그 대가로 뭔가를 기대하거나 요구하지 않을 생각이었다. 그녀 곁에 가까이 머무는 것만으로도 그는 만족했다. 신체접촉을 강요할 생각도 없었다. 늙은이들이 풍기는 냄새가 얼마나 역한지는 최근에 겪어서 아직 기억이 생생했다. 고등학교 때 여자 동기와 함께 오페라극장 특별석에 앉아 〈라 트라비아타〉를 봤는데, 드레스 밖으로 드러난 그녀의 목과 등에서 늙은이 냄새가 심하게 나서 도저히 공연에 집중할 수가 없었다. 게다가 황소 목처럼 쭈글쭈글한 뒷목에는 솜털이 숭숭 나 있었다. 가장 싫었던 건 그 자신도 그런 냄새를 풍길 것이고, 그것을 막을 도리가 없다는 사실이었다.

올해 일흔둘이니까, 모리아니는 베티와 거의 마흔 살가량 차이가 났다. 항암치료는 생각하고 싶지도 않았다. 모발과 얼마 남지 않은 남성성을 앗아갈 것이 빤했기 때문이다. 항암치료를 받으면 일년 정도야 더 살겠지만 치러야 할 희생이 너무 컸다. 다행히 암세포들도 마지막으로 베니스에 한번 다녀오고 싶다는 듯 천천히 퍼지고 있었다. 모리아니는 이 여름이 그의 마지막 여름이 될 것을 알았다. 아이를 낳는다는 것은 상상할 수도 없었다. 하지만 베티는 아직 젊다. 그가 죽고 나면 다른 남자와 결혼해서 가정을 이룰 수 있다. 그러면 그 아이들은 모리아니의 집에서 자랄 것이다. 그의 집 정원에서 뛰놀고 그의 선친이 1950년대에 심은 단풍나무 그늘 아래서 성장할 것이다. 베티는 여생을 안정적으로 살 수 있을 것이고 지금처럼 온 힘을 다해 출판사를 지키며 이끌어갈 것이다. 클라우스 모리아니는 그것을 굳게 믿었다.

나무 패널로 장식된 그의 사무실로 들어가는 문은 언제나처럼 열려 있었다. 시계는 10시를 가리키고 있었다. 초조해진 모리아니는 '사내용'이라고 적힌 목제 서류함에서 종이 한 장을 꺼내 들고 밖으로 나갔다.

교정을 보고 있던 호노르 아이젠드라트는 코앞에 쑥 디밀어진 종이에 어안이 벙벙했다. 그녀는 20년 넘게 모리아니의 비서로 일하면서 회사와 운명을 같이해왔다. 처음 몇 년간만 괜찮았을 뿐 출판사의 재정 상태는 점점 악화되었고 모리아니의 기력도 점점 떨어져갔다. 그는 그런 와중에도 떨어지는 매출을 올려보려고 고군분투했다. 적자가 나기 시작하자 그녀는 밝은 색 옷을 입기 시작했고 미용실에도 자주 드나들었다. 모리아니에게 희망을 주기 위해서였다.

그녀는 보이지 않는 징표를 믿었다. 그것은 숨겨진 이정표와 같아서 진심으로 길을 찾는 사람들을 목적지로 이끈다고 생각했다. 그녀는 조금씩, 그러나 아주 체계적으로 모리아니의 환경을 바꿔

나갔다. 달력을 산뜻한 그림으로 바꾸고 자리만 차지하고 있던 재고를 책장에서 치우고 모리아니가 마시는 디카페인 모카커피에 카르다몸(소두구. 중동지방에서 커피에 넣어 먹는 향신료_역주)을 아주 조금씩 넣었다. 생강과의 이 식물은 긴장을 해소시키는 효능이 있어 세계대전도 막았다는 말이 전해진다. 모리아니는 그녀가 만들어낸 이런 좋은 영향들을 전혀 의식하지 못하는 것 같았다. 그녀의 계량이 정확했다는 것을 확인시켜주는 증거이기도 했다. 모리아니의 사무실에는 은은한 조명이 켜졌고 아랍 박하와 백단향의 향기가 풍겼으며 꽃이 시드는 일이 없었다. 그 뒤로 모리아니의 상태는 훨씬 좋아졌다.

그러나 그녀의 이런 부드러운 개입에도 불구하고 회사의 파산은 막을 길이 없어 보였다. 열정을 가지고 꾸준히 출판사를 이끌어온 모리아니는 세월이 지나면서 점점 뚝심을 잃어갔다. 그동안 호노르는 그의 사적인 우편물을 처리했고 알짜배기라 할 수 있는 경리 업무를 넘겨받았다. 수량에 대한 본능적인 이해력은 타고나는 것으로 후천적으로 습득할 수 없는 재능이다. 그녀는 악보에서 음표의 흐름을 읽듯 연말결산표에서 회사의 성장 동향을 읽어냈고 라이선스와 영화판권 같은 수입원을 찾아냈다. 모리아니가 수년간 적자를 보고 있다는 것, 이미 유언장을 준비하고 있다는 것, 주기적으로 병원을 찾는다는 것도 알고 있었다. 투자자들이 냄새를 맡고 하나둘 기어들었다. 내친김에 공인회계사도 끼고 나타났다. 그 하이에나 같은 인간들이 이리저리 눈깔을 돌려가며 머릿속으로 견적을 내는 동안 호노르는 화분에 물 주려고 받아놓은 오래된 물로 커피를 끓여 과자와 함께 내갔다. 그리고 비서실에 앉아 기다렸다. 효과가 나타나기까지는 그리 오래 걸리지 않았다. 화장실의 위치를 묻는 사람이 속출했고 그들은 다시는 나타나지 않았다.

그럼에도 불구하고 모리아니 출판사의 파산은 시간문제로 다가왔다. 그러던 어느 날 머릿속에 든 것이라고는 없이 겉멋만 잔뜩 든 애송이 여직원이 『프랭크 엘리스』를 옆구리에 끼고 비서실에 나났고, 언젠가는 모리아니의 짝이 될 수 있을 거라는 호노르 아이젠드라트의 희망은 무참히 짓밟혔다.

그 여직원의 나이는 호노르의 절반쯤 될 것 같았다. 베티는 매끈하고 빵빵하고 예쁜 아가씨였다. 그녀는 전쟁 선포에 어울리게 흑백 체크무늬가 들어간 미니스커트를 입고 나타났다. 총신과 같이 잘 빠진 허벅지는 곧장 모리아니를 조준했고 그녀가 들어서자 모리아니는 자리에서 벌떡 일어섰다. 모리아니는 그녀와 몇 마디 주고받더니 사무실 문을 닫았다. 평소에는 절대 하지 않는 행동이었다. 그날은 참으로 시간이 더디게 갔다. 모리아니의 방에 들어간 베티는 세 시간이 넘도록 나오지 않았다. 모리아니가 전화하는 소리가 들렸다. 보통 때 같으면 비서실을 통해 연결했을 텐데 직접 전화를 걸었다. 그것 역시 나쁜 징조였다. 이윽고 문이 열리고 모리아니가 손에 원고를 들고 나와 흥분된 목소리로 샴페인을 주문했다. 열린 문 사이로 담배 냄새와 은방울꽃 향수 냄새가 새어나왔다. 그리고 모리아니의 임스 의자 위에서 스타킹 신은 발이 까딱거리는 것이 보였다.

호노르는 근처 슈퍼마켓에 가서 샴페인을 사고 회사 식당에서 유리잔 몇 개를 가지고 돌아왔다. 하지만 샴페인은 맛도 보지 못했다. 업무가 끝나자 그녀는 비서실 창문을 열어 환기를 시키고 사장실을 치웠다. 유리잔을 씻고 모리아니의 책상 위에 놓인 재떨이를 비우며 립스틱 자국이 난 담배꽁초를 셌다. 그날은 3월 23일, 그녀의 생일이었다. 물론 모리아니는 기억하지 못했다. 남자의 적은 자기 자신이고 여자의 적은 여자라고 했던가?

『프랭크 엘리스』의 성공은 모든 것을 바꿔놓았다. 모리아니의 얼굴에는 화색이 돌았고 베티는 무슨 회의가 그렇게 많은지 날이면 날마다 사장실에 나타났다. 그녀는 마치 하녀를 대하듯 "안녕하세요, 호노르?"하며 고개만 까딱하고는 사장실로 들어갔다. 문이 닫히고 나면 비서실에는 그녀의 역겨운 싸구려 향수 냄새가 진동했다.

호노르는 소원을 들어준다는 행운목을 사서 창가에 놓았다. 작은 칼 모양의 이파리가 나오더니 실제로 6개월이 지나자 베티가 나타나는 횟수가 줄었다. 그리고 첫 번째 꽃송이가 피어 향기를 내뿜을 때쯤에는 "베티가 일을 집에 가지고 가겠다는군"이라는 소리가 들려왔다. 그 말을 하는 모리아니의 표정은 전혀 행복해 보이지 않았다. 무슨 일을 집에 가서 해오겠다는 것인지 호노르는 묻지 않았다. 중요한 건 모리아니가 베티와의 극복할 수 없는 나이 차이를 깨달았다는 것이었다. 아니면 베티에게 다른 남자가 생겼다는 뜻인데, 만약 그렇다면 호노르에게는 더할 나위 없이 좋은 일이었다. 어떤 멍청한 애송이인지는 모르겠지만 베티의 유혹에 넘어간 남자가 있을 터였다. 그 이후 사장실 문은 닫히지 않았고 행운목에는 꽃이 만발했다.

"베티가 늦는데?"

모리아니가 손에 든 종이를 흔들며 말했다. 호노르는 창가로 가서 주차장을 내려다보았다.

"밑에 차가 없는데요."

모리아니는 직접 주차장을 내려다볼 수도 있었는데 호노르에게 초조한 기색을 들킨 것 같아 짜증이 났다. 그때 문이 열리고 베티가 들어왔다. 그녀는 초록색과 회색이 조합된 투피스를 입고 있었는데 그녀의 환상적인 허리선을 강조한 옷이었다. 그녀는 평소보다 창백했고 조금 지쳐 보였다.

"죄송해요, 대표님. 차가 갑자기 말을 안 들어서 렌터카를 빌리느라고 늦었어요."

호노르는 자신을 철저히 무시하는 베티가 새삼 괘씸했다. 두 여자가 서로 모르는 척한 지는 오래됐다. 모리아니는 비에 젖지 않으려고 얼른 사무실로 들어갔다. 베티의 온난전선이 호노르의 저기압 지대에 접근하면 여지없이 소나기가 내렸기 때문이다.

베티는 언제나처럼 사장실 문을 닫고 들어가 평가서 두 권을 책상 위에 올려놓았다. 그리고 아니나 다를까 박하향 담배를 꺼내 물었다. 모리아니는 그녀에게 불을 붙여주었다.

"어제 헨리랑 얘기했는데요, 8월에 원고가 끝난대요. 대표님에게 전화했던가요?"

"아니, 안 했는데."

"결말이 잘 안 풀리는 모양이더라고요."

베티는 담배 연기를 깊이 들이마셨다.

"누구나 다 그런 거 아닌가? 결말이 어려운 게 당연하지. 이상할 것 없잖아?"

"결정을 못 내리는 것 같아요."

"헨리가 그렇게 말했어? 구체적으로 말해봐."

그때 호노르가 커피를 가져왔다. 두 사람은 호노르가 나갈 때까지 말없이 기다렸다. 베티의 오른쪽 구두굽에 묻은 모래알이 모리아니의 눈에 들어왔다. 그의 시선은 잠시 희미하게 혈관이 내비치는 베티의 발목에 머물렀다.

"베티, 헨리에게 연락해봐. 도움이 필요할지도 모르잖아."

그녀는 어깨를 으쓱했다.

"연락은 해볼게요. 그런데 9번 교향곡을 작곡하는 베토벤을 누가 도울 수 있겠어요?"

모리아니는 껄껄 소리 내어 웃었다. 당장 나와 결혼해주오! 그는 큰 소리로 외치고 싶었다. 당신의 발에 입 맞추게 해주오, 당신의 가슴을 만지게 해주오, 당신의 황금 머릿결을 빗질하게 해주오! 하지만 그는 아무 말도 하지 않았다. 베티는 피우다 만 담배를 황동 재떨이에 비벼 껐다. 모리아니가 특별히 그녀를 위해 비치해둔 것이었다. 그 자신은 담배를 피우지 않았지만 베티는 전혀 눈치채지 못하는 것 같았다.

"차는 어떻게 된 거야?"

"오늘 아침에 갑자기 시동이 안 걸리더라고요. 아마 제가 미등을 켜놨었나봐요."

"베티, 나랑 같이 베니스에 갈 시간 있겠어?"

그녀는 특별히 기뻐하는 기색은 아니었다.

"언제요?"

그때 책상 위에서 전화기가 진동음을 냈다. 흰색 램프가 깜빡거렸다. 호노르는 계속 전화를 연결하려고 했지만 모리아니는 무시했다.

"차는 어떻게 된 거야?"

"그건 방금 물으셨잖아요. 아예 시동이 안 걸려요. 전화 안 받으세요?"

그러니까 내 말은 베니스에 가서…….

모리아니는 속으로만 되뇌다가 수화기를 들었다.

"연결해줘요, 호노르."

그는 베티에게 전화한 사람이 헨리라는 것을 표정으로 알렸다. 하지만 베티는 이미 알고 있는 눈치였다.

"헨리, 이 친구야, 어떻게 지내나?"

모리아니는 한동안 잠자코 듣기만 했다. 그의 표정은 점점 어두워져 갔다. 무거운 음성으로 천천히 말하는 헨리의 목소리가 수화기 밖으로 들렸다.

"그리로 바로 가겠네."

모리아니는 천천히 수화기를 내려놓으며 마치 답이 거기 있다는 듯 바닥을 응시했다.

"무슨 일이에요?"

"헨리 와이프가 익사했다는군."

"언제요?"

"어젯밤에."

"그럴 리 없어요."

"익사했대. 헨리가 그렇게 말했어. 방금 내가 들었다고."

"밤이라고요? 어젯밤에요?"

모리아니는 바닥에서 시선을 거두었다.

"바로 가봐야겠어."

베티는 모리아니가 외투 입는 것을 도와주며 생각했다. 어젯밤 차를 바꾸러 갔을 때 헨리는 마르타의 죽음에 대해 이미 알고 있었을까? 하지만…… 만약 그렇다면 마르타를 찾으러 2층으로 올라가지 않았겠지?

호노르 아이젠드라트가 침통한 표정으로 들어와 임스 의자에 앉았다. 그 의자는 귀한 손님에게만 내주는 의자였다.

"호노르, 다 들었지? 오늘 일정 다 취소해줘. 내일 것도. 그리고, 베티……."

"네?"

"베니스는 다음으로 미뤄야겠어. 헨리에게 함께 가지."

호노르는 두 사람이 모리아니의 진녹색 재규어에 타는 모습을 창문으로 내려다보았다. 모리아니는 베티에게 문을 열어주고 나서 차에 탔다. 책상으로 돌아온 호노르는 손가방에서 타로 카드를 꺼내 잘 섞었다. 그리고 카드 한 장을 빼내 책상 위에 놓았다. 탑이었다. 정녕 좋지 않은 패였다.

한 시간 정도 차를 타고 가는 동안 두 사람은 아무 말도 하지 않았다. 차는 빠른 속도로 달렸다. 모리아니는 밀레 밀리아(이탈리아에서 1927년부터 1957년까지 열렸던 자동차 경주대회_역주)에서 2등을 한 경험이 있고 아직도 운전에 자신이 있었다. 차는 매끄럽게 내달렸고 커브를 돌 때만 방향등이 깜박거렸다. 베티는 갑자기 속이 좋지 않았다. 두려움 때문인지 입덧 때문인지 알 수 없었다. 마르타는 인사차 그녀의 집에 들른 것이 아니었다. 그녀는 문밖에 서서 "따지러 온 거 아니에요. 우리가 사랑하는 그 남자가 큰 위기에 빠졌어요. 소설을 끝맺지 못해서 괴로워하고 있어요."

마르타는 감동적일 만큼 밝은 표정으로 베티의 거실 소파에 앉아 있었다. 그녀는 정에 대해 이야기했고 좋았던 시절도 있었지만 어쩔 수 없이 찾아드는 변화가 있다고 말했다. 모든 걸 체념하고 나면 편안해지는 법. 마지막 결심을 한 사람이 활짝 웃을 수 있는 건 곧 찾아올 구원이 기다려지기 때문이리라.

베티는 창문을 내렸다. 마르타는 그동안 모든 걸 알고 있었는데 왜 하필 어젯밤에 바다에 뛰어든 걸까? 어쩌면 그건 복수였는지도 모른다. 자살함으로써 그들의 행복을 망치려는 거라고 베티는 생각했다. 헨리가 마르타의 죽음을 그녀 탓으로 돌릴 여지는 충분했다. 이 모든 사실을 알고 나면 모리아니는 뭐라고 할까? 지금 상황에서 베니스는 최선의 선택이었다. 이 모든 것들로부터 떠나 조용히 생각할 시간을 가질 수 있고 세 시간이면 다시 헨리에게 날아올 수 있으니까. 다시 아랫배가 심하게 당겼다. 그의 아이다. 그의 아이가 그녀의 몸속에서 자라고 있다. 아이는 벌써부터 그녀와 접촉을 시도하고 있었다. 잘하면 그녀 혼자만의 아이가 될지도 몰랐다.

8

시체는 얼굴이 물속에 처박힌 채 만세를 부르는 자세로 해안으로 떠내려왔다. 가마우지 새끼가 시체 등 위에 앉았더니 젖은 날개를 말리려고 활짝 폈다. 새를 태운 시체는 오브라딘의 배를 지나쳐 바다 쪽으로 1킬로미터나 길게 튀어나와 있는 육지를 향해 떠내려갔다.

오브라딘은 물고기를 잡으러 바다에 나간 게 아니었다. 혼자 조용히 생각을 정리하려는 것이었다. 그는 모터를 보호하려고 천천히 배를 몰았다. 그리고 더 이상 육지가 보이지 않자 모터를 끄고 배가 물살에 흔들리도록 놔두었다. 그리고 갑판에 앉아 보스니아산 마리화나에 불을 붙였다. 물론 착각일 수도 있다. 그렇다면 그 차는 헨리의 차가 아니었다는 말인데, 그러기에는 헨리의 차인 게 너무 확실했다. 그리고 차 안에 있던 사람은 헨리가 아니라 마세라티를 훔쳐 달아나던 헨리의 도플갱어였을 것이다. 헬가가 아침에 창가에서 그의 침대 옆으로 옮겨놓은 담배꽁초들도 꿈이라고 생각해버리기에는 너무 사실적인 증거였다.

물론 그가 착각한 게 아닐 수도 있다. 그리고 그렇다는 증거는 많다. 사실 밤중에 불을 켜지 않고 운전하는 남자가 있을 수도 있는 일이다. 그리고 그의 아내가 언제 어디서 물에 빠져 죽든 그건 그녀의 자유다. 아무 상관 없는 거다. 그저 우연의 조합일 뿐인 거다. 그렇다면, 다 그렇다고 쳐도 자전거는 어떻게 설명한단 말인가?

그날 오브라딘은 딱 한 시간을 자고 일어났다. 아직 동트기 전이었지만 바로 일어나 조용히 옷을 입고 밖으로 나갔다. 항구까지는 몇 분 걸리지 않았다. '드리나'는 부둣가에서 조용히 흔들리고 있었다. 그는 밧줄을 점검하고 그물을 단단히 맸다. 갑판 위로 올라가 해치를 하나씩 열었다 닫았다 해보고 닻이 확실하게 내려져 있는지도 확인했다. 그리고 다시 부두로 뛰어내린 뒤 시멘트 방파제 위로 기어 올라갔다. 그 방파제는 전쟁 마지막 해에 강제수용소 포로들의 노역으로 쌓아 올려진 것이다.

해가 떴다. 몇백 미터 떨어지지 않은 해변까지는 걸어서 갔다. 오브라딘은 절벽 틈에 기대져 있는 마르타의 자전거를 알아보았다. 마르타는 매일 그 자전거를 타고 그의 가게 앞을 지나갔다. 하지만 오전에 바다에 가는 일은 한 번도 없었다. 자전거 옆에는 옷이 차곡차곡 개켜져 있었다. 그는 손으로 차양을 만들어 따가운 햇살을 가리고 주변을 둘러보았다. 하지만 헨리의 아내는 어디에도 보이지 않았다. 잠시 후 그는 배가 있는 곳으로 돌아갔다.

가마우지 한 마리가 배 안테나를 지나 해안 쪽으로 날아가고 있었다. 오브라딘은 파도에 휩쓸려 한참 먼 바다로 나온 배에 다시 시동을 걸었다. 배는 천천히 항구로 다가갔다. 그는 드리나에 밧줄을 맨 뒤 가게로 들어갔다.

"모터가 맛이 갔어. 저 배마저 없으면 아예 무덤 파고 들어가는 게 나아."

그는 전화로 수다를 떨고 있는 아내 헬가에게 혼잣말처럼 말하더니 바닥문을 열고 지하실로 들어갔다. 그리고 잠시 후 슬리보비츠(슬라브 국가에서 많이 마시는 자두 브랜디의 일종_역주)가 든 술통을 어깨에 짊어지고 나와 발로 바닥 문을 쾅 닫았다.

헬가는 손으로 송화구를 막고 남편에게 물었다.

"뭐 하려고요?"

"뭐 하려는 것 같아?"

"가게는요?"

"닫아."

"생선 수프는요?"

"없던 일로 해야지."

"언제 올 거예요?"

오브라딘은 작업대를 빙 돌아 아내에게 다가갔다. 그리고 털이 숭숭 난 손가락으로 그녀의 볼을 쓰다듬더니 작별인사로 입을 맞추었다.

"잘 알잖아."

헬가는 남편이 나가자마자 수렵감독관과 이웃 마을 의사에게 전화를 걸었다. 약 두 시간 후 다시 똑같은 상황이 닥칠 것이다. 미리 대기해달라는 헬가의 부탁을 받은 의사는 바로 가방을 챙겼고 수렵감독관은 무기보관함을 열고 특별한 무기를 꺼냈다.

* * *

모리아니의 재규어가 언덕배기를 올라왔다. 헨리는 꺼칠해진 얼굴로 고무장화를 신은 채 집 앞에 서 있었다. 셔츠가 바지 밖으로 삐져나와 있었고 한 손으로는 삽을 짚고 있었다. 차는 모래바람을 일으키며 달려왔다. 멀리서 봐도 누군가 옆에 앉아 있는 것이 보였다. 폰초는 차를 향해 달려가며 컹컹 짖었다. 조수석에 베티가 앉아 있었지만 웬일인지 내릴 생각을 하지 않았다. 폰초는 뒷다리로 껑충 뛰어오르더니 차 유리창에 코를 대고 킁킁거렸다.

두 남자는 말없이 서로를 포용했다. 모리아니에게서는 올드스파이스 냄새가 났고 하얗게 광대뼈가 튀어나온 발그스레한 얼굴은 매끈하게 면도가 되어 있었다. 헨리는 베티에게 시선을 던졌다. 왜 내리지 않는 거지? 이미 모리아니에게 모든 걸 털어놓은 게 아닐까? 모리아니는 포옹을 풀고 헨리를 쳐다보았다. 눈이 붉게 충혈되어 있었다.

"뭐라고 위로를 해야 할지 모르겠네."

헨리는 그의 어깨를 다독였다.

"누군들 할 말이 있겠습니까."

"내가 베티에게 함께 오자고 했네. 자네가 전화했을 때 사무실에 같이 있었거든."

헨리는 조수석 문을 열고 베티에게 손을 내밀었다. 차 안에서 은 방울꽃 향수 냄새가 풍겼다. 베티를 포옹하는 그의 손에는 힘이 들어가 있었다. 꺼칠한 수염이 그녀의 뺨을 간질였다. 그들은 인사로 서로의 뺨에 입을 맞추었다. 그녀는 아랫배가 심하게 당기는 것을 느꼈다.

"부탁이에요. 날 미워하지 말아줘요."

"미워하긴? 우리 애는 어때?"

"막 움직여요. 방금도 움직였어요."

"모리아니에게 우리 얘기 했어?"

"당연히 안 했죠. 그런데 죽은 거 확실해요?"

헨리는 낯선 표정으로 베티를 응시하다가 나지막이 물었다.

"마르타가 다시 나타났으면 좋겠어?"

헨리의 작업실에서는 담배 냄새가 났다. 원고는 책상 타자기 옆에, 원고 위에는 만년필이, 그 옆에는 찢어진 고무밴드가 돌돌 말린 채 놓여 있었다. 커다란 통유리 앞에 쳐진 세로 블라인드는 반쯤 걷어져 있고 메모지와 구겨진 종이들이 바닥 여기저기에 나뒹굴었다.

헨리는 아침 내내 작업실에 틀어박혀 창의적으로 어질러진 분위기를 연출하느라 바빴다. 생각의 흔적을 보여주는 물건들을 늘어놓은 뒤 읽지 않은 책들을 몇 권 쌓아놓고 군데군데 책갈피를 꽂아놓았다. 반쯤 마신 커피잔과 이빨자국이 난 시가 꽁초를 갖다놓는 것도 잊지 않았다. 스포츠 잡지와 남성 잡지들은 모두 눈에 띄지 않는 곳으로 치웠다. 그리고 마지막으로 성냥개비 모형들은 뚱뚱한 아이들을 그린 보테로(콜롬비아의 화가_역주)의 그림으로 둘둘 말아 한쪽 구석으로 치웠다.

베티가 원고를 집으려고 손을 뻗었다.

"손대지 마!"

그녀가 멈칫했다.

"손대지 말아줘. 아직 끝나지 않았어."

"미안해요. 그런데 타자기로 쳐요?"

"그러지 말란 법이라도 있나?"

"그래도 사본은 따로 있겠지?"

이번에는 모리아니가 물었다.

"아니요, 그게 진본입니다. 저녁엔 금고에 넣어둡니다."

모리아니는 베티와 시선을 주고받았다.

"헨리, 그건 위험한 짓이야."

헨리는 싱글몰트 위스키를 따서 잔 세 개에 가득 따랐다. 모리아니는 잠시 화장실에 다녀오겠다며 나갔다. 걸음걸이가 살짝 흔들렸다. 베티는 방 안을 둘러보았다. 어젯밤 어둠 속에서 봤을 때는 무척 깨끗했는데 오늘은 어질러져 있고 담배 냄새가 심하게 났다. 책상 앞 의자 옆에는 개털로 뒤범벅된 담요가 놓여 있고 휴지통에는 구겨진 종이들이 넘쳐났다. 저 휴지들도 돈으로 치면 엄청난 가치이리라. 어둠 속에서 보았던 알 수 없는 형체, 성냥개비 모형도 오늘은 보이지 않았다.

화장실에서 돌아온 모리아니는 아까보다 더 힘들어 보였다. 손에서는 비누 냄새가 났다. 헨리는 그에게 술잔을 쥐여주었다.

"얼음 드려요?"

"응, 있으면 좀 주게."

헨리는 부엌에 가서 얼음을 가져왔다.

"쪽지 한 장 남기지 않았더라고요. 해변에 가봤더니 자전거가 있었어요."

모리아니는 잔에 뜬 얼음을 손가락으로 빙빙 돌렸다.

"시신은 자네가 발견했나?"

"아니요, 못 찾았어요. 먼 바다로 떠내려간 것 같아요. 샌들, 옷, 자전거만 있었어요."

"해변에요?"

베티가 놀란 눈빛으로 물었다.

"응, 항구 옆에 쑥 들어간 곳 있어. 마르타가 항상 수영하러 가던 곳이야."

헨리는 술을 크게 한 모금 들이켠 다음 잠시 얼음을 빨다가 다시 잔 속에 뱉었다. '그렇게 슬퍼 보이지는 않네.' 베티는 속으로 생각했다. 하지만 슬픔이 어디 눈에 보이는 것이던가?

"점심시간이 되어도 오지 않아서 내가 해변에 나가봤어. 어떤 여자가 마르타의 녹색 파카를 입고 물가에 서 있더라고. 그런데 딴 사람이었어."

헨리는 다시 베티의 놀란 눈빛을 의식했다.

"파카가 바람에 날려갔는데 그 아가씨가 추워서 입었다고 하더라고."

"몇 살쯤 돼 보였는데요?"

"베티보다 좀 어려 보였어."

"아는 여자였어요?"

"아니, 그게 지금 상관 있어?"

모리아니가 무슨 말을 하려는 듯 헛기침을 했다.

"이건 그냥 해보는 말인데, 마르타가 아직 살아 있을 가능성은 없나? 뭔가 다른 변을 당한 건 아닐까?"

"무슨 변요?"

모리아니는 조심스럽게 말을 골랐다.

"그냥 여긴 한참 후미진 곳이고 누군가 자네를 협박하려고 마르타를 납치했을 수도 있지 않을까?"

"그런 멍청한 사람이 어디 있어요? 머리가 제대로 돌아가는 사람이라면 당연히 절 납치해서 마르타를 협박했겠지요."

베티는 담배에 불을 붙이더니 탁 소리 나게 라이터를 닫았다.

"헨리, 세상에는 별별 사람이 다 있어요. 그렇게 멍청한 나쁜 사람도 있다고요."

헨리는 베티의 가르치려는 듯한 말투가 거슬렸다.

"그게 누군데?"

잠시 불편한 침묵이 흘렀다. 헨리는 베티의 작은 콧구멍에서 용의 불길처럼 뿜어져 나오는 담배 연기를 응시했다. 그녀는 그가 거짓말하는 것을 알고 있었고, 보란 듯이 그가 싫어하는 행동을 하고 있었다. 즉 거짓말에 대한 벌이었다.

"경찰에는 누가 전화했지?"

모리아니가 침묵을 깨고 물었다.

"아직 전화 안 했는데요."

"그럼 내가 하지."

모리아니는 전화기를 꺼내려고 주머니를 뒤졌다.

"제가 직접 하는 게 좋겠습니다."

헨리가 술잔을 내려놓으며 말했다. 그리고 전화를 하기 위해 부엌으로 갔다. 빌어먹을, 진즉 했어야 했는데, 경찰에 신고하는 걸 잊다니!

모리아니와 헨리가 부엌에 앉아 경찰을 기다리는 동안 베티는 정원에서 개를 데리고 놀았다. 개가 그녀에게 뛰어오르면 그녀는 멀리 막대기를 던졌다. 아마 개들 사이에서는 인간들에게 막대기나 공을 물어다주면 끊임없이 던진다는 소문이 퍼진 모양이다. 베티의 백옥 같은 피부가 햇살 아래 빛났다. 구름 한 점 없는 맑은 날

씌었다. 두 남자는 창밖으로 그녀를 지켜보며 각자 다른 생각을 하고 있었다.

헨리는 모리아니가 가볍게 휘청거리다 식탁을 잡고 몸을 지탱하는 것을 보았다. 모리아니는 요즘 들어 부쩍 살이 빠지고 늙어 보였다. 이마에 작은 땀방울이 송골송골 맺혀 있었다. 술을 건넬 때도 손이 차다고 느꼈다.

"뭐 좀 드시겠어요, 대표님? 렌즈콩 수프 끓여놓은 거 있는데. 금방 데워져요."

헨리는 대답을 기다리지 않고 냉장고에서 수프 대접을 꺼내 조심스럽게 랩을 벗기고 냄새를 맡아보았다.

"헨리, 오늘 같은 날 이런 얘기를 하는 건 좀 그렇지만, 사실 아까 베티에게 청혼하려고 했다네."

"누구한테요?"

헨리는 수프를 전자레인지에 넣느라 모리아니에게 등을 돌렸다. 그리고 속으로 생각했다. 이건 과연 나쁜 소식일까, 아니면 대박 좋은 소식일까? 전자레인지에 비친 모리아니의 일그러진 실루엣이 보였다.

"다 알아 들었잖아. 난 베티와 결혼하고 싶네. 내 나이가 너무 많은 건 알아. 하지만 난 베티를 사랑해. 자네 생각은 어떤가?"

헨리는 창밖으로 시선을 던졌다. 베티는 보이지 않았다.

"그게 오늘 일이에요?"

"아까 내 사무실에서. 베티가 들어오면 청혼하려고 했어. 그런데 막상 말을 하려니 입이 떨어지지 않는 거야. 대신 차가 어떻게 됐는지 두 번이나 물어봤지 뭐야. 정말 우습지?"

이런 걸 두고 호박이 넝쿨째 굴러들어왔다고 하는 건가?

"차가 어떻게 됐는데요?"

"차에 무슨 이상이 있다나봐. 그러고 있는데 자네한테서 전화가 왔어. 그땐 타이밍이 너무 늦어버렸지."

"차에 무슨 이상이 있대요?"

"그건 나도 몰라. 자네가 직접 물어봐."

헨리의 머릿속에는 다시 미래의 청사진이 펼쳐졌다. 만약 이 행운이 현실화되어 베티가 모리아니와 결혼한다면 그는 결혼식에 증인으로 참석하게 될 확률이 높았다. 그리고 베티가 아이를 낳으면, 분명 예쁜 아이일 것이다, 아이의 대부가 되는 것이다. 아마 세상 최고의 대부가 될 것이다. 만약 그렇게만 된다면 일련의 이 복잡한 인간관계들은 대략적으로나마 정리가 될 것이다. 문제는 베티가 이렇게 나이 차이가 많이 나는 정략결혼을 하려고 할 것인가 하는 것이었다. 헨리는 커다란 금덩어리를 발견하고 삐져나오는 웃음을 참는 사람의 심정이었다. 그는 양손을 모리아니의 어깨에 턱 올렸다.

"대표님, 사랑에 나이가 무슨 상관입니까? 아직 늦지 않았어요. 이럴 땐 내면의 소리에 귀를 기울이셔야 합니다. 일단 한번 물어보세요."

모리아니는 헨리를 와락 끌어안았다. 이런 상황에서도 타인의 행복을 생각하다니 헨리는 그런 남자였다. 그렇다, 그는 대장부였다. 모리아니는 감격에 겨워 할 말을 찾지 못했다.

전자레인지에서 띠이 하는 소리가 났다. 헨리는 죽 그릇을 조심스럽게 꺼내 모리아니 앞에 내려놓았다. 그도 덩달아 감정이 격앙된 상태였다.

"빵 좀 드릴까요?"

* * *

오브라딘은 지하창고 모래바닥 속에 앞니를 처박은 채 쓰러져 있었다. 계단에는 피 섞인 침이 흘러내려 그러잖아도 뒤로 내려가야만 할 정도로 가파른 계단이 미끄럽고 위험한 상태였다. 그뿐인가, 열쇠를 찾지 못했는지 유리로 된 가게 문에 돌까지 던졌다. 그렇게 하고 들어와서는 지하실에 있는 술통을 메고 나가려다 좌초하는 배처럼 그대로 쓰러진 것이다.

커다란 슬리보비츠 술통들 옆에서 발견된 대량의 대변으로 보아 그는 오전 11시부터 정오 사이에 지하실에 머문 것 같았다. 항구에 있는 작은 선술집은 점심때쯤 문을 연다. 오브라딘은 그곳에서 이빨 하나를 더 잃었다. 현금 없는 상거래에 대한 생각이 술집 주인의 그것과 일치하지 않았던 것이다. 참고로 말하자면 그 이빨은 알고 보니 충치가 심해서 어차피 조만간 뽑아야 할 것이었다. 몇몇 장정들이 달라붙었지만 몸부림치는 세르비아 사내를 말릴 수는 없었다.

결국 수렵관리인이 그를 향해 마취탄을 쏘았다. '헬라브룬식'(헬라브룬 동물원의 원장이 직접 제조해 붙은 이름_역주)으로 불리는 마취제로 코뿔소를 쓰러뜨릴 만한 양이었다. 오브라딘은 그것을 맞고도 바로 쓰러지지 않고 세르비아 국가를 부르고 나서야 죽은 듯 잠속으로 빠져들었다.

한편 남편의 행적과 그 소요시간을 정확히 예상했던 헬가는 의사와 함께 생선가게 앞에서 기다리고 있었다. 송장처럼 돌아온 남편을 맞는 그녀의 모습은 보기만 해도 안쓰러웠다. 결혼생활 20년 동안 그런 돌발상황이 대여섯 번 있었지만 그녀는 아직도 그 이유를 몰랐다. 그냥 지진처럼 예고 없이 나타났다 사라졌고 그에게 물어도 매번 기억이 나지 않는다고만 했다. 그의 몸속으로 흘러들어간 독극물의 양을 생각하면 전혀 이상할 것도 없는 일이었다. 의사는 다수의 혈종과 치아 손실을 제외하고는 신체기능에 이상이 없다는 소견을 내놓았다. 사람들은 그를 침실로 옮겼고 그는 당분간 침대에서 일어나지 못했다.

밖에서 개 짖는 소리가 났다. 경찰은 아니었다. 마르타의 자전거가 무슨 기념탑이라도 되는 듯 픽업트럭 짐칸에 파란색 끈으로 묶여 세워져 있었다. 헨리는 그 자전거를 아무 생각 없이 매일 보아왔다. 낡고 녹슨 자전거를 보면서 무슨 생각이 들겠는가? 그러나 오늘은 달랐다. 휙 돌아간 핸들은 정확히 그를 향해 있었고 안장을 받치고 있는 포스트에 낀 녹은 말라붙은 피처럼 빛났다. 그리고 그가 미처 수리해주지 못한 부러진 바큇살도 원망하듯 그를 쳐다보고 있었다.

운전석에는 엘레노어 린즈 시장이 타고 있었고 그 옆에는 해변에서 본 젊은 여자가 앉아 있었다. 그녀는 야구모자를 쓰고 선글라스를 모자 위로 올리고 있었다. 차에서 내린 린즈 시장은 뒷좌석에서 마르타의 물건을 꺼냈다. 옷가지는 잘 묶여 있었고 샌들과 파카는 비닐봉지 속에 들어 있었다. 엘레노어는 차 보닛 위에 물건들을 올려놓았다.

"뭐든 좋으니까 도움이 필요하면 얘기하세요. 뭐든 좋아요. 우리 시민들 모두 마음속으로 함께 슬퍼하고 있답니다. 시 전체를 대표해서 드리는 말씀입니다."

"고맙습니다."

엘레노어는 헨리의 시선을 의식하고 차 조수석을 쳐다보았다.

"우리 딸 소냐예요."

소냐는 차에서 내려 헨리와 악수를 했다. 그녀는 흰색 운동화에 워싱이 들어간 청바지를 입고 있었다. 그리고 카키색 점퍼를 입었는데 춥다는 듯 목까지 단추를 채우고 있었다. 그녀의 가냘픈 손은 약간 차갑게 느껴졌고, 푸르디푸른 눈에는 진지함이 담겨 있었고, 입술은 붓으로 그린 듯 가늘었다. '부지런도 하시지, 미의 여신님이 또 나를 괴롭히시는구나.' 헨리는 속으로 생각했다.

"압니다. 우리 만난 적 있죠?"

소냐는 말없이 고개를 끄덕였다. 헨리가 보기에는 할 말이 있는데 어머니가 있어서 선뜻 입을 떼지 못하는 것 같았다.

엘레노어는 다시 차에 탔다.

"참, 오브라딘이 또 꼭지가 돌았어요. 수렵관리인이 마취총으로 해결했지요."

* * *

살인자들은 현대범죄학이 얼마나 큰 발전을 이뤘는지 알아둘 필요가 있다. 사람이 하나 없어지면 실종의 모든 정황이 밝혀질 때까지 모든 가능한 방향으로 수사가 진행된다. 즉 살인자는 조사받을 경우에 대비해야 한다. 조사는 생각보다 오래 걸릴 것이고 논리의 어떤 허점도 허용하지 않는다.

살인을 저지른 사람은 언제나 깨어 있어야 한다. 디테일은 그의 적이다. 생각 없이 내뱉은 말 한마디, 깜빡하고 빠트린 사소한 정황, 눈에 띄지 않는 작은 실수 하나가 모든 것을 망친다. 살인자는 자신이 한 행동을 끊임없이 되새기며 기억을 돌이켜야 한다. 그리고 동시에 침묵해야 한다. 그러나 침묵은 인간의 본성에 위배된다. 비밀을 지키기란 결코 쉬운 일이 아니다. 거기다 평생 비밀을 지켜야 한다면 그것은 고통스러운 일이다. 그렇게 볼 때 살인자는 살인을 한 순간부터 벌을 받는다고 봐야 할 것이다.

배우자 살해로 의심받는 사람들은 특히 조심해야 한다. 보험금 때문일 수도 있고 자유와 해방이라는 납득할 만한 이유 때문일 수도 있지만 배우자의 실종에는 더욱 철저한 조사가 따르기 때문이다.

사실 헨리만큼 그것을 잘 아는 사람도 없었다. 그는 넘쳐나는 여가시간에 법의학 잡지를 꾸준히 읽어왔기 때문에 사망 원인이 밝혀지지 않은 경우 경찰이 보험회사에 알린다는 사실도 알고 있었다. 그리고 누구나 알듯이 액수에 관계없이 일단 들어온 돈은 잘 토해내지 않는 게 보험회사의 생리다. 특히 생명보험 가입자가 사망한 경우에는 더욱 민감해져서 자사에 소속된 탐정들을 풀어놓는다. 이 전문가들을 조심해야 한다. 그들은 성공수당을 받으면서 일하기 때문에 절대 중립적이지 않다. 그들은 세상 전체가 거짓 연기를 하고 있다는 것을 안다. 따라서 진실이 아니라 진실이 아닌 것을 찾아내려 한다. 그들에게 있어 살인, 위장, 자해는 보험사기를 의미하며 거기에 용서란 없다. 그들은 생존경쟁에 지쳐버린 사람들의 피폐한 마음을 들여다보려 하지 않는다. 그들에게 보험금을 지불한다는 것은 곧 악의 승리를 의미한다. 보통 살인을 사고로 위장하는 경우가 많은데 그건 생각처럼 쉬운 일이 아니다. 사고에도 사전 배경이 되는 스토리와 타당한 이유가 있어야 한다. 사고라고 해서 그냥 막 일어나는 게 아니라는 거다. 이 이야기는 나중에 다시 하기로 하자.

엄밀히 따지면 마르타의 죽음은 살인이 아니라 사고였다. 그런데도 헨리는 이미 두 가지 실수를 저질렀다. 첫 번째는 경찰에 신고

하지 않은 것, 두 번째는 어떤 식으로도 베티의 스바루 자동차와 엮이지 말았어야 하는데 그렇지 못했다는 것이다. 하지만 중요한 것은 경찰이 무엇을 알아내든 상관없이 마르타가 죽음으로써 그가 이득을 취한다는 의심을 사서는 안 된다는 것이었다.

그것은 또한 사실이기도 했다. 그 앞으로 든 생명보험은 있어도 그가 받을 보험금은 없었다. 마르타에게 물려받을 유산도 없었다. 부자는 그녀가 아니라 그였다. 그리고 대외적으로도 그녀는 관심 밖의 인물이었다. 언론의 관심을 받았던 사람은 항상 그였다. 좋아, 여기까지는 됐다. 거짓말 경력이 좀 되는지라 그는 거짓말과 그의 여동생인 핑계를 잘 섞으면 사람들이 그의 말을 믿으리라는 것을 알고 있었다. 문제는 진실을 얼마나 아껴 쓰느냐, 얼마나 효과적으로 동원하느냐였다.

그는 마르타의 물건을 식탁 위에 내려놓고 모리아니와 베티에게 작별인사를 했다. 그들은 출판사로 돌아가기 위해 나란히 집을 나섰다. 차 있는 곳까지 따라나간 그는 두 사람을 꼭 안고 다정하게 인사를 했다. 그리고 베티와 포옹을 풀기 전에 그녀의 귀에 대고 속삭였다.

"차 분실신고해. 나중에 설명할게."

그녀가 차에 타며 손을 흔들었다. 그는 손을 흔들어주며 한숨을 푹 쉬었다. 제대로 발목 잡혔군.

* * *

옌센 형사는 호박색 머리에 하늘색 눈동자를 가진 젊은 남자였다. 딱 봐도 바이킹의 후손 같았다. 근육도 대단한 게 헬스를 하는 게 분명했다. 악수를 할 때도 손이 무척 두툼하게 느껴졌다. 그는 헨리의 소설을 다 읽었으며 특히 『특별한 죄의 무게』를 좋아한다고 했다. 그리고 원래는 법원 기자가 꿈이었지만 글을 쓸 줄 모른다며 웃었다. 헨리는 속으로 씁쓸하게 되뇌었다. 누군들 쓸 줄 아나?

"작가님 인물들은 정말 살아 움직이는 것 같아요. 끊임없이 사건이 일어나지만 독자는 그다음에 뭐가 올지 전혀 예상하지 못하죠. 모든 일에 기괴하고 비밀스러운 뒷이야기가 숨어 있고 도처에 위험이 도사리고 있어요. 게다가 적들은 머리가 비상하게 돌아가죠."

옌센은 자기소개를 하면서부터 호들갑을 떨었다. 헨리는 그런 그에게 바로 호감을 느꼈다. 반면 언제나 옌센 뒤에 한 발짝 떨어져서 있는 여형사에게는 별로 호감이 가지 않았다. 보잘 것 없는 말라깽이였는데 헨리의 소설도 전혀 몰랐고 왠지 무능해 보였다.

"부인 사진 있나요?"

그녀가 어떤 호의도 담기지 않은 말투로 물었다. 헨리는 작업실에 가서 포르투갈 여행 때 찍은 그들 부부의 사진을 들고 왔다. 여형사는 사진 속으로 들어가기라도 하려는 듯 사진을 뚫어지게 쳐다보았다. 수염처럼 거의 붙어 있다시피 한 눈썹과 좁은 미간, 뾰족한 얼굴이 주머니쥐를 연상시켰다. 언제 기회가 되면 천장에 살고 있는 담비를 소개시켜주어야지. 그러면 재미있는 모습의 새끼들이 나오겠지. 헨리는 그런 생각을 하며 그녀의 머리에 듬성듬성 난 새치를 바라보았다. 의심을 전문으로 하는 직업이어서인지 젊은 나이에 폭삭 늙은 것 같았다.

그녀는 옌센에게 사진을 건네더니 검사하듯 실내 공기를 훅 들이마셨다. 그 모습에 헨리는 더 어안이 벙벙해졌다. 그에게서 나온 죄의식과 두려움의 냄새를 맡기라도 하려는 걸까? 개들은 분명히 두려움의 냄새를 맡는다. 간질이나 암을 냄새로 알아내는 개도 있으니까. 죄의식이라고 해서 예외일 리 없다. 나쁜 짓이 발각될까봐 혹은 벌을 받게 될까봐 두려워하는 사람들에게서 그런 기운이 뿜어져 나오는지도 모른다. 다행히도 아직 그런 분자들을 감지해낼 만큼 정교한 기계는 발명되지 않았지만 아마 곧 그런 시대도 올 것이다.

부엌에 가서 마르타의 옷가지에 대고 킁킁거리는 것을 본 헨리는 더욱 경악했다.

"부인 수영복이 무슨 색깔이죠?"

"파란색요. 무슨 냄새를 그렇게 맡는 겁니까?"

"이거 가져가도 되죠?"

대답 대신 질문이 돌아왔다.

"돌려받을 수 있는 겁니까? 개인적인 추억이 있는 물건인데."

"부인이 수영을 얼마나 자주 했죠?"

그녀가 계속 말을 씹자 헨리는 슬슬 짜증이 치밀었다.

"매일요. 겨울에도, 눈이 오는 날에도 빼놓지 않았습니다. 수영도 아주 잘했죠. 수영할 줄 아십니까?"

"여기 바다에 대해 좀 아시나요?"

"그냥 눈에 보이니까 있는가보다 하는 거지 바다에 들어가진 않습니다."

옌센은 해류에 대해 썰을 풀기 시작했다. 조상에게 물려받은 피가 흐르고 있어서인지 꽤 박식했다. 그는 바람이 강한 북서태평양 해류에 대해 설명하며 수영 중 조난사고가 일어나면 신발이 바다에 떠다니는 일이 많다고 했다. 특히 플라스틱 신발의 경우가 그런데, 멀리 그린란드까지 떠내려가는 일도 있다고 했다. 가끔은 발목이 담긴 채로 말이다. 그러고 보니 오브라딘이 했던 말이 떠올랐다. 가끔 바다에 신발이 떠다닌다고 했었다. 헨리는 문득 오브라딘에게 생각이 미쳤다. 오브라딘은 왜 조문하러 오지 않았을까?

"부인이 물에 들어가면서 신발을 신지 않으셨네요"

주머니쥐를 닮은 여형사가 뼈만 남은 앙상한 손가락으로 마르타의 샌들을 가리켰다. 헨리는 목까지 벌게지는 기분이었다. 그런 말도 안 되는 실수를 저지르다니! 생각이 부족했다. 당연히 샌들을 신고 바다에 들어가야 했다. 해변에 샌들이 널려 있어선 안 되는 거였다. 하지만 어떻게든 대꾸를 해야 했다.

"솔직히 말하면 저도 그게 이상합니다. 아내는 뾰족한 돌 때문에 항상 신발을 신고 물에 들어갔거든요. 피부도 약한 편이었고요."

헨리의 심각한 표정을 계속 살피던 옌센이 끼어들었다.

"혹시 이렇게 된 거 아닐까요? 신발이 물 위에 떠다니다가 파도에 휩쓸려 해변으로 밀려온 거죠. 그래서 하이든 씨는 해변에서 신발을 발견하신 거고요."

그렇지! 헨리는 이 청년이 점점 더 마음에 들었다. 그리고 한 걸음 더 나아가 모험을 감행했다.

"수사관이시니까 잘 아실 거 같은데, 혹시 아내가 납치당했을 가능성도 있을까요?"

옌센은 눈썹을 팔자로 모으며 인상을 썼다.

"그런 전화가 왔습니까?"

헨리는 말없이 고개를 저었다.

"몸값을 요구하면 주실 건가요?"

재수 없는 여형사가 물었다.

이 질문은 그녀의 대뇌피질이 후각보다 덜 발달돼 있음을 증명하는 것이었다. 당연히 돈을 줘야지! 그는 아내가 다시 돌아올 수만 있다면 전 재산이라도 내주고 싶은 심정이었다.

"돈은 중요하지 않습니다."

헨리가 비장한 말투로 대답했다.

"부인이 유서를 남기셨나요?"

이런 무식한 인간들! 그들은 마르타가 어떤 사람인지 몰랐다. 마르타는 자살을 예고하거나 왜 죽는지 이유를 늘어놓을 사람이 아니었다. 마르타가 하는 일에 궁색한 이유 따위는 필요 없었다. 그녀가 하는 일은 그 일 자체로서 존재 이유를 가졌다. 그리고 어차피

일어날 일을 예고하는 것은 마르타의 드라마적 감수성에 위배되는
일이었다.

"아니요. 떠날 생각은 아니었을 겁니다. 자살할 사람도 아니고
절 떠날 사람도 아닙니다."

"우울증을 앓고 있지는 않았나요? 약을 복용하셨나요?"

"잘 웃고 식사도 잘했습니다. 생선을 좋아했죠. 그런 걸 알고 싶
다면요."

옌센은 난감하다는 듯 가느다란 금발을 쓸어넘겼다. 그는 유머
가 있는 사람은 아니었다.

"실례지만 직설적으로 묻겠습니다. 부부 사이에 문제가 있거나
이혼 계획이 있지는 않았나요? 형식적인 질문입니다."

헨리는 손으로 오른쪽 눈두덩을 만졌다. 마비 증상이 다시 나타
나는 것 같았다.

"아니요, 그런 일 전혀 없었습니다."

헨리는 두 사람에게 집 구석구석을 보여주었다. 질문에는 낮은
목소리로 꼬박꼬박 성실히 답했다. 아내를 찾아 해변에 나간 일도
전날 저녁에 아내에게 무슨 음식을 만들어주었는지도 있는 그대로
자세히 설명했다. 그러다 막상 아내의 텅 빈 침대를 마주하자 울음
이 터져 나왔다.

헨리는 아내에 대해 얘기할 때 계속 현재형을 썼다. 마치 마르타
가 아직 살아 있다는 투였다. 그는 형사들에게 창고, 마구간, 헛간,

정원, 예배당까지 모두 보여주었다. 형사들이 마르타의 옷을 담을 상자를 달라고 하자 종이상자를 찾아주었고 마르타의 자전거를 경찰차에 싣는 것도 도왔다.

헨리는 옌센이 내미는 명함을 받아들었다.

"아내에 대해 알아낸 게 있다면 꼭 연락 주십시오. 아무리 하찮은 것이라도 괜찮으니까 꼭요."

형사들이 돌아가자 그는 헛간에서 커다란 망치를 들고 나와 마르타의 침대 뒤 벽을 부수기 시작했다.

9

헨리의 말에는 뭔가 석연치 않은 데가 있었다. 마르타는 바다에서 수영하다 빠져 죽은 게 아니었다. 베티의 생각에는 절벽에서 돌아오지 않은 게 틀림없었다. 확실한 건 그녀의 스바루가 사라졌다는 것이었다. 운전석에 마르타를 태운 채 바다 밑에서 녹슬어가고 있는지 알게 뭐람? 만약 그렇다면 그녀 자신도 사건에 휘말린 셈이었다. 아니, 따지고 보면 그녀도 마르타가 죽는 데 공범 역할을 한 셈이었다. 마르타에게 남편을 뺏은 장본인이니까. 아니면 이 모든 게 운명일까? 만약 자동차가 발견된다면 난감한 질문이 꼬리에 꼬리를 물 것이다. 베티는 일단 긍정적인 측면에서 사건을 바라보기로 했다. 마르타의 죽음으로 인해 헨리와 함께 아이를 키우며 살 수 있는 길이 열렸으니 말이다.

베티는 문득 언젠가 헨리가 한 말이 떠올랐다. 꿈꾸던 행복을 이룬 사람은 그 꿈과 함께 살아야 하는 법이라고 했다. 그때 그는 행복이라는 것이 마치 평생 가도 완전히 떨쳐버리지 못할 트라우마라는 듯이 말했다. 그리고 그 자신은 아무 꿈도 없다, 이미 모든 걸 얻었다고 덧붙였다. 그 밖에는 자신에 대해 말하는 법이 없었다. 과거에 대해서도 마치 손님이 오기 전에 서둘러 숨겨야 할 맛없는 음식이라는 듯 일절 입에 올리지 않았다. 어쩌다 지난 이야기를 할 때도 있었지만 모두 베티와 알게 된 후의 이야기였다. 그녀가 보기에는 자신의 과거를 그때그때 상대에 맞춰 골라 내놓는 것 같았다. 마치 만화경을 이리저리 돌리면 여러 가지 다른 모양이 나오는 것처럼 말이다.

모리아니는 출판사 앞 주차장에서 그녀에게 청혼했다. 그는 그녀에게 품고 있는 감정을 솔직히 표현했으며 그가 세상을 떠난 후 그녀가 받게 될 유산에 대해서도 말했다. 베티는 깜짝 놀라는 한편 진심으로 감동했다. 그리고 그 순간 헛구역질이 올라오는 것을 느꼈다. 그녀는 생각할 시간을 달라고 했고 두 사람은 볼에 가벼운 키스를 하고 헤어졌다. 모리아니는 씩씩한 걸음걸이로 주차장을 가로질러 갔고, 그녀는 경찰서로 가기 위해 자신의 렌터카가 있는 곳으로 갔다. 그리고 차에 타기 전 버릇처럼 4층을 올려다보았다. 호노르 아이젠드라트가 창문 밖으로 그녀를 내려다보고 있었다.

호노르는 행운목 이파리를 하나 따더니 손으로 짓이겼다. 재규어 안에서 두 사람이 키스하는 것을 목격한 그녀는 모리아니의 날아갈 듯한 걸음걸이를 보자 자신의 얼굴을 손톱으로 사정없이 긁어버리고 싶은 심정이 됐다. 처음에 모리아니 밑에서 비서 일을 시작했을 때는 그녀도 젊고 예뻤다. 왜 그 오랜 세월 동안 사무용 의자에 앉아 묵묵히 일만 했단 말인가? 왜 더 젊은 여자가 나타나 모든 걸 가로챌 때까지 기다렸단 말인가? 큰 실수는 부지불식간에 일어난다는 말이 맞는 모양이다.

모리아니는 숨을 헐떡거리며 들어왔다. 엘리베이터를 타지 않고 계단으로 걸어 올라온 것 같았다. 호노르는 속으로 혀를 끌끌 찼다. '운동은 무슨? 저승사자가 특별히 자기만 봐줄 줄 아나 보지?'

"그 가엾은 여자는 찾았대요?"

모리아니는 그녀가 누구 얘기를 하는지 바로 알아챘다.

"아니, 파도에 휩쓸려 떠내려간 것 같아. 아마 찾기 힘들 거야."

모리아니는 사무실로 들어갔다. 문은 여느 때처럼 열어둔 채였다. 안에서 종이 바스락거리는 소리가 났다. 그녀는 의자에서 일어나 치마를 반듯하게 펴고 그의 사무실로 갔다. 그는 여전히 숨을 헐떡거리며 책상 구석구석을 뒤지고 있었다.

"하이든 씨 상태는 어때요?"

"의외로 괜찮아 보이더라고, 아주 괜찮아."

"제가 할 일은 없나요? 언론에 낼 보도자료를 준비할까요?"

모리아니는 손길을 멈추더니 양쪽 팔꿈치를 책상 위에 올려놓았다.

"좋은 생각이야, 호노르. 그냥 죽었다고만 하고 자세한 건 적지 말라고. 다 써서 내 책상 위에 올려놔."

"발드리안 차 내올게요."

"아니야, 됐어. 금방 또 나가야 해."

"파시 씨라는 분에게서 세 번이나 전화가 왔어요."

"그게 누군데?"

"헨리 하이든 씨의 학교 동창이라고 하던데요."

호노르 아이젠드라트는 창가에 서서 모리아니가 차에 타고 출발할 때까지 기다렸다. 그리고 그의 사무실로 가서 작은 흑단나무 탁자 위에 놓인 술병에서 위스키를 한 잔 가득 따른 다음 그의 책상에 앉았다. 마르타 하이든이 죽었다는 소식이 왔을 때 모리아니는 베티에게 "베니스는 다음으로 미뤄야겠어"라고 말했었다. 그래, 가라. 베니스에 가고 싶으면 가라고. 거기 가면 죽음의 바다가 기다리고 있을 거다. 베티 이 나쁜 년, 내가 널 기다리고 있다가 물속에 처박아주마.

그녀는 술을 입안에 털어 넣고 책상서랍을 뒤지기 시작했다. 그 와중에도 금발 머리카락 한 올과 필통 속에 죽어 있는 큰 파리를 집어냈다. 그녀가 찾는 것은 여행에 관련된 서류, 비행기표나 베니스 호텔예약증 같은 것이었다. 두 번째 서랍은 잠겨 있었다. 그녀는 책상 깔개 밑에서 열쇠를 꺼내 서랍을 열었다. 그 속에는 메모한 종이 몇 장과 신문 스크랩해놓은 것, 그리고 빈 약통과 약간의 현금이 있었다. 그리고 맨 밑바닥에 아무것도 써 있지 않은 A5 크기의 봉투가 놓여 있었다. 입구는 봉해져 있지 않았다. 그녀는 손끝으로 조심스럽게 봉투를 열고 안의 내용물을 꺼냈다. 모리아니의 척추 MRI 사진 두 장과 척추에 퍼져 있는 암세포의 성장 추이를 반영한 진단서였다.

호노르는 그 사진을 손에 든 채 자기 책상으로 돌아와 타로카드를 섞었다. 다 섞은 후 맨 윗장을 뒤집어보니 또 탑이 나왔다. 이제 의심의 여지는 없었다.

경찰서에 간 베티는 자동차 도난신고를 했다. 경찰관들의 살피는 듯한 시선을 받으며 보험 서류를 작성하는데 젖가슴이 아파오더니 다시 구역질이 났다. 마지막으로 식사를 한 게 언제인지 기억도 나지 않았다. 잠시 후 그녀는 남자화장실 소변기에 위액 섞인 물을 토해냈다. 여자화장실에는 사람이 있었다. 구역질의 원인은 배 속의 아이임에 틀림없었다. 모리아니의 청혼도, 아내가 바다에 빠져 죽었다고 주장하는 헨리의 이상한 논리도 아니었다. 임신 사실을 더 오래 숨기기는 힘들 것 같았다. 이제 어떻게 할지 헨리와 의논해야 했다.

그녀는 육중한 철문을 통과해 밖으로 나왔다. 그리고 햇볕에 따뜻하게 데워진 벽돌담에 등을 기댔다. 경찰서 건물은 그런 벽돌담으로 빙 둘러쳐져 있었다. 그녀는 습관적으로 담배에 불을 붙이고 한 모금 빨았다. 분명히 박하향 담배인데 지독하게 역한 맛이 났다. 그녀는 담뱃갑을 통째로 길가에 버리고 길모퉁이에 있는 가판대에서 신문을 샀다.

1면 맨 밑에 '작가 헨리 하이든의 부인 익사'라고 작은 글씨로 인쇄되어 있었다. 사진도 없이 그저 단신으로 실려 있었다. 베티는 주머니에서 휴대전화를 꺼내 헨리에게 전화를 걸었다. 헨리가 자동응답기를 사용하지 않는다는 것을 알기 때문에 한참 동안 기다렸지만 응답이 없었다. 그녀는 약 1분 뒤 다시 전화를 걸었다.

빌어먹을 짐승이 손목을 물었다. 헨리는 깨끗한 물에 상처를 씻은 뒤 물린 곳을 자세히 살폈다. 이빨이 어찌나 뾰족한지 뼈까지 닿을 정도로 깊이 물렸고 푸르둥둥한 작은 구멍이 생겼다. 아래층 부엌에서는 계속 전화벨이 울렸다. 하지만 헨리는 그 소리를 무시하고 마르타의 욕실 거울을 들여다보았다.

얼굴은 먼지와 톱밥으로 시커멓고 머리카락에는 미라가 된 곤충 사체와 먼지투성이 거미줄이 덕지덕지 붙어 있었다. 모자만 쓰면 딱 인디아나 존스였다. 왼쪽 귀에는 피가 말라붙어 딱지가 졌고 속옷은 길게 찢겨져 나갔고 팔, 다리, 배에는 나무 부스러기들이 박혀 있었다.

초조하고 불안한 마음에 공격적으로 망치를 휘두르던 그는 벽이 깨지자 작은 작살을 매고 담비사냥에 나섰다. 그것은 시쳇말로 하면 완전히 '돌아이' 짓이었다. 지그문트 프로이트가 '증상행위'라고 명명한 것, "행위자가 자신에게 그런 면이 있으리라 생각하지 못한 것, 그리고 보통은 남에게 알리지 않고 혼자 간직하고 싶은 것"은 적절한 표현이었다. 아, 누구를 탓하겠는가.

기와와 단열재 사이에는 사람이 기어갈 만한 틈이 길게 나 있었다. 헨리는 벽에 뚫은 구멍을 통해 천장으로 올라갔다. 그리고 낮은 포복으로 대패질이 안 된 거친 널빤지 위를 기어갔다. 가끔씩 기어가기를 멈추고 귀를 기울이다가 다시 기어가기를 반복했다. 누릿한 짐승 냄새가 나더니 이윽고 둥그렇게 휘어진 발톱으로 나무 위를 기어가는 소리가 들려왔다. 그는 작살의 시위를 당겨놓고 이마에 쓴 광부용 전등 스위치를 껐다. 그리고 숨을 멈추고 기다렸다.

하지만 담비 역시 사냥꾼이었다. 이 짐승은 헨리보다 뛰어난 시각, 청각, 후각을 가졌고, 이곳이 홈그라운드였다. 담비는 위험을 감지하고 은신처에서 꼼짝도 하지 않았다. 본능이 곧 보호장치였다. 짐승들은 학습능력은 없지만 모든 것을 안다. 인간은 생각하고 추측할 줄 알기 때문에 착각한다. 그리고 희망을 품기 때문에 신세를 망친다. 짐승들은 희망하지 않는다. 미래를 보지도 않는다. 자기 회의도 없다. 그래서 담비는 은신처에서 나오지 않았다.

헨리는 달걀껍데기, 깃털, 뼈다귀, 냄새가 심하게 나는 분변을 발견했다. 아직 말랑말랑하고 기름기가 많은 똥이었다. 미로처럼 이어지는 낡은 참나무 들보 위를 기어가노라니 긴 나무 부스러기들이 살에 박혔다. 그는 오히려 잘됐다고 생각했다. '빌어먹을 짐승새끼, 내 피 냄새를 맡으면 가까이 다가오는 실수를 범하겠지.' 하지만 이 빌어먹을 짐승은 도무지 나타날 생각을 하지 않았다.

어느 순간 헨리는 방향을 잘못 잡았다는 것을 깨달았다. 마르타의 방은 집의 서쪽에 위치해 있고 지붕은 30미터 정도 된다. 그리고 그가 기어온 길은 20미터 정도다. 어디선가 가느다란 바람 한 줄기가 불어왔고 말라버린 곤충 사체들이 그의 콧속으로 날아들었다. 그는 재채기를 했다. 그리고 그 좁은 곳에서 몸을 돌리기 시작했다. 그러다 이마에 쓰고 있던 전등이 벗겨졌다. 플라스틱 뚜껑이 빠지면서 건전지 떨어지는 소리가 났다. 그렇게 어둠 속에서 몸을 뒤집는데 그만 작살이 작동하고 말았다. 휘익 하는 바람소리와 함께 작살이 귀 옆을 스치고 지나갔다. 쇠로 된 작살 촉이 손가락 한 마디 반 정도 깊이로 참나무에 박혀 있었다. 만약 얼굴을 맞았더라면 그의 뇌수에 가서 박혔으리라. 그 상황에서 헨리는 웃지 않을 수 없었다. 그건 정말 우스꽝스러운 일이었다. 자기 집 천장에서 스스로 쏜 작살에 맞아 죽다니! 다윈 어워드(비공식적인 상으로 황당무계한 원인에 의한 사망 등 엉뚱하고 기발한 사건의 주인공에게 주는 상_역주) 감이었다. 헨리는 한동안 웅크린 채 누워 있었다.

담비는 뒤쪽에서 나타나 그의 다리 위로 기어왔다. 종아리에 담비의 발톱이 느껴졌다. 허리를 지나 팔로 기어가는 담비의 털은 따뜻하고 부드러웠다. 담비는 이리저리 옮겨가며 그의 냄새를 맡기 시작했다. 수염이 그의 어깨를 간질였다. 전리품을 감정하러 온 것이었다. 헨리는 자신의 상황이 그렇게 현실적으로 와 닿을 수가 없었다. 여기 계속 누워 있으면 담비는 그의 시체를 파먹고 가정을 이룰 것이다. 그는 담비를 잡으려고 손을 뻗었다. 꼬리를 잡힌 담비는 꽥 소리를 지르더니 그를 물어버렸다. 날카로운 이빨에 손목 신경이 잘리는 느낌이었다. 움찔한 그는 손을 놓고 발로 담비를 차려고 했다. 그러다 작살이 귀를 후려쳤다. 아픔이 가시고 나자 일단 여기까지만 하자는 생각이 절로 들었다. 잠시 후 그는 잠이 들었다.

가느다란 햇살이 천장 틈 사이로 새어 들어왔다. 잠에서 깬 헨리가 처음으로 맡은 냄새는 담비가 그의 속옷에 뿌리고 간 오줌 냄새였다. 담비는 그에게 영역 표시를 한 것이다! 그 지린내 나는 서명은 '넌 내 구역에 들어왔고 날 이길 수 없어. 그러니 그만 꺼져!'라고 말하는 듯했다.

헨리는 철수를 시작했다. 다시 거친 나무에 살을 비벼가며 들보 사이를 기어가는데 그 시간이 영영 끝나지 않을 것처럼 길게 느껴졌다. 그러나 결국 마르타의 깨진 벽에 다다랐고 좁은 구멍으로 몸을 빼내 자신의 영역으로 돌아왔다. 마르타의 침대 위에 엎드려 있던 폰초가 꼬리를 흔들며 반갑게 그를 맞았다. 기특한 녀석, 여기서 주인을 기다리고 있었구나. 폰초는 그의 손에 코를 대고 킁킁거렸다. 담비의 냄새를 맡은 것이다. 헨리는 고마운 마음에 코끝이 찡했다.

"기특한 것, 고맙다. 내가 버러지 같은 인간인 걸 알면서도 내 곁에 있어 주는구나."

그는 개에게 속삭인 후 살에 박힌 나무가시들을 빼내기 시작했다.

아래층에서 전화벨 소리가 났다. 헨리는 긴장해서 귀를 기울였다. 전화벨은 그쳤다가 잠시 후 다시 울리기 시작했다. 베티일 것이다. 절벽에서 무슨 일이 있었는지 베티에게 사실대로 말해주어야 할 때가 됐다.

그가 샤워를 하고 손목에 붕대를 감은 후 부엌에 들어섰을 때는 더 이상 전화벨이 울리지 않았다. 전화기 화면에 베티가 네 번 전화했다고 되어 있었다. 그는 베티에게 바로 전화를 걸어야 할지 망설이다 폰초에게 줄 프리미엄 개밥 캔을 땄다. 그리고 자신이 먹을 빵에 송로버섯 페이스트를 발랐다. 다시 전화벨이 울렸다. 헨리는 베티가 아닌 걸 확인하고 전화를 받았다. 그 친절한 형사였다. 옌센이 사무적인 말투로 말했다.

"하이든 씨, 부인을 찾았습니다."

마르타의 시체가 해변 어딘가에서 발견됐고 신장, 체중, 머리색이 일치한다는 것이었다. 옌센은 걱정스러운 말투로 신원 확인을 위해 법의학과로 와줄 수 있겠냐고 물었다.

두려움의 서늘한 포옹에 그는 숨이 막혀왔다. 법의학과 주소를 메모한 뒤 마치 굽지 않은 도자기라도 되는 듯 조심스럽게 수화기를 내려놓았다. 땅이 꺼지는 느낌이었다. 순간적으로 집이 통째로 땅 밑으로 빨려드는 느낌이 들어 그는 식탁 모서리를 움켜잡았다. 공중에 붕 뜨는 느낌이 들었고, 다시금 중력의 힘에 놀라며 양팔을 든 순간 그는 턱을 식탁 위에 힘껏 부딪히며 쓰러졌다.

10

기스베르트 파시도 헨리의 부인이 익사했다는 기사를 읽었다. 이름도 없고 그 흔한 사진 한 장 달려 있지 않았다. 그녀는 죽어서도 자신만의 표제를 갖지 못하고 아무개의 아내로 남은 것이다.

그는 이미 네 시간째 후텁지근한 차 안에서 천장으로 날아든 곤충들을 손톱으로 눌러 죽이고 있었다. 영화나 소설에 나오는 잠복 장면은 그렇게 흥미진진하고 금방 지나가는 것 같더니, 직접 해보니 시간이 질기디 질긴 치즈처럼 쭉쭉 늘어나는 기분이었다. 멍하니 앉아서 이산화탄소만 뿜어내고 있으려니 잠은 오고 여기저기 좀이 쑤셔오는데 혹시 그사이 무슨 일이 일어날까봐 잠도 못 자고 심심풀이로 벌레 등껍질이나 눌러 대는 신세였다.

파시는 걸레가 다 된 신문지로 부채질을 하며 언덕 위에 있는 헨리의 저택을 바라보았다. 피로해진 눈이 시큰거렸다. 격조 있는 삶을 모토로 하는 영국 잡지 『컨트리리빙』에 헨리의 '리빙룸'이 큰 사진으로 실린 적이 있었다. 사진 속의 헨리는 아내와 함께 주인나리 같은 자세로 체스터필드 소파에 앉아 있었다. 그 옆에는 개도 있었다. 파시는 오랫동안 그 사진을 들여다보며 저택의 위치를 알아내려 애썼다. 부인은 호감 가는 인상으로 교양 있어 보였고 어딘지 모르게 속세를 초월한 듯한 맑은 기운이 느껴지는 여자였다. 사진 속의 그녀는 털 안감이 든 장화에 트위드 망토 차림이었고 헨리는 비스듬히 앉아 아내의 어깨에 팔을 두른 모습이 전형적인 마초 바람둥이였다. 뒤로는 희미하게 통유리 창문이 보였고 책으로 가득한 고동색 책장과 벽난로도 물론 빠질 수 없었다. 소파 옆에는 스페인 대공처럼 반듯한 자세로 앉은 검정 개도 한 마리 보였다. 구석구석 고급스러운 물건들로 채워진 그 거실은 식상함 그 자체였다. 헨리는 교양 있어 보이는 인테리어에 거기 어울리는 포유류까지 구색을 맞춰 자신의 악질적 본성을 숨기고 있었다.

십자 퍼즐도 빠진 곳 없이 다 채웠다. 강 지류 이름도 북유럽 신화에 나오는 신 이름도 다 맞혔다. 차 내부 천장은 이미 곤충들의 피로 붉게 얼룩져 있었다. 열린 창문으로 가끔씩 바람이 잔디 깎은 냄새를 실어왔고 룸미러에 매달린 어머니 아말리의 사진이 그네를 타듯 흔들렸다.

뒷좌석에는 낡은 서류가방이 놓여 있었다. 5개월짜리 아기 무게가 나갈 만큼 무거워진 이 가방 속에는 헨리 하이든에 관한 모든 것이 들어 있었다. 그는 한시도 가방을 몸에서 떼놓지 않았다. 지난달에는 꿈에서 가방을 잃어버려 비명을 지르며 깬 적이 한두 번이 아니었다.

파시가 헨리에 대해 모은 자료는 출생으로부터 11년, 현시점으로부터 거꾸로 9년을 총망라하는 것이었다. 그 사이 거의 15년에 이르는 긴 시간은 시커먼 구멍으로 남아 있었다. 누구나 인생에서 지우고 싶은 시간이 있게 마련이다. 부끄럽고 창피해서일 수도 있고 그저 허송세월한 시간일 수도 있다. 하지만 15년이라는 세월은 눈에 띄지 않고 지나치기에 너무 긴 시간이었다. 청년기 전체가 없어진 셈이었다.

헨리는 아무도 모르는 곳에서 아무도 모르게 비밀스러운 삶을 살았을 것이다. 그건 아무나 할 수 있는 게 아니다. 사라진다는 건 고도의 기술이 필요한 일이니까. 그것은 곧 버림이고 금욕이다. 고향, 가족, 친구, 언어, 몸에 익은 습관들을 버리는 것이다. 그 얘기를 누구에게 하겠는가? 누구와 의견을 나누겠는가? 심지어 매번 은신처를 옮겨 다니던 멩겔레 박사(요제프 멩겔레. 나치 시절 의사로 나치 수용소에서 유대인 수감자들을 대상으로 생체실험을 한 것으로 유명함. 나중에 브라질로 건너가 도피생활을 함_역주)도 일기장과 기록을 남기지 않았는가. 『프랭크 엘리스』의 맨 첫 줄에는 '침묵은 인간의 본성에 반하는 것이다'라고 쓰여 있다. 그것은 자신의 숨어 산 시절에 대한 암시인 게 분명했다.

그는 갑자기 나타나 소설을 출판하기 시작했다. 준비기간도, 연습도, 실수도 없이 짠 하고 나타났다. 소설 속에는 아무리 숨기려 해도 작가의 삶이 반영되는 법이다. 헨리가 그 소설들을 직접 썼든 어디서 베껴 썼든 기스베르트 파시는 그 속에 암호들이 넘쳐난다고 믿었다. 코드만 알면 그 암호를 해독할 수 있었다.

포플러 길 사이로 헨리의 자동차가 먼지구름을 일으키며 빠른 속도로 내려왔다. 파시는 반쯤 남은 홍차를 창 밖으로 버리고 시동을 건 뒤 있는 힘껏 액셀을 밟았다. 운전에 미숙한 파시는 헨리를 쫓아가는 데 애를 먹었다. 16년 된 푸조의 낡은 타이어는 커브를 돌 때마다 끼익 하는 소리를 내며 길 위로 미끄러졌다.

그렇게 5미터쯤 달리다 갈림길에 이르니 헨리의 차는 이미 보이지 않았다. 오른쪽으로 가면 고속도로, 왼쪽으로 가면 해안도로가 나오는 곳이었다. 집에서 나올 때 속도로 봐서는 빨리 어디론가 가야 할 일이 있는 것 같았고, 어디론가 빨리 가야 하는 사람은 상식적으로 고속도로를 택하게 되어 있다. 그러나 파시는 잠시 망설였다. 그리고 고속도로 대신 해안도로가 있는 왼쪽으로 차를 돌렸다.

헨리는 실제로 좁고 구불구불한 해안도로를 달리고 있었다. 마지막으로 마세라티를 실컷 타보고 싶어서였다. 경찰이 바로 경찰서로 가자고 할 것 같아서 여행용 칫솔과 돋보기, 폴 오스터의 『선셋파크』도 챙겼다. 판결이 난 뒤 가는 교도소보다 유치장이 더 안 좋다는 말을 들은 적이 있기 때문에 만약의 경우를 대비한 것이었다.

법의학과 건물은 그의 집에서 40킬로미터 정도 떨어져 있었다.

159

지금 가면 한 시간 정도 일찍 도착하게 될 것이다. 그는 개에 대해 생각했다. 삽으로 목을 치는 건 도저히 못 할 것 같았다. 만약 그가 돌아오지 않으면 개는 어떡하지? 여름에는 오래된 우물도 새로 파고 예배당의 납유리 보수공사도 하려고 했는데……. 이젠 다 황폐해지거나 경매에 넘어가거나 아니면 뒤투르(마르크 뒤투르. 벨기에의 연쇄살인범_역주)의 집처럼 불도저로 다 밀어버리겠지.

경찰 잠수부는 가라앉은 스바루에서 마르타의 시신을 꺼냈을 것이다. 그렇다면 스바루의 주인이 베티인 것도 알아냈고 그의 전화도 도청하고 있으리라. 베티가 그렇게 끊임없이 전화를 한 데는 다 이유가 있었다. 마르타를 죽인 공범이 되기 싫어서 경찰에 협조하고 있는 것이다. 누가 그걸 탓하겠는가? 그녀 입장이었다면 아마 그도 그렇게 했을 것이다. 이제 마르타의 죽음을 수영 중 익사 사고로 둘러대기는 힘들어졌다. 그러나 변호사는 괜히 있는 게 아니다. 그는 최고의 변호사를 고용할 능력이 있었다. 그리고 O. J. 심슨의 무죄판결 이후 불가능이라는 것도 사라지지 않았는가.

헨리는 룸미러로 추격자의 위치를 확인했다. 빨간 자동차가 가까워지다가 200미터쯤 뒤에서 멈췄다. 차창에 반사되는 햇빛 때문에 차 안에 몇 명이 타고 있는지 알 수 없었다. 경찰이 그런 아마추어를 붙였을 리는 없었다. 그가 속도를 늦추자 상대 차도 속도를 늦췄다. 그러다 다시 속력을 내면 상대 차도 얼른 따라붙었다. 어쩌면 이 계절에만 볼 수 있는 새들의 짝짓기 비행을 구경하러 온 관광객인지도 몰랐다. 아니면 그의 양심이 만들어낸 환영일 수도 있었다. 불길한 생각을 하면 세상은 위험으로 가득 차게 마련이니까.

헨리는 속력을 냈다. 빨간 소형차는 한참 뒤로 멀어졌다. 그는 나무덤불에 가려진 커브 길에 차를 세우고 내려서 추격자를 기다렸다. 절벽에 부서진 파도가 그의 선글라스 위에서 일렁거렸다. 30미터 정도 되는 낭떠러지가 있고 그 밑이 바로 바다였다. 추락 위험 때문에 두꺼운 시멘트 블록으로 난간이 쳐져 있었다. 절벽 사이로 윙윙거리는 바람소리가 났고 짙은 구름이 해안도로에 그늘을 드리우고 있었다. 갈매기들은 바다 위를 맴돌았다. 30초쯤 기다렸을까? 빨간 자동차가 나타났다. 빠른 속도로 달려오던 차는 날카로운 굉음과 함께 커브를 돌았다.

파시는 자신의 차 앞에 헨리가 서 있는 것을 보았다. 분명히 헨리였다. 바지주머니에 손을 꽂고 태연하게 서 있었다. 여전히 머리숱이 많았고 넓은 어깨도 그대로였다. 그의 책마다 찍혀 있는 꼴불견 사진에서처럼 팔꿈치에 가죽패치가 붙은 체크무늬 재킷을 입고 있었다.

차가 시멘트 난간을 들이받는 순간 앞 유리가 산산이 부서졌다. 파시의 상체가 앞으로 붕 떴다가 다시 제자리로 돌아왔다. 갑자기 세상이 슬로모션으로 움직이며 천천히 돌기 시작했다. 파시는 어머니 아말리의 사진을 보았다. 어머니의 사진은 빙빙 도는 세상의 한가운데서 정지한 듯 꼼짝도 하지 않았다. 파시는 마지막으로 어머니에게 전화한 게 언제인지, 일흔 살 생신에 뭘 사드려야 할지 생각해보았다. 다음 순간 그의 가슴팍에서 뭔가 폭발했고 뜨거운 입김과 함께 옆구리로 다른 뭔가가 쑥 들어왔다.

푸조는 거꾸로 뒤집힌 채 멈추었다. 유리조각이 소나기처럼 와르르 쏟아져 내렸다. 30미터 앞에 서 있던 헨리는 자동차 사고가 난 곳으로 얼른 달려갔다. 그러다 길가에 떨어진 빵빵한 갈색 서류 가방에 걸려 하마터면 넘어질 뻔했다. 종이가 흩날리고 있었다. 만신창이가 된 자동차는 부상당한 용처럼 거친 숨소리를 냈고 크게 벌어진 철 아가리 속에서는 이것저것 섞인 듯한 액체가 흘러나왔다. 지붕은 찢어지고 문짝 하나는 날아가고 유리창이란 유리창은 죄다 깨졌다. 오른쪽 뒷바퀴는 아직도 돌아가고 있었다. 헨리는 일단 영국산 캐시미어 재킷을 벗었다. 그 정도 시간은 있으리라. 그리고 액체로 흥건한 바닥에 무릎을 꿇고 차 내부를 들여다보았다. 제일 먼저 보인 것은 팔이었다. 손가락이 꿈틀거렸다. 그리고 뒤틀린 채 뒷좌석에 쓰러져 신음하고 있는 남자가 보였다. 운전자는 아직 살아 있었다. 하지만 운전에 대해 잘 아는 사람이 아닌 건 분명했다.

헨리는 그의 팔을 잡아당겼다. 남자가 크게 신음 소리를 냈다. 헨리는 그의 팔을 놓고 들어갈 수 있는 데까지 기어 들어가서 남자의 피에 젖은 몸통을 힘껏 잡아당겼다. 남자는 별 저항 없이 쑥 끌려나왔다. 남자는 눈을 뜨고 있었지만 무슨 일이 일어났는지 모르는 것 같았다. 얼굴이 벌써 부어올라 있었고 한쪽 귀에서는 피가 흘러나왔다. 오른쪽 가슴께에 부러진 좌석 머리받침이 꽂혀 있었다. 헨리는 벌어진 남자의 입에 귀를 대고 고로롱거리는 호흡을 확인했다.

헨리는 가슴에 꽂힌 머리받침을 잡고 빼냈다. 갈비뼈에서 우지끈 하는 소리가 났다. 그는 다시 운전자의 호흡에 귀를 기울였다. 잠시 후 고로롱거리는 소리가 약해지더니 호흡이 가빠지기 시작했다. 출혈이 너무 심했다. 헨리는 가장 아끼는 셔츠를 입고 있었지만 옷자락을 길게 찢어내 그것으로 상처를 틀어막았다. 마치 파이프 담배에 담뱃가루를 채우듯 꾹꾹 눌렀다.

8번 이정표에서 왼쪽으로 가면 절벽과 숲길로 통하는 갈림길이 나온다. 헨리는 시내로 나가는 오른쪽 길로 차를 틀었다. 파시는 헨리가 챙긴 갈색 서류가방을 베개 삼아 베고 뒷좌석에 누워 있었다. 피가 가죽 시트를 적시며 서류가방 주위로 번져나갔고 높이 들어올려진 파시의 다리는 뒷좌석 창밖으로 삐죽 튀어나와 있었다. 그는 의식이 없는 외중에도 낮은 신음 소리를 냈다. 교통량이 많아지자 헨리는 능숙하게 다른 차들을 추월하며 앞으로 나아갔다. 그가 일생일대의 레이스를 벌인 덕분에 차는 20분도 안 돼 병원에 도착했다.

응급실 앞에 뒷문을 들어 올린 구급차 한 대가 서 있었고 빨간 옷을 입은 구조대원이 들것 위에 앉아 신문을 읽고 있었다. 경적을 울리며 진입하던 헨리는 차창 밖으로 고개를 내밀고 "부상자가 있습니다!" 하고 외쳤다.

구조대원은 허튼 동작 하나 없이 빠릿빠릿하게 신문을 접었다. 하루에도 수십 명씩 환자를 실어 나르며 죽은 사람, 죽어가는 사람, 정신줄을 놓은 취객, 울부짖는 어머니들을 보아온 터라 속으로는 '빌어먹을 신문 읽을 시간조차 없군'이라고 생각했을지 몰라도 겉으로는 차분하고 단련된 표정이었다. 그는 말없이 일어나 무의식 상태의 환자를 들것에 실어 응급실로 데려갔다.

헨리는 무척 피곤했지만 혹시 의료진이 자신을 찾을 수도 있겠다 싶어 일단 차에서 기다리기로 했다. 그리고 옌센에게 전화를 걸어 못 간다고 할까 생각했다. 썩어가는 마르타의 시체를 봐야 한다고 생각하니 갑자기 두려운 마음이 들었다. 하지만 그녀의 얼굴을 봐야 했다. 얼굴을 만져보고 싶었다. 그건 그녀에 대한 마지막 예의였다. 그녀는 분명 '이렇게까지 사람을 잘못 봤다니!' 하는 표정으로 죽었을 것이다. 그 경악이 얼굴에 다 드러나 있으리라. 타고난 공감각의 소유자, 인간에 대한 이해가 탁월했던 그녀는 사랑 때문에 그에게 속았고, 결국 몰래 뒤에서 다가와 천 길 낭떠러지로 밀어버리는 비열한 방법으로 배신당했다. 아무리 착각이었다 해도 그것은 살인이었다. 딴 사람은 몰라도 그는 그 얼굴에 나타난 실망을 읽을 수 있으리라.

누군가 창문을 두드렸다. 젊은 의사가 차 옆에 서 있었다. 헨리는 다시 차에서 내렸다.

"다치셨습니까?"

헨리는 얼룩진 바지와 찢어진 셔츠를 내려다보았다. 소매에 피가 묻어 있었다.

"피는 그 사람 겁니다. 아직 살아 있습니까?"

의사는 고개를 끄덕였다.

"뼈가 심하게 부러졌습니다. 두부골절도 있고요. 출혈이 심하지만 죽진 않을 겁니다. 환자를 이리로 데리고 오셨나요?"

* * *

그는 누군가 건네는 물을 마시고 응급실에 있는 의사 휴게실에서 손을 씻었다. 그리고 어디서 사고가 났는지, 무엇을 보았고 어떻게 했는지 설명했다. 모퉁이에 숨어 추격자를 기다렸다는 말은 하지 않았다. 그런 말을 할 이유는 없었으니까. 탁자 위에는 먹다 만 소시지 빵과 커피가 놓여 있었다. 다른 사람을 돕기 위해서 식사도 제대로 못하는 삶이라니!

"가슴에서 뭔가 빼냈습니까?"

"네, 쇳조각 하나가 들어 있었습니다. 고롱고롱하는 이상한 소리를 내더라고요. 그것 때문에 숨을 못 쉬는 것 같았습니다."

"기흉이 있는 사람이라 그걸 빼지 않으면 질식사했을 겁니다."

"그럼 잘한 거네요?"

"그 환자 목숨을 구하신 겁니다."

헨리는 신분증을 보여준 뒤 자신이 한 진술에 서명했다. 예쁜 간호사가 차에서 재킷을 가져다주었다. 흰색 간호사복이 무척 잘 어울리는 여자였다. 왜 남자들은 제복 입은 여자를 좋아하는 걸까?

"경찰에서 연락이 갈 겁니다, 하이든 씨."

"네, 그러겠죠."

그는 시계를 보았다. 여러 가지 일이 한꺼번에 일어나 정신이 없는 와중에도 운명의 시간은 점점 다가오고 있었다. 일찍 출발했기 때문에 지금 가도 늦지 않을 것 같았다. 하지만 체포당하러 가는데 이런 차림으로 가야 할까?

"혹시 갈아입을 만한 바지와 셔츠가 있을까요?"

의사는 잠시 옆방으로 사라졌다가 바지와 셔츠를 들고 나타났다.

"이 바지는 저희 과장님 거고요, 셔츠는 제 겁니다."

바지가 약간 작긴 했지만 둘 다 그럭저럭 맞았다.

"나중에 병원으로 돌려보내시면 됩니다."

회색 일색인 응급실 복도를 걸어가는데 아까 그 간호사가 재킷을 들고 쫓아왔다. 그녀는 오늘 두 번째로 그에게 재킷을 건넸다.

"작가님이시죠?"

"아가씨는 아닌가요?"

"제가 작가님처럼 글을 쓸 줄 알았다면 간호사가 됐겠어요? 그나저나 상심이 크시겠어요, 하이든 씨."

"왜요?"

"부인 일 말이에요. 신문에서 읽었어요. 함께 사진 좀 찍어도 될까요?"

"지금은 좀 그렇고 나중에 제대로 입었을 때 찍죠."

헨리는 차에 앉아 재킷을 입었다. 피가 말라붙은 붕대는 손목에서 풀어 차 바닥에 던져버렸다. 담비에게 물린 상처는 붉게 부어올라 있었다. 그는 응급실로 돌아가 상처를 보여줄까 하다가 그만두었다. 방금 전에 낯선 남자의 가슴에서 쇠말뚝을 빼냈고, 지금은 법의학과에 누워 있는 아내의 신원확인을 하러 가는 중이고 거기 가면 종신형이 그를 기다리고 있는데, 이런 하찮은 상처에 연연하는 게 너무 우습게 느껴졌기 때문이다. 일단 차가 출발하자 아까 일어난 사고는 꿈처럼 멀게만 느껴졌다.

앞으로 무슨 일이 닥칠지 구체적으로 떠오르는 것은 없었다. 하지만 바로 자백하지 않고 경찰이 무슨 죄목을 대는지 지켜볼 생각이었다. 법정에서 피고인은 말을 아끼는 것이 좋다. 물론 더 좋은 건 침묵이다. 거짓말도 할 수 있다. 피고인에게는 특별히 거짓말이 허용되니까. 그리고 피고는 모든 관심의 중심에 놓이게 된다. 범죄자들 중에는 평생을 무관심 속에 살다가 피고인석에 서고 나서야 제대로 된 관심을 받아보는 경우가 많다. 그래서 더러는 망쳐버린 자신의 인생 이야기를 진지하게 들어주는 사람들이 있다는 사실에 감동해서 불필요한 말까지 늘어놓는 사람도 있다. 그런 사람들은 주변에서 관심이라는 고귀한 영약을 조금만 나눠줬더라도 범죄자가 되지 않았을 것이다. 범죄의 희생자인 유족들에게는 당치 않은 소리지만 고통스러운 시간에 대한 보답은 곧 면죄라는 것이 통상적인 생각이니까. 인정이란 이렇게 공평과는 거리가 먼 것이다.

헨리에게는 이제 남은 게 시간밖에 없었다. 남은 인생은 기다림과 회고의 시간이 될 것이다. 어쩌면 책을 한 권 쓰게 될지도 모른다. 그리고 더 나은 사람이 되는 거다. 물론 반성도 많이 할 것이다.

어떤 장식도 없이 회벽만 바른 법의학과 건물은 그야말로 목적에 충실한 건축물이었다. 옌센은 입구 앞 계단에 앉아 커피를 마시며 길쭉한 스프링노트를 뒤적이고 있었다. 헨리를 본 그는 커피잔을 내려놓고 다가와 악수를 청했다. 그의 시선이 마세라티에서 헨리의 구두로 옮겨갔다.

"무슨 일 있었습니까?"

헨리는 피 묻은 구두를 내려다보며 생각했다. '거봐, 구두 닦는 걸 잊어버렸잖아. 이렇게 빨리 들키고 만다고.'

"바로 앞에서 사고가 났어요. 제 피는 아닙니다. 들어갑시다."

옌센은 더 이상 캐묻지 않았다. 헨리는 그의 그런 점이 마음에 들었다.

"시체는 꼭 보지 않으셔도 됩니다. 그냥 유전자 분석 결과를 기다려도 됩니다."

입구 앞 계단에 이르렀을 때 옌센이 말했다.

"네, 그래도 되겠지요. 하지만 아내를 직접 보고 싶습니다. 바로 연락 주셔서 정말 감사합니다. 보기에 끔찍한가요?"

"저도 아직 못 봤습니다. 솔직히 말하면 익사체는 아직 본 적이 없습니다. 뭐 모든 일에는 처음이 있는 법이니까요."

옌센이 머리를 긁적거렸다. 헨리는 세상 모든 공무원이 다 옌센 같다면 얼마나 좋을까 하고 생각했다. 인간적인 면모를 잃지 않으면서도 고상한 사람, 공감할 줄 아는 사람, 단순한 감정을 단순하게 받아들일 줄 아는 사람, 타인의 아픔에 무관심하지 않은 사람.

"그 매력적인 여형사는 어디 갔습니까? 그…… 약간 설치류를 닮은……."

"주머니쥐요?"

옌센이 큰 소리로 웃었다. 헨리는 말없이 고개를 끄덕였다.

"정말 주머니쥐랑 똑같이 생겼죠? 그 사람은 법의학과에 절대 안 옵니다. 냄새가 너무 심하다나요?"

옌센은 문득 말실수했다는 것을 깨닫고 다시 진지한 표정으로 돌아왔다.

"커피 드시겠습니까?"

"아니요, 나중에요. 할 일 먼저 해치웁시다."

옌센은 헨리가 먼저 들어가도록 길을 비켜주었다. 헨리는 그의 정중한 태도가 전략에서 나온 것이라고 생각했다. 띠 하는 소리와 함께 굳게 잠긴 문이 열리자 긴 복도가 나타났다. 그들은 커피자판기가 윙윙거리는 조용한 복도를 가로질러 여직원이 뚱한 표정으로 앉아 있는 유리 창구 앞에서 걸음을 멈췄다. 이렇게 원숭이 우리 같은 곳에 앉아 일을 하니 밝은 표정이 나올 리 없지. 복도에서는 세

제 냄새와 커피 냄새가 났다. 그리고 그 속에 지하에서 올라온 알 수 없는 냄새가 섞여 있었다.

헨리는 다시 무슨 서류엔가 서명을 했다. 그리고 양쪽으로 열리는 파란 문으로 들어가기 전 고개를 돌려 햇살이 비치는 창밖을 한 번 쳐다보았다. 계단을 내려가니 좁은 통로가 나왔다. 옌센이 파란 비닐로 된 덧신과 가운을 건넸다. 헨리는 가운을 입다가 문득 자신을 관찰하는 옌센의 시선을 의식했다. 아마 시신을 보자마자 자백할 거라고 생각하겠지? 하지만 그렇게 쉽지는 않을 거다.

"손목은 왜 그래요?"

'지연된 질문이로군.' 헨리는 속으로 생각했다. '아까부터 알고 있었으면서 당황하게 하려고 이제야 묻는 거야. 이것도 전략일 거야. 기억해놔야겠군.'

"살짝 물렸어요."

헨리는 옌센을 따라 부검실이 있는 지하세계로 들어갔다. 시체 썩는 냄새가 코를 찔렀다.

벽에는 '죽음이 기꺼이 삶을 도우러 달려오네'라고 새겨져 있었다. 옌센이 헨리의 어깨에 손을 얹었다.

"제가 충고 하나 해도 되겠습니까?"

"네, 부탁합니다."

"그냥 코로 숨을 쉬세요. 그럼 금방 끝납니다."

죽음의 냄새가 어떤 것인지 아는 데는 설명이 필요 없었다. 그것은 세상 그 무엇과도 비교할 수 없는 냄새, 불안을 일깨우는 냄새였다. 헨리는 부검실에 들어서는 순간 무의식 속에 가라앉아 있던 불길한 생각들이 의식 위로 떠오르는 것을 느꼈다.

보기 좋은 시체라는 건 없다. 제일 먼저 보인 것은 발이었다. 퉁퉁 부어오른 시커먼 발이었다. 시체는 번쩍거리는 널찍한 철제 침대 네 개 중 맨 끝에 누워 머리 위로 바로 떨어지는 조명을 받고 있었다. 흉부는 이미 갈라진 상태였고 머리는 플라스틱 받침대 위에 올려져 있었다. 얼굴은 어두운 색의 뭔가로 덮여 있어 잘 보이지 않았다. 쉰 정도로 보이는 커트머리 여자가 얼룩진 가운을 입고 그 앞에 서 있었다. 그녀는 물컹물컹해 보이는 뭔가를 집어 철제 저울 위에 올려놓았다. 그게 뭔지는 굳이 알고 싶지 않았다. 죽음에게 도움을 주기 위해 달려왔을 부검의는 부검실의 일부가 된 듯 무미건조해 보였다. 시체 앞에 거의 다 왔을 때 옌센이 다시 그를 불러 세웠다.

"잠깐 여기서 기다리세요."

그는 서둘러 부검의에게 걸어가더니 뭐라고 속닥거렸다. 부검의가 헨리를 힐끗 쳐다보더니 고개를 끄덕였다. 그리고 옆에 있던 녹색 천으로 벌어진 흉부를 덮었다. 그러자 천 밖으로 삐져나온 시체의 손이 눈에 들어왔다. 시커먼 손가락은 다 터져서 껍질이 일어나 있었고 손가락 끝에는 뼈가 드러나 있었다. 그리고 네 번째 손가락이 없었다.

옌센은 다시 돌아와 헨리와 시체 사이에 섰다. 얼굴이 허옇게 질려 있었다.

"죄송합니다. 유족분이 오시는 걸 아무도 몰랐나봅니다. 보시다시피 이미 흉부를 열었어요. 그리고 얼굴이…… 보지 않는 게 나을 것 같습니다."

옌센이 망설이다가 말했다.

"아닙니다. 아내를 보게 해주십시오."

옌센은 한 발짝 옆으로 비켜섰고 헨리는 침대로 한 걸음 다가섰다. 부검의는 작은 삽처럼 생긴 도구를 얼른 시체 밑으로 집어넣었다. 두개골이 잘려 있고 뇌가 저울 위에 올려져 있었다. 얼굴은 짐승 가죽을 벗길 때처럼 이마에서 아래로 내려져 있었다. 절단된 약지가 작은 접시에 담긴 채 뇌 옆에 놓여 있었다. 손가락에 끼워진 금반지가 반짝거렸다. 부검의는 장갑 낀 손으로 시체의 적록색 머리카락을 움켜잡더니 아무것도 아니라는 듯 얼굴 가죽을 위로 확 잡아당겨 두개골 위에 다시 씌웠다.

"부인은 익사하셨습니다."

부검의가 헨리에게 말했다. 부인? 이게 내 아내라고? 시체의 얼굴은 마치 제철 식재료가 토핑으로 올라가는 이탈리아 식당의 시즌 피자 같았다. 입 밖으로 튀어나온 시커먼 혀는 반죽 덩어리처럼 퉁퉁 부어올랐고 두 눈은 비쩍 마른 올리브 두 개처럼 푹 꺼졌고 코는 아티초크(양백합. 꽃받침처럼 생긴 퉁퉁한 부분을 잘라 요리에 사용함_역주)처럼 퍼진 상태에서 콧구멍 두 개만 보였다. 마르타를 닮은 부분이라곤 눈을 씻고 봐도 없었다. 마르타를 연상케 하는 인상도 아니었다. 더 이상 인간의 것이라고 할 수 없는 그 얼굴과 몸뚱어리는 다른 여자의 것이었다.

헨리는 이미 마르타가 아니라고 확신했지만 잘린 손가락에 끼워진 반지도 확인해보았다. 반지는 그가 결혼식 때 마르타의 손에 끼워준 것보다 더 폭이 넓고 덜 예쁜 것이었다. 유전자 검사가 필요했다. 그녀는 마르타가 아니었다. 헨리는 뒤돌아서서 머리를 흔들었다.

"아내가 아닙니다."

옌센은 헨리가 방금 "내 아내입니다"라고 말했다는 듯이 고개를 끄덕였다.

"네, 전혀 부인처럼 보이지 않으시겠죠. 하지만 부인이 맞습니다."

헨리는 기가 막혔다. 빌어먹을, 꼭 내가 진실을 말하면 믿지 않는다니까.

"발견됐을 때 어떤 옷을 입고 있었습니까?"

헨리는 실수할 위험을 무릅쓰고 물었다.

"다 갖춰 입은 상태였습니다."

"해변에서 제가 아내의 옷을 발견했는데 어떻게 이 사람이 제 아내일 수 있겠습니까? 그리고 제 아내는 몸이 가냘픈 편입니다. 그런데 저기 저분은…… 통통하잖아요. 그리고 반지도 마르타의 반지가 아닙니다."

옌센은 들고 있던 서류를 들여다보았다.

"여기엔 반지에 대한 얘기가 없는데요."

옌센은 마치 그렇게 하면 없어진 단서가 나타난다는 듯 서류를 뒤적였다. 그러고는 부검의를 쳐다보았다.

"반지는 손바닥 표피에 덮여 있었어요."

부검의가 건조하게 말했다.

헨리는 자신의 손가락을 들어 반지를 보여주었다.

"그때 제가 직접 반지를 골랐습니다. 조금 가늘 뿐 제 것과 똑같습니다. 반지 안에 이름도 새겨 넣었습니다. 아내의 반지라면 제 이름이 새겨져 있을 겁니다."

그는 약간 아픔을 느끼며 손에서 반지를 빼 옌센에게 건넸다. 몇 년 만에 빼는 것인지 몰랐다. 옌센은 반지 안에 새겨진 마르타의 이름을 확인하고 나서 접시 쪽으로 가더니 잘린 손가락을 찬찬히 들여다보았다.

부검의는 집게를 찾아들더니 손가락 뼈마디에서 반지를 빼냈다. 듣기 좋은 소리는 아니었다. 그녀는 반지를 흐르는 물에 씻어 옌센에게 주었다. 반지 안쪽을 보기 위해 옌센은 반지를 바로 눈앞에 갖다 대야 했다. 반지에서는 분명 좋지 않은 냄새가 났을 것이다. 그리고 안쪽에 이름도 새겨져 있지 않았다. 옌센은 경솔한 판단으로 섣불리 연락한 자신에게 화가 나고 부끄러워 얼굴이 붉어졌다.

"젠장…… 이거 정말 죄송하게 됐습니다."

"아닙니다, 괜찮습니다."

헨리는 이 기회를 이용해 친절한 형사에게 친절로 보답하고 싶었다. 착각은 누구나 할 수 있는 것이 아닌가. 그는 옌센의 어깨에 손을 얹었다.

"그거 아세요, 형사님? 형사님은 제게 아내가 살아 있다는 확신을 갖게 해주셨습니다. 정말 고맙습니다. 커피나 한잔하시죠."

모든 게 다시 원점으로 돌아갔다. 그를 의심하는 사람도 체포하는 사람도 없었다. 특별히 챙겨온 돋보기와 책도 필요 없게 됐다. 그는 자유인 신분으로 차를 타고 집에 돌아갈 것이다. 천장에서 떨어지는 불빛이 마치 비 온 뒤 비치는 맑은 햇살처럼 죽은 여자를 비추었다. 헨리는 문득 그녀에게 동정심이 들었다. 그녀는 왜 물속으로 들어간 걸까? 삶에 너무 지쳤을까? 죽을병에 걸렸을까? 아이는 있을까? 누군가 영문도 모른 채 집에서 그녀를 기다리고 있지는 않을까?

나중에 알고 보니 그녀는 명예퇴직한 공무원으로 갈매기를 찍다가 다리에서 떨어졌다고 했다.

헨리는 옌센에게 복도에 있는 자판기에서 커피를 한 잔 샀다. 두 사람은 말없이 각자의 생각에 빠져 플라스틱 컵에 든 커피를 홀짝거렸다.

"사람들은 매일 사라지죠. 하지만 가끔은 돌아오는 사람도 있습니다."

한참 있다가 옌센이 불쑥 말했다. 그리고 남아 있던 커피를 다 마신 다음 컵을 구겼다. 헨리는 어깨를 움찔했다.

"그게 무슨 말입니까?"

"얼마 전에 우리 서에 어떤 남자가 찾아왔는데 14년 동안 완벽하게 실종된 상태였어요. 그 사람 말에 의하면 애들 때문에 너무 짜증이 나서 그랬다는 거예요."

옌센이 킥킥 웃었다. 하지만 헨리는 심각한 표정이었다. 사라진다는 것이 얼마나 힘든 일인지 알기에 그 이야기가 우습게 들리지 않았다.

"이미 10년 전에 사망처리됐고 마누라는 이웃집 남자랑 재혼했는데, 글쎄 뒤늦게 나타나서 생명보험을 내놓으라면서 자기 마누라를 고소한 거예요. 그게 말이 됩니까?"

헨리는 그 남자를 이해할 수 있었지만 아무 대꾸도 하지 않았다. 옌센은 서류철에서 종이 한 장을 빼내 헨리에게 주었다. 책에서 뜯은 듯 단어 네 개가 활자로 찍혀 있었다.

"부인 파카 주머니에 들어 있었습니다."

헨리는 유치장에 들어갈 것에 대비해 가져온 돋보기를 썼다. 인쇄된 글자 위에 볼펜으로 끼적거린 글씨였는데 받침이 편평하지 않았는지 여기저기 볼펜구멍이 뚫려 있었다. 날카로운 꺾임이 없는 둥글둥글한 여자 글씨였다.

"도울 일이 있으면 연락 주세요, 그리고 전화번호가 써 있는데요. 마르타 글씨가 아닙니다."

헨리는 종이를 다시 옌센에게 내밀었다.

"이미 전화해봤습니다. 소냐 린즈라는 아가씨가 받더군요."

헨리는 마르타의 파카를 입고 덜덜 떨던 젊은 여자의 모습이 눈앞에 떠올랐다.

"엘레노어 린즈 시장의 따님입니다. 아내를 찾으러 갔다가 해변에서 만났습니다."

"네, 맞아요. 린즈 양이 안부 전해달라고 하더군요. 그리고 좀 괜찮으시냐고 묻던데요."

"린즈 양은 어떻던가요?"

"글쎄요, 제가 그걸 어떻게 알겠습니까? 그 문장 알아보시겠습니까?"

옌센은 그렇게 말하며 헨리의 손에 들린 종이를 가리켰다. 헨리는 종이에 인쇄된 단어를 소리 내어 읽었다.

"단 한 번도 혼자인 적이 없는 것보다는 늘 혼자인 것이."

헨리에게는 듣도 보도 못한 소리였다.

"뭐 생각나는 거 없으십니까?"

옌센의 눈동자는 마치 방금 혹성 탈출에 성공했다는 듯 승리감에 불타올랐다. 헨리는 왠지 모르게 이 문장을 더 잘 알고 있어야 한다는 생각이 들었다. 그래서 여느 때와 같이 예감에 기대어 찍기로 했다. 우리는 예감이라는 숨겨진 감각을 너무 활용하지 않는 경향이 있다. 이성과 의식의 저편에서는 이름도 알 수 없는 신경세포들이 우리를 위해 열심히 일하고 있다. 전기장이 기억이 되고 깊은 곳에 숨겨진 지식이 만들어진다. 그리고 무의식 속에서 문득 떠오른 아련한 그림이 예감이 되는 것이다. 우리는 그저 그 예감을 믿고 따르기만 하면 된다.

"제가 쓴 문장입니다."

옌센은 놀람과 실망이 뒤섞인 표정을 지었다. 그리고 인정할 수밖에 없다는 듯 고개를 끄덕였다.

"빙고! 딱 보니까 알겠더라고요. 이미 찾아봤습니다. 102페이지 하단, 뒤에 '낫다'가 빠졌어요. 단 한 번도 혼자인 적이 없는 것보다는 늘 혼자인 것이 낫다. 네, 하이든 씨 소설에 나오는 문장입니다. 『특별한 죄의 무게』. 최고의 작품이죠."

"대단하신데요. 이런 예리한 독자가 있다니 영광입니다."

헨리는 마지못해 중얼거렸다.

11

그는 다시 한 번 그곳에 가보기로 마음먹고 8번 이정표에서 절벽 쪽으로 차를 꺾었다. 그도 집에 가는 게 백 번 현명한 처사라는 것을 잘 알았다. 범인이 범행현장에 다시 나타난다는 건 초짜 형사들도 다 아는 얘기니까. 그리고 그곳에서 체포된다는 것도. 범인들이 범행현장으로 돌아가는 이유는 감정적이 되기 때문이다. 아니면 호기심이나 허영심 때문인 경우도 있고 양심의 가책을 느꼈기 때문일 수도 있다. 양심의 가책을 느낀 사람들은 자신이 그런 짓을 했다는 게 믿어지지 않아서 그곳으로 돌아간다. 헨리의 경우는 경찰이 마르타의 죽음을 사고로 보고 있다는 확신을 얻었기 때문이었다. 그러니 아내가 어느 곳에 잠들어 있는지, 그동안 어떻게 지냈는지 들여다보지 않을 이유가 없었다. 마르타도 그러길 바라고 있을 것 같았다.

사고 지점이 가까워지자 경고 팻말이 반짝이는 것이 보였다. 아까 그 멍청이가 콘크리트 난간을 향해 질주하던 그 커브를 돌아가는데 견인차가 팍 찌그러진 차체를 싣고 맞은편 차선으로 달려왔다. 저렇게까지 망가진 차 안에서 살아나다니 기적이었다. 그러고 보니 헨리는 문득 차가 충돌하기 직전 운전자와 눈이 마주친 것이 떠올랐다. 운전자는 앞을 보지 않고 그를 보고 있었다. 그를 알아보고 놀란 기색이었다. 뭐, 길거리에서도 다들 알아보니까 크게 신경 쓸 일은 아니었다. 어쨌든 그는 헨리 덕에 살아났고 운이 억세게 좋은 남자였다.

숲길에 들어선 헨리는 항상 세우던 곳에 차를 세우고 구멍이 난 시멘트 블록을 밟으며 절벽으로 갔다. 하늘에는 구름 몇 점이 떠 있었고 더운 공기 속에서는 신선한 전나무 냄새가 났다. 헨리는 휘파람을 불며 생각했다. '앞으로는 자주 산책을 해야겠어. 건강해지는 느낌이야.'

절벽에 가보니 스바루가 서 있던 바로 그 자리에 캠핑카가 주차해 있었다. 차 번호판을 보니 어느 영국인 부부가 아이들과 함께 캠핑을 즐기며 어마어마한 캠핑 쓰레기를 만들고 있는 것 같았다. 쓰레기는 대칭으로 넓게 퍼져 있었다. 감식반에게는 큰 잔치이리라. 대소변, 머리카락, 피부에서 떨어져나온 각질은 기본이고 침, 땀, 그 밖에 뭐가 더 있을지 몰랐다. 저 가족을 축복하라! 헨리는 속으로 만세를 불렀다. 세계 제일의 감식반을 투입한다고 해도 저 많은 증거를 다 확보하려면 백 년도 더 걸릴 것이다.

그는 나무덤불 뒤에 숨어서 나무 사이에 늘어진 빨랫줄에 빨래를 널고 있는 나체의 여인을 훔쳐보았다. 코르크 슬리퍼를 신은 그 신석기 비너스가 아이들 엄마인 것 같았다. 선명한 유륜을 가진 하얀 젖가슴이 축 처진 채 좌우로 흔들렸지만 모양은 예뻤다. 캠핑카 근처에서 솔방울을 던지며 놀고 있는 세 아이의 출산으로 허리와 골반은 꽤나 불어나 있었다. 헨리는 전문가의 날카로운 눈으로 제왕절개 자국을 알아보았다. 아랫배에 가로로 수술 자국이 있었다. 잘 아물어서 전혀 보기 싫지 않았다.

알루미늄 의자에는 역시 나체인 가장이 밀짚모자를 쓰고 다리를 꼬고 앉아 신문을 읽고 있었다. 다리에는 정맥류가 구불구불한 지류를 이루며 흘렀다. 여기서 중요한 건 그가 담배를 피우고 있다는 것이었다. 담배를! 베티처럼 급히 피우는 담배가 아니었다. 그는 천천히 한 모금씩 만끽하며 조금씩 생명을 단축시키고 있었다. 담배를 다 피운 그는 점잖은 영국 신사답게 알루미늄 의자 다리에 담뱃불을 비벼 끈 다음 꽁초를 멀리 던졌다. 그리고 바로 새 담배에 불을 붙였다. 헨리는 그에게 트럭 한가득 담배를 사주고 싶은 심정이었다. 착해 보이는 아이들은 홀딱 벗은 채 계속 솔방울을 주워와 던지며 깔깔거렸다. 아이들이 노는 모습을 보고 있으니 절로 미소가 지어졌다. 헨리도 함께 솔방울을 던지고 싶을 정도였다. 저렇게 아무 생각 없이 즐겁게 놀아본 게 언제였던가? 아니, 저렇게 놀아본 기억이 있기는 한가! 가끔은 아이들과 함께 야외에서 여름휴가를 보낼 일이다. 그럴 때 아이들은 정말 즐거워한다.

만약 스바루의 바퀴자국이 남아 있었더라도 캠핑카의 넓은 타이어가 다 짓밟았거나 덮어버렸을 것이다. 최상의 조건이었다. 헨리는 나체 문화를 즐기는 친구들도 볼겸 한 번쯤 더 마르타를 보러 와야겠다고 생각했다. 그러나 아무리 기분이 좋더라도 악마를 시험해서는 안 되는 법이다.

* * *

시커먼 똥파리들이 마세라티의 유리창 이곳저곳을 기어 다니다가 헨리가 문을 열자 퀴퀴한 냄새와 함께 떼로 빠져나왔다. 차 안 공기는 햇볕에 달아올라 후끈했다. 퀴퀴한 냄새는 뒷좌석에 있는 서류가방에서 났다. 갈색으로 뻣뻣하게 굳어버린 피 위에 똥파리들이 포도송이 모양으로 낳아놓은 하얀 알이 보였다.

헨리는 역겨움을 참으며 서류가방 손잡이를 잡아당겼다. 그러나 가방은 좌석 시트에 찰싹 달라붙어 잘 떨어지지 않았다. 가방 손잡이에는 시커멓게 손때가 묻어 있었다. 그는 걱정스러운 표정으로 피칠된 적갈색 가죽 시트를 살펴보았다. 손으로 손질한 최고급 소 가죽으로 만든 시트였다. 그는 속으로 보험 처리를 해야겠다고 다짐했다. 서류가방에서 누렇게 바랜 종이들이 와르르 쏟아져 나왔다. 그는 그대로 가방을 덤불 속에 던져버리려다가 문득 동작을 멈추었다. 색연필로 표시된 글자가 눈에 들어왔다. 3학년 때 성적표였다. 그의 이름에 파란 색연필로 동그라미가 쳐져 있었다.

종이 맨 밑에는 더 이상 알아볼 수도 없는 서명이 있었다. 초등학교 3학년은 나쁜 기억들로 점철된 해였다. 별로 기억하고 싶지 않았다. 성적은 체육만 빼고 모두 '양' 아니면 '가'였다. 평가에는 '유급 처리됨, 답안지를 베끼다 걸림, 협동정신 미비, 교사의 지도에 따르지 않음.' 느낌표. '답안지를 베끼다 걸림'에는 빨간색 동그라미가 쳐져 있고 옆에 따로 느낌표가 표시되어 있었다.

연도순으로 꼼꼼하게 정리된 출생기록부, 학교성적표, 부모님에 관련된 법원 서류, 보육원 입소 서류, 심리검사 소견서, 작가 헨리 하이든과 소설에 관한 신문기사들, 그리고 혼인증명서까지 있었다. 모두 색연필로 동그라미가 쳐져 있었다. 헨리는 가방을 통째로 불태워버리고 싶은 충동을 느꼈지만 마음을 진정시키고 창문을 모두 연 채 차를 출발시켰다. 그리고 잠시 후 전혀 눈에 띄지 않는 평범한 속도로 그 사고현장을 다시 지나갔다. 소방관 몇 명이 마지막 남은 유리파편을 쓸어내고 있었다. 역시 그는 미행당하고 있었던 것이다. 직관을 믿고 그냥 죽게 내버려둘걸.

사람이 날 때부터 선하다는 생각은 반박하기 힘든 편견 중 하나다. 헨리는 잔뜩 화난 얼굴을 한 채 포플러 길 사이로 차를 몰았다. 그냥 성악설을 믿는 게 훨씬 현명하지 않을까? 예를 들어 그의 경우만 봐도 찌그러진 사고 차량에서 운전자를 구해내거나 들판에서 죽어가는 노루를 안락사시키는 행동은 끊임없이 이어지는 악행 가운데 드물게 나타나는 단편적 선행일 뿐이었다. 그는 살인자요, 거짓말쟁이요, 희대의 사기꾼이었다.

정체가 뭐냐는 질문을 받지 않는 것, 그것 자체가 곧 고도의 위장술을 의미한다. 그에게는 밤새워 그의 소설을 읽어주는 백만 독자들이 있었고 그를 사모해 마지않는 수많은 여성 팬들이 있었다. 마르타는 그가 아무짝에도 쓸모없는 인간이라는 것을 누구보다 잘 알았지만, 평생 그를 사랑했다. 쓰레기 같은 인간도 사랑받을 수 있는 걸까? 성선설을 믿는다면 사랑받을 수 있을 뿐 아니라 심지어 사랑받아야 한다. 헨리는 성선설에는 처벌이 필수불가결이라는 결론에 이르렀다. 처벌이 있어야만 성선설을 믿는 것이 가능해지기 때문이다.

오늘 아침 법의학과에 갈 때만 해도 그는 아내를 죽인 대가로 감옥에서 여생을 보낼 각오를 하고 있었다. 그러다 말 그대로 길 가다가 사람을 구하게 됐고, 자신이 입을 손해를 생각하지 않고 성심성의껏 도움을 주었다. 하마터면 체포당하러 가는 데 늦을 뻔하지 않았는가. 그렇다고 해서 그 일이 아내를 죽인 일과 등가로 매겨져 처벌이 줄어들 수 있는가? 아니, 절대 그렇지 않다. 선행으로 악행을 덮지는 못한다. 그런 이유로 사람들은 악행을 경계하는 것이다.

집을 비운 지 몇 시간 되지 않았지만 마치 긴 여행에서 돌아온 기분이었다. 뭔가 이상했다. 폰초도 평소처럼 짖으며 달려 나오지 않았다. 그러다 정원에 있는 오래된 연자방아 위에 서 있는 린즈 시장의 딸 소냐를 발견했다. 폰초는 긴장된 자세로 그녀의 발치에 서서 그녀를 빤히 올려다보고 있었다. 그녀가 최면이라도 걸었는지 개는 그녀를 쳐다보느라 주인이 부르는데도 돌아보지 않았다. 그녀는 청바지에 슬리퍼, 몸에 붙는 흰색 티셔츠 차림이었다. 소매 밑으로 드러난 팔뚝은 건강한 구릿빛으로 빛났고 티셔츠 밑으로 허리가 살짝 드러나 보였다. 그녀가 손을 들자 개는 땅에 바짝 엎드렸다. 그리고 그녀가 손바닥을 바깥으로 향하며 손을 내리자 보이지 않는 줄에 이끌리듯 다시 일어났다.

헨리는 차 리모컨을 켰다가 껐다. 폰초는 보통 그 소리를 들으면 차에 태워주는 줄 알고 얼른 달려오는데 오늘은 귀도 쫑긋하지 않았다. 그동안 그가 개에게 가르친 거라곤 그것뿐인데……

그녀가 손뼉을 한 번 치자 개는 바로 뻣뻣한 자세에서 풀려나 꼬리를 흔들며 그녀가 주는 과자를 받아먹었다. 헨리는 개를 탓하듯 검지를 좌우로 흔들었다.

"폰초, 그건 나한테만 하는 거 아니었니? 어떻게 한 거예요?"

그가 소냐에게 물었다. 그녀는 칭찬에 기분이 좋아진 듯했다.

"쉬워요. 개들은 원래 배우는 걸 좋아하거든요. 자꾸 뭔가 시켜야 해요. 폰초란 이름 참 잘 어울려요. 영리한 개예요."

"다행이네요. 난 속으로 멍청한 놈이라고 엄청 욕하고 있었거든요."

헨리의 시선은 바닥에 놓인 왕골바구니에 머물렀다. 바구니 위에는 체크무늬 천이 덮여 있었다. 소냐가 그의 시선을 눈치채고 말했다.

"얘기할 사람이 필요하실 것 같아서요. 저희 어머니가 루밥(대황. 우리나라에서는 주로 약초로 쓰이는 여뀌과 식물. 장군풀이라고도 부름_ 역주) 케이크를 구워주셔서 가져왔어요."

"저 먹으라고요?"

헨리에게 루밥은 세상에서 가장 쓴 채소였고 토할 것 같은 맛이 나는 잼을 만들어서 급식시간에 아이들을 고문하는 재료였다. 수많은 보육원과 소년원을 전전했지만 어디 가나 한 가지는 똑같았다. 금지된 행동마다 벌이 정해져 있었고 칭찬받을 일을 하면 루밥 잼이 나왔다. 하지만 지금은 음식투정할 때가 아니었다.

소냐가 방아 위에서 뛰어내렸다. 마치 날개가 달린 듯 사뿐히 내려앉았다. 그녀는 허리를 굽혀 바구니를 들더니 천천히 앞뒤로 흔들었다. 헨리는 무엇에 홀린 듯 그녀를 쳐다보았다. 그의 그림자가 그녀의 그림자를 향해 달려가고 있었다.

"아니면 정말 한 번도 혼자인 적이 없는 것보다는 항상 혼자인 게 낫다고 생각하세요?"

그녀가 웃으며 물었다. 헨리는 아까 옌센 형사가 보여준 종잇조각이 떠올랐다. 그런 날이 있다. 모든 게 한 지점을 향해 흘러가는 날.

"아니요, 그건 내가 쓴 게 아닙니다. 아내가 쓴 거예요."

그녀는 어떤 슬픔도 배어 있지 않은 맑은 웃음소리를 냈다. 그녀는 그의 말을 믿지 않았다. '항상 이렇다니까. 내가 진실을 말하면 아무도 믿지 않아.' 헨리는 그들의 그림자가 이미 얼싸안고 있는 것을 보았다.

"어머, 실례인데…… 죄송해요, 하이든 씨."

"헨리라고 불러요."

그녀는 살짝 얼굴을 붉혔다.

"책 찢은 것도 죄송해요. 쪽지를 쓰고 싶었는데 그때 그 책 말고는 아무것도 없었거든요. 그 책은 우리 엄마 거예요. 엄청난 팬이시거든요."

'어머니가 있다니 얼마나 큰 축복인가!' 친근한 말투를 쓰던 소녀는 무심코 정중한 말투로 돌아갔다.

"혹시 집에 생크림이 있나요?"

"네, 왜요?"

"생크림을 곁들이면 뭐든 더 맛있어지잖아요."

"생각만 해도 아찔한 맛이겠는데요."

헨리는 하늘에 대고 맹세할 수 있었다. 정말 생각만으로도 아찔했다.

지금 그에게 있어서 가장 필요하지 않은 게 있다면 그건 복잡한 문제가 더 생기는 것이었다. 소설은 끝나지 않았는데 결말을 어떻게 해야 할지 아무 대책이 없고 베티의 배 속에 든 아이는 벌써 손가락이 생기고 있었다. 지붕에는 죄책감의 악령이 담비의 모습으로 살고 있었고 웬 낯선 남자가 비밀의 냄새를 맡고 그의 과거를 캐고 다녔다. 이 많은 문제를 해결하고 삶의 질서를 되찾을 때까지는 꽤 시간이 걸릴 터였다. 그런 상황에서 열정적인 연애를 시작할 여유는 없었다. 살다보면 충동에 맡기지 말고 규율에 따라 살아야 할 때가 있는 법이다.

하지만 소냐에게는 마력적인 데가 있었다. 그는 이 젊은 여자의 모든 것에 끌렸다. 차를 끓이는 동안 그의 시선이 부엌 창문에 비친 그녀와 마주쳤다. 잠시 후 그들은 그의 서재에 앉아 차를 마셨다. 소냐는 전공인 수의학 공부가 재미있다며 나중에 꼭 시골에 동물병원을 차리고 싶다고 했다. 그는 말없이 파이프 담배를 빨며 그게 그녀의 클리토리스였으면 좋겠다고 생각했다. 그녀에게 동물병원 하나 차려주는 건 일도 아니었다. 그의 머릿속은 야한 생각으로 가득했고 그 생각은 말로 표현할 수 없는 단계로 치달았다. 그녀가 티스푼으로 생크림을 뜨려고 상체를 기울일 때마다 그는 막혀 있던 호르몬이 혈관을 타고 마구 솟구치는 느낌이었다. 생크림을 곁들이면 모든 게 더 맛있어진다는 말은 진정 옳았다. 위험은 이성보다 에로틱한 법.

그로부터 15분이 경과했을 때 그는 그녀를 웃게 하기 위해서라면 루밥 케이크를 녹슨 못으로 찍어먹을 수 있을 정도가 됐다. 그들은 한적한 시골생활에 대한 이야기를 나누었다. 그는 영감에 대해 이야기했고 그녀는 농기계만 보면 사족을 못 쓴다고 고백했다. 그가 막 우물 공사를 하려고 존 디어 트랙터를 샀다고 말하려는 순간 전화벨이 울렸다. 빌어먹을 전화기. 수류탄을 빼고 인간이 만들어낸 것 중 가장 흉악한 발명품이 있다면 그건 바로 전화기일 것이다.

베티였다. 소냐는 그의 눈빛을 보고 바로 방을 나갔다. 그녀의 슬리퍼만 'V'자 모양으로 소파 옆에 남았다. 헨리는 '분명 좋은 징조일 거야'라고 생각했다. 반사적으로 나온 행동이지만 그녀가 방을 나갔다는 것은 그들의 짧은 만남이 벌써 공모자적인 관계로 기울고 있다는 것을 뜻했다. 만약 그에게 아무 감정도 없었다면 그녀는 그냥 그대로 앉아 있었을 것이다. 그렇다면 이제 시골의 보수적인 편견만 이겨내면 될 터였다. 애도기간을 잘 보내고 귀찮은 인간들을 떨쳐버리고, 그리고 빠트리면 안 될 가장 중요한 것, 마르타의 사망이 공식적으로 확인되기를 기다리면 됐다. 그는 속으로 다섯까지 센 다음 전화를 받았다.

베티의 목소리는 평소보다 저음이었고 긴장돼 있었다.

"난 항상 자기와 함께 할 거예요."

헨리는 뜨거운 다리미에 덴 사람처럼 움찔했다. 그리고 통유리 너머로 주위를 살폈다.

"어디야?"

"난 항상 자기 곁에 있어요. 내 마음이 그래요. 사랑해요. 언제든 자기 곁에 있을 거예요. 우리 아이도……."

그래, 아이, 아이, 아이, 어쩌고저쩌고, 어쩌고저쩌고……. 헨리는 더 이상 듣고 있지 않았다. 베티에 대한 감정이 남아 있으면 묘령의 여인이 내뿜는 빛이 산산이 부서져버릴 것만 같았다. 그는 아무런 감정도 느끼지 못했다. 잠깐! 베티에게 그렇다는 것이다. 사실 이런 순간은 마음을 터놓고 대화를 나눌 수 있는 좋은 기회였다. 예를 들면 경제적인 차원의 협의, 아이의 미래를 보장해주겠다는 약속, 그리고 깊은 우정과 동료애를 확인하며 각자의 길을 가겠다는 약속 같은 것 말이다. 하지만 다른 여자 앞에서 엉거주춤 바지를 내린 모습을 들켰을 때만큼 남자가 겁쟁이가 되는 때가 있던가? 그때만큼 비열한 핑계를 둘러댈 때가 있던가? 안 그렇습니까, 신사분들?

"만나지."

"다시는 날 안 보려고 하는 줄 알았어요."

족집게네. 그는 그녀를 다시는 안 볼 작정이었다. 이제 절벽에서 실제로 무슨 일이 일어났는지 그녀에게 털어놓을 때가 됐다.

12

그날은 하지였다. 그들은 저녁 8시쯤 포시즌 호텔에서 만났다. 예전처럼 가짜 이름을 대고 선글라스를 쓰고 핸드폰을 끄는 수선은 떨지 않았다. 그냥 1층 로비에서 자연스럽게 만났다. 사람들은 헨리를 알아보고 인사를 건넸다. 보는 사람마다 조의를 표해 마치 장례식장에 있는 기분이었다. 헨리는 언제나처럼 겸손하고 차분한 태도로 베티를 오이스터 바로 안내했다. 직원들은 그에게 가장 좋은 자리를 내주었고 얼른 백합꽃을 치웠다.

베티는 기분이 영 찜찜했다. 그의 조신한 태도도, 공공장소에서 만나자고 한 것도 이상했고, 그녀를 만지는 조심스럽고 느끼한 손길도 석연치 않았다. 금방이라도 자신이 아내를 죽였다고 털어놓을 것만 같았다. 그런 말을 들으면 뭐라고 해야 하지? 사랑의 증표로 알겠노라고 하고 경찰에 신고해야 하나? 그럼 아이 아버지에게 반하는 증언을 해야 한단 말인가? 아니면 못 들은 척하고 그냥 살인자와 함께 살아야 하나? 딜레마가 아닐 수 없었다. 그녀는 물을 주문했다.

웨이터는 브르타뉴 개펄에서 난 벨롱 굴을 추천했다. 베티는 입맛이 없었다. 그는 언제나와 같이 감자튀김을 곁들인 스테이크를 주문했다. 그는 원래 식당에서 메뉴판을 보는 일이 없었다. 만약 스테이크가 없으면 비엔나 식 슈니첼(돈가스와 비슷한 돼지고기 요리_ 역주)을 달라고 하면 그만이었다. 베티는 한참 동안 메뉴판을 연구했다. 헨리는 그녀가 결국 아무것도 주문하지 않을 것을 알았다. 휴우, 여자들이란 정말! 파스타 한 그릇 먹으면서 국가의 중대사를 논하듯 하니…… 결국 베티는 음식을 고르지 못하고 메뉴판을 덮었고 웨이터는 약간 기분이 상한 얼굴로 물러갔다.

"이제 얘기해요."

헨리는 면접이라도 보는 사람처럼 헛기침을 했다. 예전부터 그는 이런 일에 약했다.

"마르타도 자기가 감옥에 가길 원하진 않았을 거야. 15년? 아마 15년보다는 더 나오겠지? 그럼, 절대 그럴 생각은 아니었을 거야."

그건 자백이 아니었다. 뭔가 더 나쁜 느낌이었다. 베티는 그 말이 재미없는 농담일 가능성을 아직 배제하지 못한 듯 유보적인 태도를 취했다.

"내가 감옥에 간다고요? 음…… 그건 왜죠?"

헨리는 걱정스러운 표정으로 말을 이었다.

"생각을 해봐. 경찰이 내 와이프를 자기 차 안에서 발견한다고 생각해보라고. 자기 차 도난신고했지?"

베티는 말없이 고개를 끄덕였다.

"경찰이 어떻게 생각하겠어? 유서도 없고 자살이라는 증거도 없고. 자기가 그런 거라고밖에 달리 생각할 수가 없잖아."

"내가 그랬다고요? 마지막으로 마르타와 함께 절벽에 있었던 건 당신이잖아요."

베티의 목소리 톤이 한 옥타브 올라갔다. 헨리는 근심스러운 표정으로 고개를 저었다.

"아니지, 그게 아니지, 자기야."

베티는 그에게 얼굴을 쑥 들이밀었다. 그는 그녀의 이마에 선 핏발을 신기한 듯 바라보았다. 그런 모습은 처음이었다.

"거기 안 갔다고요?"

"안 갔어."

"그럼…… 어디 있었죠?"

"나? 영화 보러 갔어. 한국영화였는데 아주 재미있더라고."

그때 스테이크가 나왔고 베티는 힘겹게 화를 누르며 기다렸다. 그녀의 손톱이 테이블보의 다마스트 무늬를 가볍게 긁는 소리가 났다. 감자튀김 냄새에 헛구역질이 난 그녀는 손으로 테이블보를 움켜쥐었다. 이마에 선 핏발에서 맥박 뛰는 것이 보였다. '저러다 터지겠군. 그럼 내 문제도 사라질 텐데. 입 싹 씻는 거지.' 그는 접시 위의 스테이크를 돌리며 생각했다. 그리고 의자에 등을 기대며 창밖으로 보이는 거리에 시선을 던졌다. 그녀는 테이블보에 작은 선을 그리듯 손가락을 움직였다. 그날 저녁 헨리의 집에 가기 전까지 무슨 일이 있었는지 머릿속에 그려보는 것이리라. 헨리는 그녀에게 시간을 주기로 하고 포크로 감자를 찍어 스테이크 소스를 쓱 발라 입속에 집어넣었다.

베티는 할 말이 생각난 것 같았다.

"마르타를 찾는다고 2층으로 올라갔잖아요. 마르타가 집에 있다고 생각한 거였어요? 아니면 연극한 거예요?"

"연극이라니? 자기야, 난 정말 마르타가 방에 있는 줄만 알았어. 그 시간엔 항상 침대에 누워 있거든."

베티의 눈이 가늘어졌다.

"그런 줄 알았다면서 왜 해변에다 마르타가 죽은 것처럼 꾸며났죠?"

"내가 그런 게 아니야. 정말 자전거가 거기 있었어. 마르타가 거기 세워놨겠지. 왜 그랬는지는 나도 몰라. 내가 그날 저녁 집에 데려다준 거 기억하지?"

그녀는 그렇다고 답했다.

"그다음에 바로 절벽에 가봤거든. 자기 차는 없었어. 바퀴 자국이 바로 절벽 밑으로 나 있더라고. 그리고 자기가 피우는 담배꽁초가 떨어져 있었어. 마르타가 자기 담배를 피운 다음……."

베티는 손으로 입을 가렸다.

"뭐라고요? 어떻게 그런 일이!"

그녀는 무슨 뜻인지 이해가 되는 듯했다. 헨리는 칼과 포크를 접시 가장자리에 내려놓았다.

"걱정 마. 밤새 비가 내려서 이젠 아무것도 안 보여."

"걱정 말라고요? 왜 바로 경찰을 부르지 않았어요?"

"처음엔 부르려고 했지. 그런데 다시 생각해보니 그게 아니더라고. 물론 옳은 행동이 아닐 수도 있겠지. 하지만 난 나름의 선택을 했어. 생각해보니 내게 남은 건 자기, 아니 자기랑 아기뿐이더라고."

그는 탁자 위로 손을 내밀었고 그녀는 그 손을 잡았다. 손에 땀이 배어 있었다.

"날 위해서 그런 거예요?"

"그리고 아기, 우리 아기를 위해서."

아기. 그녀의 눈에 눈물이 고였다. 왜 여자들은 '아기'라는 말만 들어도 눈물을 흘리는 걸까? 단어 하나로 눈물이 주르륵 흐를 수 있다니!

"우리 어서 경찰서로 가요, 헨리. 당장요!"

"그럴 필요 없어. 자기가 모리아니랑 같이 간 다음 경찰이 우리 집에 왔었어. 참, 모리아니는 어때?"

베티는 모리아니도 그의 유치한 청혼도 생각하고 싶지 않았다. 그녀는 기도서라도 된다는 듯 그의 손을 붙잡았다.

"헨리, 어서 경찰서로 가요. 가서 무슨 일이 있었는지 다 말해요, 네?"

헨리는 남은 손으로 감자튀김을 집어 미카도 게임을 하듯 휘둘렀다. 그리고 낮은 목소리로 그러나 진지하게 물었다.

"자기야, 대체 무슨 일이 있었기에 그래? 사실대로 말해봐, 무슨 일이 있었던 거야?"

예상대로 그녀는 그의 손을 놓았다.

"사실대로라뇨?"

"이거 안 마실 거지?"

그는 대답을 기다리지도 않고 그녀의 물을 다 마셔버렸다. 그리고 다시 목소리를 낮췄다.

"마르타가 혼자 절벽에 간 게 맞아? 아니면 자기가 데려간 거야?"

베티는 흥분해서 벌떡 일어설 기세였다.

"지금 뭐라는 거예요? 내가 당신 마누라를 죽였다는 거예요?"

"맞아?"

베티는 억울한 듯 주위를 둘러보았지만 편을 들어줄 사람은 없었다. 그녀는 벌떡 일어나 나가버리고 싶은 것을 꾹 참고 그대로 앉아 있었다. 그녀에게는 그럴 힘조차 없었다. 헨리는 그녀가 불쌍했다. 하지만 죽어가는 노루에게 했듯 지금 그녀의 목을 졸라야 했다. 그가 말을 이었다.

"사실 한참은 정말 자기가 그런 줄 알았어. 그래. 창피하지만 정말 자기가 마르타를 죽였다고 생각했어."

"왜요?"

"그거야 당연히 날 사랑해서지. 내가 무슨 다른 생각을 하겠어?

마르타가 차를 타고 자기 집으로 갔단 말이야. 그리고 자기 차를 타고 절벽으로 갔어. 그런 다음 사라진 거야. 자기는 그때 어디 있었어?"

베티는 힘겹게 눈을 감았다 떴다.

"알잖아요. 집에 있었어요."

"알지. 그런데 알리바이는 있어?"

베티의 눈꺼풀이 천천히 올라갔다.

"그게 무슨 바보 같은 소리예요? 그냥 집에 있었어요. 집에서 당신 전화를 기다렸어요."

"그런 의심을 했었단 소리야."

헨리가 부드러운 말투로 그녀를 달랬다.

"그럼 지금은 의심이 없어졌나요?"

"없어졌어."

"그럼 어떻게 된 거라고 생각하는데요?"

"마르타는 익사한 거야. 경찰 입장도 그렇고. 난 자기가 그 일과 아무 상관 없다고 생각해."

"하지만 마르타가 내 차에 타고 있었잖아요."

"그건 실수지. 이제부터 그런 실수가 있어선 안 돼."

베티는 팔짱을 낀 채 등받이에 등을 기댔다.

"우리가 어떤 실수를 더 할 수 있는데요?"

그녀가 작은 소리로 물었다. 헨리는 접시를 옆으로 밀어놓고 그녀의 손을 잡으려고 했으나 그녀는 응하지 않았다.

"자기가 내 아이를 임신한 걸 알면 사람들은 자기를 내 내연녀라고 생각할 거야."

"사실 아닌가요?"

"사실이지. 그런데 그게 밝혀지는 시점이 문제야. 마르타가 죽은 직후에 그게 알려지면 어떻게 되겠어?"

"그럼 어떻게 해야 하는데요?"

베티가 들릴락 말락 한 소리로 중얼거렸다. 헨리는 그녀의 입모양을 보고 무슨 말인지 알아챘다.

"사람들이 그걸 알아야 할 필요가 있을까? 그 아이가 내 아이라는 걸 사람들이 꼭 알아야 할 필요는 없다고."

베티는 자리에서 벌떡 일어나 어이없다는 듯 손을 내둘렀다.

"헨리, 당신 지금 나 겁주는 거예요? 하긴 당신은 항상 내게 겁을 줬어요. 그런데 이거 하나는 알아둬요. 나 당신 아이 낳을 거예요. 이 아이 낳을 거라고요. 당신이 원하든 원하지 않든 이 아이는 당신 아이예요. 그러니 태도를 확실하게 해요. 문제 만들지 않을게요. 원한다면 당신 아이라는 것도 비밀로 할게요."

"베티, 그러면 내가 섭섭하지. 나도 아이를 낳고 싶어. 벌써부터 우리 아이가 보고 싶다고."

그녀가 핸드백을 열자 헨리는 가스총이라도 맞을까봐 얼른 자세를 낮췄다. 하지만 그녀는 뭔가를 찾는 듯 뒤적거리다가 가방을 닫았다.

"뭐 하는 거야?"

그가 의심 섞인 눈초리로 물었다.

"토할 것 같아요."

"경찰은 아무것도 몰라. 우리만 가만히 있으면 아무 문제도 없을 거야. 그냥 가만히 있으면 돼. 내 말 무슨 뜻인지 알겠어?"

"헨리⋯⋯."

"응?"

"당신 부인이 우리 관계에 대해 다 알고 있었어요. 당신에게 들은 건 아니었어요. 당연하죠, 당신이 어디 자신에 대한 얘기를 하는 사람인가요?"

베티는 이마로 흘러내린 머리카락을 쓸어 넘겼다. 화가 나고 절망한 모습의 그녀는 무척 매력적이었다. 헨리는 '난 왜 베티가 가려고 할 때만 그녀를 갖고 싶은 걸까?'라고 생각했다.

"아, 한 가지 더요. 당신 부인이 가기 전에 그러더라고요. 우린 헨리가 어떤 사람인지 모르는 채로 사랑해야 한다고요. 난 그게 어떻게 하는 건지 모르겠어요. 그렇게 할 수도 없을 것 같고요."

베티는 그 말을 끝으로 돌아섰다. 헨리는 그녀의 뒷모습을 바라보았다. 미련은 없었지만 존경스러운 마음이 일었다. 그만하면 베티도 강단이 있는 여자였다. 어쨌든 그는 그녀가 어디로 가는지, 다시 돌아올 것인지엔 관심이 없었다. 그가 궁금한 것은 마르타가 정말 처음부터 베티와의 관계를 알고 있었는가 하는 것이었다. 어떻게 모든 걸 알면서 그렇게 아무 일 없는 척할 수 있었단 말인가? 사람이 그럴 수 있을까? 그들 부부간의 정은 마지막 순간까지도 식지 않았고 매일 함께하는 하루 일과도 변함이 없었다. 그런데 어느 날 갑자기 남편의 내연녀를 찾아가 차를 마신단 말인가? 마르타의 마지막 메시지는 '어떻게 끝날지 알겠어?'였다. 막 끝난 장 뒤에 연필로 쓴 글씨…… 그건 경고였을까? 아니면 협박? 예언? 답을 찾을 수 없는 질문들에 헨리는 머리가 아파왔다. 활은 이미 활시위를 떠났는데 머리를 굴려봐야 아무 소용 없었다. 짜증이 난 그는 한 번 베어 문 감자튀김을 양탄자 바닥 위로 휙 던져버리고 계산을 해줄 종업원을 찾아 주위를 두리번거렸다.

기둥 바로 옆자리에 앉아 있던 호노르 아이젠드라트는 말할 수 없이 화려한 색상의 핸드백을 옆구리에 끼고 빠르게 로비를 가로질러 가는 베티를 보았다. 베티는 대리석 계단 아래 있는 여자화장실로 급히 달려가고 있었다. 울고 있었고 얼굴색이 창백했다. 평소처럼 엉덩이를 흔들며 걷는 걸음걸이가 아니라 거의 비틀거리며 걷고 있었다. 무슨 일이 있는 것 같았다. 뭔가 안 좋은 일인 게 분명했다.

호노르는 좁아터진 2층 세미나실에 앉아 있다가 베일리스를 탄 커피를 한 잔 마시려고 로비로 나왔다. 그 세미나라는 것은 낸 돈에 비해 턱없이 질이 떨어지는 것이었다. 숫자의 비밀이라고 해서 뭔가 했더니 웬 돼지같이 생긴 여자가 지휘봉을 들고 나와서 수들의 가로합계니 전화번호와 숨겨진 성격 사이의 우주적 연관관계니 하며 떠들어댔다. 요즘 그런 말을 믿는 사람이 누가 있단 말인가.

호노르는 내심 현자를 기대했다. 대 아르카나의 16번째 카드인 탑 카드의 의미에 대해 심도 있는 대화를 나눌 수 있는 영적인 사람이 나오기를 바랐다. 탑 카드가 벌써 두 번째 나왔다는 것은 분명 뭔가를 의미했다. 그런데 주위에는 온통 잘난 척하는 사람, 무능력자들뿐이었다.

아는 사람은 알겠지만 타로의 탑 카드는 심상치 않은 카드다. 시커먼 하늘에서 탑을 향해 내리치는 번개, 불이 붙은 채 애인과 함께 죽음의 나락으로 떨어지는 청년. 이것은 붕괴와 새로운 시작, 이별, 죽음을 의미한다. 이 카드를 무시할 정도로 경솔하다면 벌 받아 마땅하다. 그러나 조만간 일어날 사건의 징조가 드러나지 않아서 그 영향력을 가늠하기 힘든 경우가 많다. 그래서 더욱 철저히 준비하고 일상이라는 형체 없는 덩어리 속에서 그 징조를 찾을 수 있도록 깨어 있는 감각을 길러야 하는 것이다.

호노르는 10유로짜리 지폐를 꺼내 마시던 커피잔 옆에 놓고 핸드백을 챙겨 일어섰다. 그리고 바다를 연상시키는 푸른색 양탄자 위를 걸어 베티가 온 방향으로 걸어갔다. 만약 거기서 모리아니를 발견하게 된다면 탑 카드의 뜻을 따르리라. 그녀는 그럴 경우 사표를 내리라 다짐했다.

벽에 나무 패널을 댄 오이스터 바의 창가 자리에 앉은 헨리 하이든이 불안한 듯 셔츠 소매를 만지작거리고 있었다. 고통에 일그러진 창백한 얼굴을 보니 불쌍하다는 생각이 들었다. '부인을 잃은 슬픔이 얼마나 클까? 언젠가 내가 죽으면 아무도 슬퍼해줄 사람이 없겠지. 모두 내가 자초한 일이야.' 그녀는 속으로 생각했다. 그리고 그의 자리로 가서 등이라도 토닥거려줘야겠다고 생각했다. 그때 종업원이 왔고 헨리는 계산을 했다. 호노르는 순간 헨리의 눈빛에서 뭔가를 봤고 조의를 표하려던 생각을 접었다.

물론 전화번호의 가로합계와 잠재된 성격 사이의 연관관계 같은 건 없다. 하지만 호텔에서의 우연한 만남이라는 것도 없다. 단지 무관심이 있을 뿐이다. 호노르는 그렇게 오이스터 바 앞에 서서 탑 카드가 예언한 변화가 막 시작됐음을 감지했다. 그리고 헨리가 나오기 전 얼른 기둥 옆 탁자로 돌아가 신문으로 얼굴을 가렸다.

헨리가 오이스터 바에서 나왔다. 그는 몇몇 사람들과 악수를 했고 데스크에서 누군가에게 사인을 해주었다. 그리고 손님 한 명과 대화를 나누었다. 그러면서 슬쩍 화장실 쪽을 살폈다. 베티는 여전히 보이지 않았다. 그는 더 지체하지 않고 호텔을 떠났다. 뒤를 돌아보거나 하는 미련 섞인 행동은 없었다.

얼마나 힘이 넘치는가! 호노르는 헨리를 볼 때마다 감탄을 금치 못했다. 운동선수처럼 떡 벌어진 어깨로 성큼성큼 걸어가는 그는 한 마리 맹수를 연상시켰다. '심장이여, 고백하라, 아니면 깨져버려라.' 『특별한 죄의 무게』에서 그녀가 인상 깊게 읽은 문구였다. 헨리를 알기 전까지 그녀에게 작가란 생각의 무게를 못 이겨 등이 굽어버렸거나 내면의 힘에 떠밀려 힘겨워하거나 세상과 타협하지 못하고 드잡이를 일삼는 사람들을 의미했다. 페르난도 페소아(포르투갈의 소설가_역주)는 진정한 예술가는 병든 사람이라는 신념으로 평생 운구차를 기다렸다. 장님 작가 보르헤스(호르헤 루이스 보르헤스. 아르헨티나의 소설가_역주)는 무수한 기호의 도서관에서 신의 아이러니를 찾아 헤맸다. 반면 헨리 하이든은 건장하고 건강했으며 자기관리의 화신이라 할 만했다. 그러고도 그는 여전히 예술가였다. 이보다 더 완벽할 수 있는가!

반쯤 마신 커피잔 옆에 10유로짜리 지폐가 그대로 놓여 있었다. 그 돈을 벌기 위해 몇 시간이나 일해야 하는지 머릿속으로 따져본 그녀는 지폐를 집어넣고 대신 5유로짜리를 꺼내 그 자리에 놓았다.

왼쪽에서 세 번째 칸에서 토하는 소리가 났다. 물 내리는 소리. 다시 토하는 소리. 화장실에서는 은방울꽃 냄새가 났다. 문 밑으로 아까 그 천박한 색깔의 핸드백도 보였다. 호노르는 옆 칸에 들어가 변기 뚜껑을 올리고 치마를 들어올렸다. 그리고 시원한 물줄기 소리를 만들어냈다. 옆 칸에서는 웩웩거리는 소리가 잦아들고 흐느끼는 소리로 바뀌었다. 정확히 말하면 질질 짜는 소리였다.

호노르에게는 선물이나 다름없는 순간이었다. 경쟁자의 지극히 사적인 순간을 공유한다는 것, 그것은 달콤한 복수였다. 그녀는 옆 칸에서 나는 소리에 집중해 있다가 물 내리는 것도 잊을 뻔했다. 하이든 부인의 죽음 때문에 저렇게 울고 있을 여자는 아니었다. 슬퍼하는 척이나 할 줄 알겠지. 두 사람 사이에 무슨 일이 있는 게 분명했다. 그녀를 울게 하고 그를 떠나게 만든 극적인 사건 말이다. 옆 칸에서 캑캑거리는 소리가 났다. 피라도 토하는 건가? 호노르는 그 소리를 들으며 회심의 미소를 지었다. 잠시 후 베티는 문을 열고 나갔다. 수도꼭지에서 물 흐르는 소리, 입 헹구는 소리가 났다.

여자들이 거울 앞에서 화장을 고치는 데 필요한 최소한의 시간이 흘렀다. 호노르는 화장지를 뜯었고 한 번 더 물을 내렸다. 위장은 완벽했다. 이윽고 또각또각 하이힐 소리가 나더니 문이 닫혔다. 그녀는 1분 정도 더 기다렸다가 문을 열고 나갔다. 마음속으로는 베티가 가지 않고 문 앞에서 기다리고 있을 것에 대비했다. 베티는 그러고도 남을 여자였다. 그럴 경우 놀란 척하며 특별히 몇 마디 주고받을 생각이었다. 하지만 말을 길게 끌지는 않으리라. 하지만 밖에는 아무도 없었다. 여자화장실에는 호노르 혼자뿐이었다.

세면대 옆 쓰레기통에 빈 메토클로프라미드 곽이 있었다. '비매품'이라고 인쇄되어 있고 산부인과 약임을 표시하는 로고가 찍혀 있었다. 상자 안에 사용설명서는 들어 있지 않았다. 호노르는 플라스틱 쓰레기통을 뒤졌지만 가짜 속눈썹, 더러워진 티슈, 다 쓴 립스틱 용기만 나왔다.

잠시 후 호노르 아이젠드라트는 호텔 근처 약국에서 임신 초기에는 메토클로프라미드를 복용하지 않는 게 좋다는 설명을 듣고 있었다. 약사는 그럼에도 불구하고 이 약을 사용하는 임신부들이 많다며 걱정스러운 표정을 지었다. 자신도 젊었을 때 입덧이 심해서 유혹을 많이 느꼈다는 것이었다.

그런 다음 호노르 아이젠드라트는 버스를 타고 집에 갔다. 하지만 한 정거장 전에 내려 집까지 걸어갔다. 집에 돌아온 그녀는 모직 실내화로 갈아 신고 새에게 물을 준 다음 독서용 긴 소파에 엎드려 쿠션에 얼굴을 묻고 빽 소리를 질렀다.

13

수염이 덥수룩한 얼굴에 앞니가 두 개나 빠진 오브라딘은 마치 수염 난 핼러윈 호박 같아 보였다. 그는 생선가게 2층 창가에 서서 하루 종일 담배를 피우며 지나가는 사람들에게 자신의 빠진 앞니를 보여주거나 맞은편 집들에 가려 보이지 않는 바다를 바라보았다. 마을에는 그가 왜 그런 돌발적인 행동을 하는지에 대한 소문이 돌았다. 그의 아내 헬가는 괜히 말이 더 날까 무서워 입을 꾹 닫고 한마디도 하지 않았다. 어떤 사람들은 이중인격이라고 했고 머릿속에서 뭔가 크게 터졌다고 말하는 사람도 있었다. 말 그대로 소문만 무성했다.

오브라딘은 몸이 다 나았지만 가게 문을 열 생각을 하지 않았다. 남편이 계속 방에만 있으니 아내가 가게에 나가 일을 해야 했다. 헬가는 일하는 내내 전화기를 붙들고 있었지만 그 와중에도 짬을 내 지하로 내려가는 바닥문에 자물쇠를 해 달고 쇼윈도에 붙인 유치한 물고기 사진들을 다 긁어냈다.

성모승천일은 최고의 여름날씨였다. 흰색 파나마모자를 쓴 헨리는 활기찬 얼굴로 생선가게 앞에 차를 세웠다. 2주 전 사고로 아내를 잃은 사람의 슬픔 같은 것은 찾아볼 수 없었다. 하지만 누구나 자기 나름의 방식대로 슬픔을 겪는 법. 슬픔은 이러이러해야 한다고 정해져 있기라도 하단 말인가? 헨리는 생선가게 앞 인도에 주차를 하고 들어와 헬가에게 꽃다발과 스페인산 비누를 안겨주었다. 그리고 오브라딘에게는 담비 털로 만든 면도솔을 가져왔다고 말했다.

헬가는 그동안 있었던 일을 꼬치꼬치 일러바쳤다. 대부분은 헨리도 알고 있는 내용이었다. 헨리는 '드리나'의 모터를 새로 사라며 슬쩍 돈봉투를 찔러주었다. 그리고 그녀의 귀에 대고 속삭였다.

"좋은 숫자를 기다려요. 그리고 로또를 사요. 그중 다섯 개만 맞히면 대박인 거예요. 내 말 무슨 뜻인지 알죠?"

헬가는 알았다는 듯 그의 양손에 입을 맞추었다. 헨리는 다시 나가더니 다른 상자를 들고 들어와 안집이 있는 2층으로 올라갔다. 양손에 상자를 들고 있어서 노크는 생략하고 팔꿈치로 문고리를 내리고 들어갔다.

"어이, 친구! 별 일 없었어?"

그가 상자와 선물을 침대에 내려놓으며 말했다. 침대 한쪽은 사용한 흔적이 전혀 없었다. 헬가가 다른 방에서 잔다는 뜻이었다.

"선물 가져왔어. 면도할 때 쓰는 거야."

오브라딘은 수북한 담배꽁초 앞에 멍하니 서 있었다.

"그던 건 뭐 하더 타와?"

헨리는 심각한 표정으로 오브라딘의 앞니에 난 구멍을 들여다보았다.

"앞베란다 생겼네. 빨래 널어도 되겠다. 자, 잘 보라고……."

그는 상자 속에서 태양열로 작동하는 담비 쫓는 기계를 꺼냈다.

"초음파야. 답이 여기에 있었어. 자, 들어봐."

헨리가 기계 전원을 누르자 신경을 긁는 끽음이 났다. 두 사람은 인상을 쓰며 귀를 틀어막았다. 헨리가 기계를 껐다.

"바로 이게 문제야. 어떤 주파수를 사용해야 하는지를 모르겠어. 담비만 쫓아내고 개는 무사해야 하거든."

"그대서 어떠다고?"

오브라딘은 시큰둥한 반응을 보였다.

"이봐, 자네도 알잖아. 폰초는 꽤 예민한 개라고. 자네랑 똑같아. 만약 내가 이걸 틀어놓으면 미쳐서 날뛸걸. 이 기계 맞추는 것 좀 도와줘. 그래서 담비를 쫓아버리자고. 그리고 우리 둘이 한 대 피워야지. 어때? 도은 댕각이지?"

헨리는 큰 소리로 웃었다. 예전부터 그는 걱정해준다고 빨리 낫는 게 아니라는 확신을 가지고 있었다. 가식적인 동정의 말보다는 농담 한마디가 훨씬 낫다는 게 그의 생각이었다.

실제로 오브라딘은 피식 웃었다. 헨리는 그의 입을 손으로 막는 시늉을 했다.

"이 세르비아 영감탱이야, 입도 뻥긋하지 마. 또 웃음이 나올 것 같단 말이야. 자, 치과에나 가보자고."

헨리는 오브라딘을 데리고 인근에서 가장 좋다는 치과로 갔다. 오브라딘은 그곳에서 치아이식을 했다. 우선 가치아를 하고 나중에 임플란트를 하기로 했다. 가치아도 약간 토끼처럼 보이는 것 말고는 괜찮았다. 임플란트는 턱관절 전문의가 하는 정교한 시술로 치아 하나당 중형세단 한 대 뽑는 돈이 들었다. 어금니도 보철치료를 했고 턱뼈를 만들기 위해 입천장에서 뼈 한 조각을 잘라냈다. 헨리는 당연하다는 듯 모든 비용을 냈고 추후에도 거기에 대해서는 한마디도 입에 올리지 않았다. 이미 말했듯이 그에게는 대장부다운 데가 있었다.

* * *

거기서 남쪽으로 60킬로미터 떨어진 곳에서는 기스베르트 파시가 중환자실에서 일반 4인실로 옮겨졌다. 중상이지만 정신은 멀쩡한 상태였다. 부러진 두 다리와 한쪽 팔이 알루미늄 지지대에 대롱대롱 매달린 모양이 마치 어느 날 아침 갑자기 벌레로 변한 그레고어 잠자처럼 측은해 보였다.

가슴에 꽂힌 튜브를 통해 갈색 농이 흘러나왔다. 침대 옆에 놓인 작은 기계가 심낭삼출액을 뽑아내 투명한 비닐봉투에 모았다. 시트 받침대에서 부러져나와 그의 가슴에 박힌 막대기는 세균으로 득실거렸다. 12시간마다 간호사가 와서 비닐봉투를 갈아주었는데, 그런 일만 하는 사람인지 항상 뚱한 표정이었다. 기저귀 갈기, 엉덩이 닦고 크림 바르기도 그녀의 몫이었다. 그녀의 억센 손길이 그의 고추에 닿는 순간은 단연 하루의 하이라이트였다.

숨을 쉴 때마다 통증이 느껴졌고, 입안은 말로 표현하기도 힘들 정도로 텁텁했고, 허파에서는 바람소리 같은 것이 났다. 어딘가가 심하게 곪고 있는 게 분명했다. 그는 그것을 냄새로 알 수 있었다. 병실 벽에서는 휘파람 소리 같은 것이 끊임없이 들려왔지만 다른 사람들은 전혀 듣지 못하는 것 같았다.

병실은 다른 남자 환자 세 명과 나눠 썼다. 세 명 모두 기저귀를 찼다. 1인실을 쓰지 않으면 다른 사람들에 대해 많은 걸 알게 된다. 예를 들면 똥기저귀 냄새가 어떻게 나는가 하는 것 말이다. 일찍이 레오나르도 다빈치가 간파했듯이 인간은 음식의 통로일 뿐 종국에는 꽉 찬 요강만 남는다고 하지 않았던가.

조명을 낮춰 만든 인공적인 어스름 속에서 파리 한 마리가 윙윙거리며 날아다녔다. 파시에게는 그것이 이중으로 보였다. 마취에서 깨어난 이후로는 모든 것이 이중으로 보였다. 파리는 고름 냄새에 이끌려 여기저기 날아다니다 왼쪽 사람의 발에 앉아 괴저가 일어난 발가락을 빨아먹었다. 이름도 모르고 그저 당뇨병 환자라고만 알려진 그는 말없이 끙끙 앓기만 했다. 다시 날아오른 파리는 알이라도 낳는 듯 오른쪽 사람의 우물 같은 입속에 머물렀지만 그는 꼼짝도 하지 않았다.

기스베르트의 머리는 골절 때문에 집게 같은 기구로 꽉 조여져 있었다. 그래서 작은 손거울을 통해 좌우가 바뀐 세상을 겨우 볼 수 있었다. 거기다 사물이 이중으로 보였기 때문에 제대로 보려면 한 쪽 눈을 감아야 했다. 그는 창가에 있는 침대를 쓰고 싶었다. 제발 발도 한 번 제대로 뻗어보고 싶고 오래된 동거인 미스 왕도 보고 싶었다. 그리고 무엇보다 엉덩이를 긁고 싶었다. 하지만 오른손에 영양주사 바늘이 꽂혀 있어서 손을 움직일 수가 없었다. 아침마다 부대원들을 이끌고 회진을 하는 과장은 항상 오늘은 기분이 어떠냐고 물었다. 그걸 몰라서 묻나? 엉덩이가 가려워도 긁지를 못하는데 너 같으면 기분이 어떻겠냐? 그건 참담함 그 자체였다.

기스베르트에게 가장 참기 힘든 고통은 가방을 잃어버린 데서 오는 상실감이었다. 수술 후 정신이 들었을 때 맨 처음 생각난 게 바로 그 가방이었다. 잃어버린 아이를 찾아 절규하는 엄마처럼 가방을 찾는 그에게 의사는 환각이라며 세다티바를 처방했다. 그는 선잠을 자면서도 가방을 찾았지만 소용없었다. 누가 그를 구해서 데려왔는지 그는 알지 못했다. 그저 큰 사고가 나서 응급실로 실려 왔다고만 알고 있었다.

이제 헨리 하이든의 자취를 좇는 일은 끝났다. 꼬박 2년이라는 시간을 투자했고, 그 시간은 그의 인생에 있어서 가장 행복한 시간 이었다. 그가 체계적으로 세분해놓은 자취들, 다시는 찾지 못할 값 비싼 흔적들은 이제 사라지고 없었다. 헨리는 이번에도 승자였다. 그것도 모퉁이에 숨어서 기다리는 유치한 트릭에 걸려들다니……

픽, 쾅, 윽! 참으로 참담한 패배였다. 차라리 뇌진탕으로 기억을 잃었더라면 지금쯤 평화롭게 건강을 되찾기 위해 노력하며 제2의 인생을 기다릴 텐데. 하지만 그는 잊을 수가 없었다. 그의 기억은 끊임없이 똑같은 장면을 그의 망막에 투영해내고 있었다. 눈만 감으면 헨리가 보였고 그는 모퉁이를 향해 돌진했다. 헨리 또 헨리…….

환각은 아무것도 없는 데서 생기는 것이 아닌가. 그건 환각이 아니었다. 끊임없이 반복되는 다큐멘터리 영화였다. 고문이었다. 헨리, 또 헨리……. 만약 이런 상태가 계속된다면 스스로 목숨을 끊으리라고 파시는 다짐했다.

그러던 어느 날 병실 문이 열리더니 헨리 하이든이 나타났다. 모퉁이에 서 있는 유령이 아니라 살아 있는 실제 인물로서 병실로 걸어 들어왔다. 그는 마치 의사라도 된다는 듯 옆에 있는 철제의자를 끌어다 침대 옆에 앉았다. 그는 『컨트리리빙』 잡지에 나왔던 모습 그대로였다. 아내와 개가 옆에 없어서 오히려 약간 소박해 보인다고나 할까?

옆 침대의 당뇨병 환자가 바람소리 같은 짧은 신음 소리를 냈을 뿐 병실은 고요 그 자체였다.

"좀 어떠십니까?"

헨리 하이든이 듣기 좋은 저음으로 물었다. 꼭 진심이 아니라고 해도 어울리지 않는 말은 아니었다. 여긴 병자들의 집이니까. 파시는 적을 똑바로 보기 위해 한쪽 눈을 감은 채 대화를 해야 했다.

"누구시죠?"

파시가 조금 망설이다가 물었다.

"사고를 당하셨을 때 우연히 현장에 있었습니다. 헨리 하이든이라고 합니다."

홍, 파렴치한 놈. 우연히 모퉁이에 숨어서 날 기다리고 있었고 우연히 30년을 숨어 살았고 이제 우연히 이 병실에 들렀다고 말하려는 거냐? 내가 그 말을 믿을 줄 알고?

"하이든요? 작곡가 이름하고 똑같네요."

"네, 비슷하죠. 소설가 하이든처럼 'e'가 들어갑니다."

"아, 어떤 소설을 쓰셨는지 압니다. 그런데 지금은 도저히 책을 읽을 수 있는 상황이 아니네요."

파시는 줄에 매달려 흔들거리는 팔을 보여주었다. 헨리는 침대에 약간 다가앉으며 물었다.

"오디오북 좀 갖다드릴까요?"

파시는 왜 헨리가 그를 찾아왔는지 궁금했다. 분명 오디오북 얘기를 하러 온 건 아니리라. 어쩌면 식물인간이 돼 있는 그를 보러 왔다가 실망했는지도 모른다. 헨리는 과연 그가 누군지 알고 있을까? 헨리가 과연 그걸 기억할 수 있을까? 파시는 약간 고개를 들려고 해봤지만 쇠집게로 단단하게 죄어 있는 머리는 꿈쩍도 하지 않았다. 휘파람 소리가 커졌다.

"이 소리 들립니까?"

파시는 얼른 대화의 방향을 바꿨다.

"무슨 소리요?"

"휘파람 소리요. 어디선가 휘파람 소리가 납니다. 벽을 뚫고 들어오는 것 같아요."

헨리는 주변을 둘러보며 잠시 귀를 기울이다가 어깨를 으쓱했다.

"아무 소리도 안 들리는데요."

파시는 한숨을 푹 쉬었다.

"역시 안 들리는군요. 아무에게도 안 들리는 소리가 내 귀에만 들리네요."

"그럼 음모가 있는 겁니다. 내 귀에는 뭔가 들리는데 다른 사람들은 안 들린다고 한다, 그러면 뭔가 음모가 있는 겁니다."

헨리가 얼굴을 쑥 들이밀며 은밀하게 말했다. 파시는 피식 웃을 수밖에 없었다. 웃으니 너무 아팠다. 갈비뼈만 아픈 게 아니라 마음이 아팠다. 그는 웃고 싶지 않았다. 웃음은 화해를 의미했다. 사람들을 하나로 묶고 악감정을 쫓아내는 역할을 하는 것이 웃음이다. 그는 그 악감정이란 것에 오랫동안 투자를 해왔다. 악감정을 보살피며 키워왔다. 그런데 이제 와서 그것과 이별할 이유가 있겠는가?

"어떻게 사고가 일어났는지 보셨습니까?"

파시가 얼른 화제를 돌렸다. 헨리는 고개를 끄덕였다.

"네, 커브길에서 너무 빨리 달리셨어요. 그러다 차가 난간을 들이받고 뒤집어졌습니다."

"전혀 기억이 안 납니다."

"그 편이 나을 겁니다. 보기 좋은 풍경은 아니었거든요. 그런 상황에서 살아났다는 게 기적입니다."

"제가 어디에 있었죠? 어떤 몰골이었습니까?"

헨리는 잠시 눈을 감고 생각에 잠겼다. 파시는 헨리의 허벅지 위에 차분하게 놓여 있는 잘 관리된 손을 쳐다보았다. 손목에는 갈색 밴드의 IWC 시계를 차고 있었다. 분명 고가의 모델이리라.

"차가 거꾸로 뒤집혀 있었고 주위엔 온통 유리조각이었고……. 뒷좌석에 끼여 있었어요. 의식이 없는 상태였고요. 제가 끄집어냈는데 아무것도 느끼지 못하는 것 같았습니다."

"네? 하이든 씨가 날 끄집어냈다고요?"

헨리는 호탕하게 웃었다.

"네, 거기 저 말고는 아무도 없었습니다. 절 보고 계시더라고요. 하지만 눈만 뜨고 있었지 아무것도 보이지 않는 것 같았어요. 그렇죠?"

"글쎄요, 기억이 안 납니다. 제가 무슨 말을 하던가요?"

"아니요. 그냥 고로롱거리는 소리만 냈어요."

"그래서요?"

"그 얘긴 이미 여러 번 했는데, 꽤 큰 쇳조각이 가슴에 박혀 있었어요. 이 정도는 됐을걸요."

헨리는 손가락 두 개를 붙여 들어 보였다. 파시는 튜브가 꽂혀 있는 가슴께를 손으로 더듬었다.

"하이든 씨가 그걸 뽑았다고요?"

"네."

"그럼, 제 목숨을 구하셨군요."

"아이구, 뭐 그렇게까지! 목숨은 의사들이 구했죠. 전 그냥 그 자리에 있었던 것뿐입니다."

파시는 소리 없이 폭발하는 감정의 물결을 느꼈다. 증오가 다른 것으로 화하는 순간이었다. 그 사실이 너무 슬펐지만 이미 시작된 변화를 막을 수는 없었다. 갑자기 헨리 하이든에게 호감이 느껴졌고 감사하는 마음이 넘쳤다. 더 이상 그를 미워할 이유가 없었다.

"그런데 브레이크를 밟지 않는 게 이상하다고 생각했습니다."

헨리가 고개를 갸웃하며 말했다.

"제가 그랬나요?"

"네, 브레이크를 밟지 않고 그냥 쭉 달려가더라고요."

파시는 눈을 감았다. 그는 다시 모퉁이를 향해 전속력으로 달려가고 있었다. 눈앞에는 눈부신 바다……. 그는 헨리를 향해 돌진했다. 선글라스에 반사된 풍경, 순간적으로 어머니의 사진이 보였고……. 그렇다, 헨리의 말이 옳았다. 그는 정말 브레이크를 밟지 않았다.

파시는 다시 눈을 떴다. 헨리가 얼굴을 바짝 들이대고 있었다. 앙다문 입술, 호기심에 번뜩이는 차가운 눈빛. 그렌델이었다. 괴물 그렌델이 늪 속에서 다시 올라온 것이다.

"왜요? 어디가 안 좋으세요? 의사를 부를까요?"

"아니요, 부르지 마세요! 그렇지 않아도 귀찮은 일이 많습니다."

헨리는 침대 옆에 있는 벨을 눌렀다.

"뭐 하시는 겁니까?"

"이제부터 혼자 있게 해드릴게요. 좀 주무셔야지요."

병실 문이 열리고 남자간호사 두 명이 들어왔다. 헨리가 고개를 끄덕여 신호하자 그들은 침대 옆에 놓인 기계를 철거하기 시작했다. 순간 파시는 공포를 느꼈다.

"왜 이래요? 날 어떻게 하려는 겁니까?"

간호사 한 명이 허리를 굽히고 그를 쳐다보았다.

"가만히 계세요. 다른 방으로 옮기는 것뿐입니다."

"아니 왜요? 난 여기가 좋아요. 그냥 여기 있겠습니다!"

파시는 한 층 위 특실로 옮겨졌다. 조용하고 깨끗한 방이었다. 바닥까지 닿는 큰 창문이 있고 그 앞에는 하얀 커튼이 쳐져 있었다. 둥근 유리탁자 위에는 꽃병이 놓여 있고 얇은 벽걸이 TV에 세면대 앞 벽에는 칸딘스키 그림도 걸려 있었다. 침대 옆에는 바퀴 달린 작은 탁자가, 그 위에는 태블릿 컴퓨터가 놓여 있었다. 미니바만 있으면 되겠군. 파시는 속으로 생각하며 밭은기침을 했다. 침대는 공원이 내다보이는 창가로 옮겨졌고 고름 빼내는 기계가 다시 설치됐다. 그리고 그는 드디어 혼자가 되었다. 기스베르트 파시는 공원을 내려다보며 한 번도 병문안을 오지 않는, 말 없는 미스 왕을 떠올렸다.

14

분명 경찰은 아니다. 헨리는 엘리베이터 문이 닫히는 것을 보며
생각했다. 사립탐정도 아니다. 그저 약간 '돌아이' 기가 있는 평범
한 사람일 뿐이다. 아마추어. 아마 헨리를 따라다닌 지 꽤 됐을 것
이다. 그런데 왜 그를 모르는 척했을까? 만약 서툰 방식으로 자신
의 우상에게 다가가고 싶어 한 팬이었다면 그가 병실에 찾아갔을
때 커밍아웃을 했을 것이다. 어쩌면 그의 자서전을 써서 뛰어보려
는 사람일 수도 있다. 그렇다면 그의 과거에 뻥 뚫린 구멍을 발견하
고 돈 냄새를 맡았을 것이다.

'내 가면을 벗길 수 있다면 그게 누구든 유명해지는 건 시간문제
지.' 헨리는 속으로 생각하며 1층으로 내려가는 버튼을 눌렀다. 그
리고 파시가 가방에 대해 묻지 않은 것을 떠올렸다. 물론 가방에 대
해 물었다면 본색을 드러낼 수밖에 없었으리라. 하지만 분명 가방
을 되찾고 싶을 것이다. 그 자료를 모으는 데 많은 시간과 돈과 노

력이 들어갔을 테니 그에게는 무척 중요한 물건일 것이다.

헨리는 머릿속으로 정리를 해보았다. '확실한 건 그 녀석이 내 비밀에 위험할 정도로 가까이 왔다는 거야. 그리고 나를 해하려 했다는 것. 그런데 어떤 방식으로 해하려 했는지는 알 수 없어. 어쨌든 이제 내게 빚을 지게 됐으니 좀 골치가 아파지겠지. 영영 불구가 될지도 모르는데 말이야.' 헨리는 그에게 동정심이 들었다. 하지만 그의 계획이 뭔지 알아내야 했다. 그건 어렵지 않을 것이다. 다른 사람의 자취를 좇는 사람은 스스로도 자취를 남기게 마련이니까. 헨리의 마음속 깊은 곳에서는 어디선가 그를 본 적이 있는 것 같다는 생각이 들었다.

헨리는 병원 앞에 있는 작은 공원을 지나 주차장으로 갔다. 날씨는 더웠고 보리수나무 사이에는 솜털 같은 꽃이 피어 있었다. 정원사가 잔디를 깎고 있었고, 어디선가 불어온 신문지가 스프링클러의 물줄기에 축축하게 젖어가고 있었다. 벤치에는 가운 차림의 사람들이 앉아 있고 민머리 부인이 목발을 짚은 채 가족들과 함께 걸어가고 있었다. 딱 봐도 암투병 중인 환자였다. 아직 살아 있는 게 감사하다는 표정이었다. '감동적인 풍경이로군. 축하할 일이야.' 헨리는 속으로 생각했다. 그러다 문득 멈춰 서서 뒤를 돌아보았다. 그의 시선은 병원건물을 훑으며 4층의 열린 창문으로 올라갔다. 파시가 손을 흔들고 있었다. 침묵은 돈으로 살 수 있지만 호감은 살 수 없는 법이다. 그것을 헨리보다 더 잘 아는 사람은 없었다.

그는 시트에 묻은 피를 지우려고 '로얄 세차장'으로 들어갔다. 종이헝겊을 든 알바들이 그의 마세라티에 달려들었다. 사장은 아무래도 의심쩍다는 표정을 지었으므로 그는 뒷좌석에서 노루 한 마리가 죽었다고 둘러댔다.

부지런한 청소부들이 차를 닦는 동안 헨리는 빨간 휴대전화를 버린 근처 주차장으로 갔다. 그리고 주차권 뽑는 기계 옆 쓰레기통을 뒤졌다. 순전히 호기심에서 나온 행동이었다. 비스듬히 위쪽에 감시카메라가 있었지만 불법을 행하는 것도 아니니 상관하지 않았다. 물론 빨간 휴대전화는 거기 없었다. 진즉에 폐기처리됐거나 아프리카로 보내졌으리라.

한 시간 후 세차장에 가보니 차는 반짝반짝 윤이 났고 내부에서는 다시 가죽 냄새가 났다. 유리 부스 안에 앉아 있던 사장이 달려나왔다. 아버지가 40년간 지키던 곳을 이제는 아들이 지키고 있었다. 그는 헨리가 알바들에게 후하게 팁을 주는 것을 막으려 했지만 결국 막지 못했다. 헨리는 그의 불룩한 배를 팽팽하게 죄고 있는 멜빵을 쳐다보았다. 그가 경외심이 담긴 나지막한 말투로 말했다.

"하이든 선생님, 아까는 미처 몰라뵀습니다. 트렁크에 보니까 책이 있더라고요. 우리 집사람이 선생님의 엄청난 팬이거든요. 그래서 말인데……."

"사인해드릴까요?"

"네, 그래주시면 고맙지요. 집사람도 무척 좋아할 겁니다."

헨리는 트렁크에서 책을 가져와 죽 넘겨보았다.

"아주 새 책은 아닙니다. 그래도 괜찮으시면 사인해드리죠. '로얄 세차장'이라는 이름은 직접 지으신 건가요?"

사장은 펜을 준비해두었는지 바로 내밀었다.

"웬걸요. 우리 아버지가 지으신 겁니다."

그는 헨리가 뭐라고 쓰는지 보려고 유심히 쳐다보았다.

"부인 성함이 뭐죠?"

"루트요. 네…… 루트. 'th'를 씁니다."

헨리는 '루트 씨에게. 모든 일이 잘되기를 바라며, 헨리 하이든'이라고 썼다.

"저, 뭣 좀 여쭤봐도 되겠습니까? 사실 우리 집사람이 글을 쓰거든요."

사장은 헨리에게서 책을 받아 들며 얼른 물었다.

"저런! 우리 집사람이랑 똑같네요."

"그냥 서랍 속에 넣어두는 용도죠. 그런데 재능은 있어요. 물론 저는 그런 말을 안 합니다. 그런 말은 좀…… 뭐 좀 그렇잖아요. 하여튼 저더러 좀 여쭤봐 달라는데, 글을 쓸 때 가장 중요하게 생각해야 하는 게 뭡니까?"

헨리는 새끼손가락으로 오른쪽 눈썹 밑을 긁적였다.

"벌건 대낮에 갑자기 받은 질문이라 대답하기가 좀 힘든데…… 글을 쓸 때 가장 중요한 건 자신이 아는 이야기를 쓰는 겁니다."

"아는 이야기를 쓴다? 아, 네."

"그리고 생략하는 데 공을 들여야 합니다. 생략이 가장 큰 부분을 차지한다고 할 수 있죠."

"생략요?"

"쓰지 않는 것 말입니다. 일부러 쓰지 않거나 썼다 지우는 게 가장 시간도 오래 걸리고 고된 일입니다. 어디 가서 제가 말했다고 하지 마시고요."

헨리는 역 뒤에 있는 푸드트럭으로 가서 고기완자를 사먹었다. 좋은 계획이 필요한 시점이었고, 그에게는 그곳이 가장 아이디어가 잘 떠오르는 장소였다.

자, 어디부터 시작할까? 친절한 바보 경찰 옌센은 마르타가 수영하다 익사했다고 믿고 있기 때문에 당분간은 위험하지 않았다. 경찰은 마르타의 시체가 나타나지 않는 한 움직이지 않을 것이다. 하지만 문제는 바로 그것이었다. 마르타의 시체는 말 그대로 언제라도 떠오를 수 있었다. 인간의 뼈가 바닷속에서 녹아 없어질 때까지는 엄청난 시간이 걸린다고 한다. 해초가 방해하고 수온도 부적절하게 작용하고 낮은 산소농도도 도움이 되지 않는다. 답은 심해에 떨어지는 거다. 반갑게도 심해는 인간의 손이 닿지 않는 곳이니까.

그리고 베티. 베티는 화가 단단히 나 있고 그에게 크게 실망했기 때문에 당분간은 그를 괴롭히지 않을 것이다. 하지만 조만간 아이가 태어날 것이다. 헨리는 호텔에서 베티와 나눈 '나는 절벽에서 무슨 일이 일어났는지 알고 있다' 대화가 과연 효과가 있을지, 베티가 경찰에 다 불어버리는 건 아닌지 살짝 걱정되었다. 베티는 지금 두려워하고 있다. 두려움은 자백제(마약 계열의 향정신성 약물로 자백을 쉽게 받아내기 위해 씀_역주) 같은 데가 있다. 꾹 다문 입으로도 말을 한다. 헨리는 위험한 사실을 알고 있는 사람에게 두려움을 주어선 안 된다는 것을 잘 알고 있었다. 절벽에서 만나기로 했다는 베티의 말 한마디면 아무리 멍청한 경찰관이라도 상황과 상황을 연결 지을 수 있으리라.

그리고 소냐. 그는 소냐를 실망시키고 싶지 않았다. 잘 생각해보니 그녀에 대한 욕망이 육체적인 것뿐 아니라 정신적인 것이라는 결론에 이르렀고, 그것은 그의 나이를 생각할 때 엄청난 행운이었다. 해변에서의 극적인 만남, 그리고 그의 집 정원에서 만났을 때도 육체적 접촉 같은 것은 없었다. 하지만 그들 사이에는 리비도의 비물질적 감응이 존재했고 그들의 그림자가 포옹한 순간은 마술과도 같았다. 그리고 그녀는 폰초를 좋아했다. 모든 게 완벽했다. 여기서 문제는 다시 2번으로 되돌아간다. 베티. 베티를 달래줄 필요가 있었다. 어떻게든 보상을 해서 진정시키고 만족하게끔 해야 했다. 다시 말하면 그녀는 치워져야 할 방해물이었다.

그는 글러브박스를 열고 『관찰의 기술』이라는 책의 영수증을 꺼냈다. 기스베르트 파시의 갈색 가방에서 나온 것이었다. 빨간 펜으로 '정산'이라고 적혀 있었다. 세금공제를 받기 위함이리라. 그리고 그의 주소와 책을 산 날짜가 쓰여 있었다. 파시가 책을 산 것은 작년 5월 3일이었다. '오호, 이것 봐라? 내 생일이잖아.' 헨리는 속으로 중얼거렸다.

내비게이션은 전혀 헤매지 않고 정확하게 그가 원하는 곳으로 데려다주었다. 포석이 깔린 약간 경사진 길은 통행량이 많은 고속도로와 나란히 이어지고 있었다. 지붕 위에서 출렁거리던 자동차 소음은 건물 벽에 부딪혀 산산이 부서졌다. 헨리는 모퉁이를 돌아 골목길에 차를 세웠다. 번쩍거리는 마세라티는 그곳에 주차되어 있는 소형차들 사이에서 너무 눈에 띄었다. 그의 차는 이 동네에 어울리지 않았다. 하지만 뭐 15분 정도면 되니까 괜찮다.

오래된 건물 벽에서는 횟가루가 떨어져나갔고 담과 문에는 그라피티가 휘갈겨져 있었다. 건물로 들어가는 문은 열려 있었다. 초인종 옆 명패에는 볼펜으로 대충 끼적인 글씨로 '파시'라는 이름이 붙어 있었다. 헨리는 일회용 비닐장갑을 끼고 초인종을 눌렀다. 조심해서 나쁠 건 없으니까. 그는 어두운 현관으로 들어섰다. 파시의 우편함은 편지로 넘쳐났다. 헨리는 3층으로 올라갔다.

문은 주머니칼로도 쉽게 따졌다. 문을 열쇠로 잠그지 않은 모양이었다. 헨리는 손기술이 아직 그대로라는 사실에 왠지 뿌듯해졌다. 스키 타는 법을 한번 익히면 쉽게 잊어버리지 않는 것과 같았다. 문은 뭔가에 걸려 활짝 열리지 않았다. 열린 틈으로 사람이 겨우 들어갈 수 있을 정도였다. 진한 하수구 냄새가 콧속으로 파고들었다. 헨리는 내시경을 통해 다른 사람의 인격 속으로 들어가는 것 같은 착각이 들었다. 퀴퀴한 냄새가 나는 복도는 그 여행의 시작점인 직장인 셈이었다.

헨리는 돈과 보석류를 훔치긴 했지만 먹고사는 데 필요한 것 이상으로 욕심을 낸 일은 한 번도 없었다. 타인의 프라이버시를 존중했기 때문에 사적인 물건에는 손대지 않았다. 그래야 도둑맞은 사람도 어느 정도 손실을 감수할 수 있을 테니까. 그리고 예술품에는 절대 손대지 않았다. 팔기가 너무 힘들었다. 가장 이상적인 경우는 도둑맞은 사람이 도둑맞은 줄 모르고 넘어가는 것이었다. 하지만 그런 경우는 거의 없었다. 한번은 치과에서 금니를 훔친 일이 있었다. 그런데 며칠 뒤 신문에서 아우슈비츠 수용소 가스실 뒤 시체의 입속에서 금니를 뽑아온 특별위원회가 경질 위기에 처했다는 기사를 읽고는 얼른 제자리에 가져다놓았다. 사과하는 의미에서 오페라 티켓 두 장도 놓고 왔다. 의사 부부는 좋아하며 특별석에 앉아 〈라트라비아타〉를 보았다. 그런데 집에 와보니 다이아몬드 반지가 사라지고 없었다. 뭐 다 지난 일이니까.

복도 양쪽에는 신문, 잡지, 책, 엄청난 양의 복사용지 등 인쇄물이 거의 천장까지 쌓여 있었다. 겹겹이 쌓인 먼지는 그물처럼 엉켜 있고 펄프 가루가 이슬비처럼 머리 위로 떨어졌다. 노끈으로 묶고 빗자루, 널빤지 따위를 이용해 아슬아슬하게 세워놓은 종이 더미 때문에 복도는 마치 탄광의 갱도처럼 보였다. 그 사이로 15센티미터 정도 되는 통로가 나 있었다. 어렸을 때 보이스카우트를 했기에 망정이지 그렇지 않았으면 헨리는 그 장애물 코스를 통과하지 못했을 것이다. 욕실 문을 열자 빛을 싫어하는 좀벌레들이 욕조 속으로 숨어들었다. 그 하수구 냄새의 진원지는 바로 이곳이었다. 헨리는 문을 닫았다. 침실에는 외장이 거의 떨어져나간 전자제품과 썩은 과일이 나뒹굴고 지저분한 옷가지가 바닥에 쌓여 있었다. 침대 위에는 동양인처럼 생긴 형상이 다리와 입을 벌린 채 누워 있었다. 완벽한 비율의 몸과 표정 없는 얼굴은 약간 옆을 향하고 있었고 민둥민둥한 성기 속에는 전기 구루프가 하나 꽂혀 있었다. 호기심이 생긴 헨리는 무게가 얼마나 나가나 보려고 인형을 살짝 들어보았다. 50킬로그램 정도 될 것 같았다. 가냘픈 발바닥에 '미스 왕'이라는 이름이 찍혀 있었다. 값이 꽤 나갈 것 같았다. 얼굴색도 진짜 같았고 피부도 실리콘이라 부드러웠지만 차가웠다. 그래서 그 전기 구루프가 있는 모양이었다. 하지만 구루프가 꽂힌 인형이라니 중년남자들의 저질 농담처럼 씁쓸하게만 느껴지는 풍경이었다.

어디선가 전화벨 소리가 났다. 헨리는 다시 종이로 만든 직장을 통과해 전화벨 소리가 나는 곳으로 갔다. 전화벨은 깜짝 놀랄 정도로 깔끔하게 정돈된 파시의 군대식 서재에서 울리고 있었다. 헨리는 커다란 회전 칠판에서 자신의 인생과 맞닥뜨렸다. 태어날 때부터 지금까지의 기록이 사진, 날짜, 수백 개의 화려한 동그라미와 함께 종렬 도식으로 그려져 있었다. 문득 감동의 물결이 밀려왔다. 마치 유실물센터에서 잃어버린 기억을 되찾은 것만 같았다. 도시와 건물들의 폴라로이드 사진, 낭독회 사진, 언론 자료사진들이 도표로 쭉 나열되어 있었고 위에서 3분의 1 지점에는 엽서 크기의 고풍스러운 아치 사진이 붙어 있었다. 그 위에는 낙인 같은 글씨로 '성 레나타'라고 찍혀 있었다. 그 순간 헨리는 파시를 어디서 봤는지 기억해냈다.

박물관급에 가까운 낡은 자동응답기에서 녹음된 멘트가 튀어나왔다.

"……기스베르트 파시입니다. 지금은 전화를 받을 수 없습니다. 나중에 꼭 연락드리겠습니다. 삐!"

"……파시 씨, 모리아니 출판사의 아이젠드라트라고 합니다. 이미 서면으로 말씀드렸듯이 하이든 씨의 이력에 대한 정보 제공은 불가능합니다. 그리고 한 가지 덧붙이자면 하이든 씨에 대한 전기를 허락 없이 출판하실 경우 법적 조치가 따를 수 있으니 유념하시기 바랍니다. 앞으로 이 문제에 있어서 저희에게 서면상의 요구를 하시는 일이 더 이상 없기를 바랍니다. 그럼, 좋은 하루 되세요."

헨리는 메시지의 끝부분은 듣는 둥 마는 둥 하고 침실로 가서 인형의 구루프에 전원을 켰다. 그리고 소리 없이 그 집을 나왔다. 그가 나오는 것을 본 사람은 아무도 없었다.

시커먼 연기가 솟아오르자 이웃들은 깜짝 놀랐다. 깨진 침실 창문으로 새어나온 연기는 건물 벽을 타고 위로 올라갔다. 잠시 후 거실 창문이 압력을 이기지 못하고 깨졌다. 큰 소방차 세 대가 출동해 거품을 뿜어댔다. 불안해진 사람들은 아이들과 애완동물과 값나가는 물건을 안전한 곳으로 옮겨놓고 아무 일 없기를 바라며 소방수들의 활약을 지켜보았다. 통제선 뒤에서는 한 무리의 구경꾼들이

몰려들어 휴대전화로 화재 현장을 찍느라 바빴다. 그 동영상들 중 몇 개는 그날이 가기 전에 유튜브에 올라왔다. 조회 수가 가장 많은 영상은 부상당한 고양이 두 마리를 3층에서 구조하는 모습을 자작곡과 함께 담은 열네 살짜리 학생의 것이었다. 연기가 사라지고 건물의 안전성이 확인되자 주민들은 집으로 들어갔다. 그리고 화재 전문가들이 불이 난 집을 조사하기 시작했다. 그들은 다 녹아버린 실리콘 인형을 발견했다. 발은 타지 않고 남아 있었는데 발바닥에 '미스 왕'이라는 모델명이 찍혀 있었다. 미스 왕의 잔해는 한데 모았고 화재 원인에 대한 수사는 언제나와 같이 무한정 길어질 전망이었다.

* * *

친절한 보험회사 직원은 베티가 차 열쇠를 찾는 동안 끈기 있게 기다렸다. 베티는 퀵서비스에서 편집용 원고를 가져온 줄 알고 목욕가운에 슬리퍼 차림으로 문을 열었다. 보험회사 직원은 복도에서 기다리고 있었다. 가방은 바닥에 내려놓고 두 손을 배 위에 가지런히 올린 채였다. 그는 그런 명상적인 순간을 즐겼다.

베티는 차 열쇠를 찾지 못하리라는 것을 잘 알았다. 왜냐하면 스바루와 함께 바다 밑 깊은 곳에서 녹슬어가고 있을 테니까. 본래 열쇠는 이미 오래전에 잃어버렸고 계속 비상열쇠를 사용하고 있었다. 하지만 그녀는 들으라는 듯 서랍을 열었다 닫았다 하며 열쇠를 찾는 척했다.

"당장은 열쇠를 못 찾겠네요. 문제가 될까요?"

그녀가 자동차 등록증을 건네며 물었다.

"비상열쇠도 없습니까?"

"네, 잃어버린 지 한참 됐어요."

"음, 그건 좀 문제가 될 수 있겠네요. 차 열쇠가 없으면 분실에 대한 보상을 받으실 수가 없습니다."

"괜찮아요. 돈 받으려고 신고한 건 아니에요."

베티가 서둘러 말했다. 너무 서두른 감이 있었다.

"그럼요?"

보험회사 직원이 뜻밖이라는 표정을 지었다.

"차를 도난당했으면 당연히 신고해야 하는 거 아닌가요?"

"아니죠. 차를 더 이상 사용하지 않거나 판매했을 때는 그냥 말소 신청만 하시면 됩니다."

"안 팔았어요! 도둑맞은 거라고요."

베티는 흥분해서 외쳤다가 얼른 목소리를 낮췄다.

"그래서 지금 고객님 차량이 수배 중인 겁니다. 유럽 전역에서 그 차를 찾고 있어요."

보험회사 직원은 유연한 동작으로 허리를 굽혀 가방 속에서 서류와 질문지를 꺼냈다. 그러고는 그녀에게서 받은 등록증을 투명한 파일 속에 끼워 가방에 집어넣었다. 그는 손가락에 침을 묻혀 질문지를 넘기는가 싶더니 믿을 수 없이 빠른 속도로 볼펜을 꺼내 꽁

무니를 눌렀다.

"자, 차량이 도난당한 곳이 어디죠?"

"집 앞요. 저기, 저 지금 출근해야 해서 서둘러야 하거든요."

베티는 친절하게 말하려고 했지만 초조함을 감출 수 없었다.

"차가 없는데 무슨 차로?"

그는 점점 건방진 본색을 드러냈다.

"지금은 렌터카를 사용하고 있어요."

"차량이 도난당한 경우 저희가 부분적으로 렌트 비용을 지급합니다."

"괜찮아요. 렌트비는 회사에서 대줘요."

"회사라면…… 모리아니 출판사 말입니까?"

그가 얼른 서류를 들여다보고 물었다. 그녀는 볼펜으로 그의 눈을 찍어버리고 싶은 심정이었다. 하지만 건조하게 대꾸했다.

"네, 맞아요."

"에이비스에서 렌트하셨네요?"

그는 그녀의 놀란 표정을 보고 미소를 지었다.

"그 렌터카도 저희 회사에 보험계약이 돼 있습니다. 고객님 회사가, 그…… 계약서가 모리아니 출판사 앞으로 돼 있지 않은데요?"

그가 서류를 들여다보며 말했다. 베티는 목까지 벌겋게 달아올랐다. 그도 그것을 눈치챘지만 못 본 척했다.

"제가 경리실에 얘기를 했거든요. 담당자가……."

그는 그 빌어먹을 서류를 세 번째로 들여다보았다.

"아이젠드라트요?"

"네, 맞습니다. 고객님 앞으로 된 차량 렌트 계약서는 없다고 하더군요. 하지만 헨리 하이든이란 이름은 알고 있었습니다."

그의 입에서 헨리의 이름이 나오자 그녀는 마치 칼에 찔리는 기분이었다. 어지럼증이 일었다. 어떻게 이 남자가 헨리에 대해 알고 있는 거지? 친절한 보험회사 직원은 흥미로운 눈빛으로 베티의 얼굴을 관찰하며 빨라지는 맥박, 눈 깜빡거림, 입꼬리의 처짐, 발 위치의 변화 등을 읽어냈다. 그는 경험이 쌓여갈수록 자신의 일에 보람을 느꼈다.

"고객님이 결제하신 카드는 비자 파트너카드인데 하이든 씨의 계좌에서 이체되도록 되어 있습니다."

"알았어요. 이건 작성해서 나중에 우편으로 보낼게요. 보상은 필요 없어요. 그리고 계약을 해지하겠어요."

베티는 질문지를 빼앗고 그를 내보낸 다음 얼른 문을 닫아버렸다. 그리고 문에 등을 기댔다. 심장이 벌렁거리고 얼굴이 화끈거렸다. 그녀는 손등으로 얼굴을 식혔다.

이렇게 되리라고는 생각도 하지 못했다. 그 카드는 헨리가 만약의 경우를 위해, 그리고 함께 외국으로 출장 갔을 때 필요한 물건을 구입하는 용도로 준 것이었다. 그녀는 당연히 헨리가 렌트 비용을 내줄 거라고 생각해 예외적으로 그 카드를 사용했다. 그런데 이로써 헨리와의 관계가 기록으로 남게 돼버린 것이다. 그녀는 서둘러 옷을 입었고 그 바람에 스타킹의 올이 나갔지만 눈치채지 못했다.

나중에 모리아니의 사무실로 올라가는 엘리베이터 안에서 거울을 본 그녀는 깜짝 놀랐다. 올 나간 모양이 꼭 다리에 독이 오른 것 같 았기 때문이다.

15

베티가 인사도 없이 비서실을 지나 모리아니의 사무실로 들어갈
때 아이젠드라트는 행운목에 물을 주고 있었다. 그녀도 인기척을
느꼈지만 돌아보지 않았다. 모리아니는 창백한 얼굴로 입을 꾹 다
문 채 책상 앞에 앉아 있었다. 베티를 맞이하러 일어나지도 않았다.
베티는 방에 들어가 문을 닫았다.

"대표님, 드릴 말씀이 있어요."

그녀가 입을 열었다. 하지만 말을 다 끝내기도 전에 모리아니가
임스 의자를 가리켰다.

"앉지."

그녀는 의자에 앉아 올 나간 부분이 보이지 않도록 다리를 꼬았
다. 지금부터 모리아니가 하는 말은 좋은 것일 수도 있고 아주 나쁜
것일 수도 있었다. 하지만 렌터카 문제처럼 하찮은 것은 아니리라.
그녀는 이틀간 회사에 나오지 않았지만 그동안 많은 사건이 교차

했다는 것을 직감적으로 알 수 있었다. 모리아니는 심각한 표정으로 돋보기를 벗더니 말끔하게 치워진 책상 위에 내려놓았다. 그의 책상이 이렇게 깨끗한 적은 한 번도 없었다. 좋지 않은 징조였다. 그는 크게 숨을 들이마시더니 눈을 질끈 감았다. 말을 꺼내기가 무척 힘든 모양이었다.

"나 때문에 많이 당황스러웠을 거야……. 늙은이가 노망났다 생각하고 잊어버려."

그는 그렇게 말하고 다시 입을 꾹 다물었다. 베티는 침묵이 불편해질 때까지 한참을 기다렸다.

"무슨 일이 있었나요?"

모리아니는 책상 서랍에서 서류봉투 한 장을 꺼내 말없이 베티에게 내밀었다. 봉투는 뜯어져 있었다. 베티는 자리에서 일어나 머뭇거리며 봉투를 받았다.

"내 이름이 써 있어서 아무 생각 없이 뜯었어."

봉투를 뒤집자 뒷면에 그녀가 다니는 산부인과 도장이 찍혀 있었다. 그녀는 봉투 속에서 태아의 초음파 사진이 든 CD 한 장을 꺼냈다.

"딸이야. 계산서가 들어 있더군. 내가 계산했네."

인류의 출발점으로 돌아가보자. 사냥을 마친 크로마뇽인이 지친 몸으로, 하지만 뿌듯한 마음으로 동굴로 돌아온다. 오늘날로 치면 온갖 생활의 편의가 갖춰진 보금자리다. 그는 잡아온 짐승을 불 옆에 던져놓고 여자를 찾는다. 그는 지쳐 있고 배가 고프다. 사냥에서 있었던 일을 여자에게 들려주고 싶다. 컴컴한 동굴 어딘가에서 끙 하는 신음 소리가 난다. 그는 불타는 장작 하나를 집어 들고 그녀를 찾아 두리번거린다. 그녀는 한쪽 구석에 누워 있다. 그 옆에는 갓 난아이가 있다. 이빨로 물어뜯은 탯줄이 아직 그녀의 몸속에 매달 려 있다. 그녀는 아기를 꼭 끌어안고 손으로 아기의 조그마한 얼굴 을 가린다. 그는 아기를 번쩍 안아 든다. 아기가 울기 시작한다. 그 는 아기의 냄새를 맡아보고 유심히 얼굴을 살핀다. 작은 네안데르 탈인이다. 그는 이 사생아가 자신의 핏줄이 아니라는 것을 바로 알 아챈다. 그는 아기를 절벽에 던져 죽인 다음 불가로 돌아온다. 여자 는 벌벌 떨고 있다. 그녀는 과연 그 밤을 무사히 넘길 수 있을까?

구석기 이후로 많은 것이 바뀌었지만 친자 확인은 여전히 애매 한 문제로 남아 있다. 그것은 현대 여성에게도 마찬가지다. 모리아 니에게 초음파 사진을 보낸 사람이 누구든 실수로 보낸 것은 아닐 터였다. 물론 주소를 헷갈린 것도 아니었다. 그것은 누군가 아주 못 된 사람의 작품임에 틀림없었다. '헨리는 아니야.' 베티는 모리아니 의 책상 앞에 서서 생각했다. 그렇게 해서 헨리가 이득을 볼 게 전 혀 없었다. 헨리는 이득이 없는 일은 원칙적으로 하지 않는다. 하지 만 그녀의 임신 사실을 알고 있는 사람은 헨리뿐이었다. 심지어 어 머니에게도 말하지 않았는데 누가 그 사실을 알아냈단 말인가? 가 까운 곳에 보이지 않는 적이 숨어 있었다. 급히 생각을 정리한 베티 는 다시 자리에 앉았다. 그리고 입을 꾹 다물었다. 그것은 그 상황에서 할 수 있는 가장 올바른 행동이었다.

그런 베티를 바라보며 모리아니 또한 아무 말이 없었다. 하지만 가슴으로는 울고 있었다. 그는 인생의 마지막 계획이 산산조각 나는 것을 목도하고 있었다. 늦여름 베니스에서의 로맨스는 노망 난 늙은이의 헛된 꿈일 뿐이었다. 결국 그는 외로운 종말을 맞이하게 될 것이다. '이제 다 소용없다, 길의 끝에 왔구나.' 그는 의자에서 일어나 작은 흑단 탁자 앞으로 가서 코냑 두 잔을 따라 한 잔을 베티에게 주었다.

"부탁이 하나 있는데, 헨리에게 가서 원고 작업을 도와줘. 아마 자네 도움이 필요할 거야. 시간이 별로 없어. 이렇게 가다가는 이번 도서전에도 못 내겠어. 지난번에 헨리가 20페이지만 쓰면 된다고 했는데 아마 지금 글 쓸 정신이 아닐 거야. 내가 휴가 가기 전에 책이 나오면 좋겠는데……. 소설을 끝내지 못한다면 얼마나 안타까운 일이야, 안 그래?"

베티는 입안이 바싹바싹 탔다. 코냑을 한 모금 마시려는데 입술이 붙어 떨어지지 않을 정도였다. 술이 목 안으로 넘어가자 식도에 불이 붙는 듯했다. '모르고 있어. 헨리의 아이라는 걸 모르고 있어.' 베티는 술잔을 놓고 일어나 모리아니를 포옹했다. 꽉 껴안았다. 이제까지 그가 그렇게 고맙고 가깝게 느껴진 적이 없었다. 클라우스 모리아니, 그는 얼마나 고귀한가! 얼마나 대범한 인간인가!

"잘 알겠습니다, 대표님. 바로 전화해볼게요."

모리아니는 약간 지친 표정으로 고개를 끄덕였다.

"헨리에게 내 얘기는 가급적 하지 마."

만약 그 순간 모리아니가 청혼했다면 베티는 망설임 없이 받아들였을 것이다.

"그럼요."

옆방의 대화를 엿듣고 있던 호노르는 얼른 귀에서 유리컵을 떼고 컴퓨터 앞에 앉았다. 그리고 능숙하게 헤드폰을 끼고 손을 자판 위에 올려놓았다. 베티는 다른 때처럼 말없이 나가지 않고 호노르 앞에 와서 양손으로 책상을 짚었다. 그리고 조용히 말했다.

"호노르, 부탁 하나 해도 될까요?"

호노르는 헤드폰을 뺐다. 이 여자가 그녀를 마주보며 정중하게 말을 건넨 것은 이번이 처음이었다. 그래서 한 번 더 듣고 싶었다.

"뭐라고요?"

"부탁 하나 해도 되겠느냐고요?"

"그럼요. 말씀하세요."

"다음에 또 보험회사 사람이 전화하거든 하이든 씨의 신상에 대해서 말하지 말아주세요."

호노르 아이젠드라트는 먹이를 발견한 닭처럼 목을 움츠렸다.

"하이든 씨에 대해 물어봐서요."

"네, 하이든 씨에 대해 묻는 사람이야 많죠. 하지만 우리 작가들의 프라이버시는 보호돼야 하지 않겠어요. 안 그래요?"

이 '안 그래요'라는 말 때문에 호노르는 뭔가 대답을 하지 않으면 안 되었다.

"베티, 난 아주 오랫동안 이 출판사에 있었어요. 그 오랜 세월 동안 내가 목숨처럼 소중히 생각하는 게 있다면 그건 바로 우리 작가들의 프라이버시예요. 알아두시라고요."

"내가 아는 건 당신이 그랬다는 거, 바로 그거예요."

베티는 그 말만 남기고 나가버렸고 호노르는 묘하게 뒤섞인 감정에 휩싸였다.

"누가 뭘 어쨌다고?"

헨리는 벌떡 일어나 작업실의 통유리 앞을 서성거렸다. 소파 밑에 엎드려 있던 폰초는 꼬리를 감추며 방을 나갔다. 주인이 기분 나쁜 것을 금방 알아챈 영리한 개는 경계경보가 풀릴 때까지 돌아오지 않을 것이다.

베티 앞 탁자에는 태아 초음파 사진이 든 서류봉투가 놓여 있었다. 베티는 소파에 앉아 헨리를 눈으로 좇았다. 그는 창으로 쏟아져 들어오는 빛 때문에 실루엣으로만 보였다. 그림자가 불안하게 왔다 갔다 했다.

"주소가 바로 모리아니 앞으로 되어 있었어요. 병원에 전화해서 그 주소로 보내달라고 한 거예요."

"아이젠드라트 그 아줌마가 그랬다고?"

"달리 누가 그랬겠어요? 여자인 건 분명해요. 나인 척하면서 보내달라고 했대요. 내 나이, 주소, 임신 사실까지 다 알고 있었대요."

헨리는 몸을 돌려 창밖에 펼쳐진 들판을 바라보았다. 아직 10시도 안 됐는데 햇볕이 뜨겁게 내리쬐고 하늘에는 구름 한 점 없었다. 황새 한 마리가 높이 떠서 맴도는 것을 보니 오늘도 더운 날이 될 것 같았다.

"그 아줌마가 그걸 어떻게 알았지?"

그가 창밖에 시선을 둔 채로 물었다.

"난 말 안 했어요."

그녀는 신발 한짝을 벗고 다리를 소파 위로 올리다가 얼른 덧붙였다.

"아, 그리고 그 생각하고 있다면 아니에요. 모리아니에게도 아무 말 안 했어요. 아는 사람은 의사뿐이에요. 참, 어제 보험회사 사람이 와서 스바루 열쇠를 달라고 하더라고요. 줄 열쇠가 없었지만요."

역광 때문에 헨리의 눈이 보이지는 않았지만 그녀는 뚫어지게 쳐다보는 그의 시선을 느낄 수 있었다.

"열쇠가 없어?"

"없어요. 도난신고하라고 한 건 당신이잖아요. 헨리, 우리가 범죄자도 아닌데 왜 이래야 해요? 그냥 당신 부인 애도하고 태어날 우리 아이만 생각하면 안 돼요?"

그녀는 허리를 굽혀 탁자 위에서 서류봉투를 집었다. 그리고 손으로 차양을 만들어 눈 위에 대고 그를 올려다보았다.

"이쪽으로 좀 올래요? 얼굴이 안 보여요."

헨리는 블라인드 자동개폐기를 작동했다. 그러자 커다란 거실에 바로 그늘이 지면서 훨씬 쾌적해졌다. 헨리의 모습도 다시 보였다.

"난 경찰서에 가서 말할래요. 이러는 게 무슨 의미가 있어요?"

"흠…… 그럼 무슨 일이 일어나는지 알아?"

헨리가 길게 뜸을 들이며 물었다.

"글쎄요. 몰라요. 당신은 알아요?"

베티는 봉투에서 CD를 꺼냈다. CD는 햇빛을 받아 무지개색으로 빛났다. 그녀는 CD를 손에 들고 이리저리 돌려보았다. '이미 엄마전사 모드로 들어갔군. 아이 생각만 하고 날 무서워하지 않아.' 헨리의 뇌리를 스치는 생각이었다.

"사실 난 무슨 일이 일어나든 상관없어요. 우리가 할 수 있는 최상의 선택은 진실이에요. 아이를 감옥에서 낳을 순 없잖아요. 아기 사진 한번 볼래요?"

헨리는 반짝이는 은빛 플라스틱을 내려다보았다. 모든 게 저기서 비롯됐다. 살아 숨 쉬는 세포조직, 성냥갑보다도 작은 존재 때문에 이 모든 일이 시작됐다. 태아 사진이 든 CD를 보자 그 안에 웅크리고 있던 괴물이 깨어났다. 힘들었던 시절 그와 함께했던 친구이자 보호자. "날 따라와, 친구." 괴물이 속삭이자 그는 다시 괴물을 따라갔다. 괴물과 함께 절벽으로 가서 아내를 죽였고 함께 천장으로 올라가 담비를 찾았다. 담비는 지금도 거기서 그를 기다리고 있겠지. 어느 모퉁이에서 적을 기다려야 하는지 일러준 것도 그 괴물이었다. 괴물이 다시 그의 귀에 대고 악마의 계획을 속닥거리고 있었다.

"원고 끝났어."

베티는 깜짝 놀라 그를 올려다보았다.

"정말요?"

"응, 갑자기 결말이 떠올랐어. 그래서 얼른 책상에 앉아서 썼지. 며칠 밤 세웠어."

그녀는 CD를 도로 탁자에 내려놓았다.

"와, 정말 다 썼구나. 읽어도 돼요?"

"당연하지. 읽고 어떤지 말해줘. 그다음에 축하주 한잔하자고."

헨리는 책상에서 원고를 가져와 무게를 재듯 들어본 후 그녀에게 건넸다.

"아직 컴퓨터에 옮기지 못했어. 이게 원본이고 복사본은 없어."

베티가 뭔가 말하려 하자 그는 얼른 손을 들어 막았다.

"모리아니에게 주기 전에 먼저 자기가 읽어. 그런 다음 함께 경찰서에 가서 이 일을 깨끗하게 털어버리자고. 자, 그럼…… 우리 아기 사진 한번 볼까?"

그가 그녀 옆에 앉아 CD를 집어 들며 말했다.

16

'드리나'는 서풍에 일렁이는 파도 위에서 가볍게 흔들렸다. 오
브라딘은 빈 깡통을 모터의 오일 배출구 아래에 놓고 조심스럽게
밸브를 열었다. 오일을 갈아주면 좀 나을지도 모른다는 생각에서
였다. 어쩌면 오일 교체도 이번이 마지막일지 몰랐다. 그는 언제나
처럼 휘파람을 불려고 입술을 오므렸다. 그러나 픽픽 바람소리만
나고 소리가 나오지 않았다. 앞니를 새로 하고 나서 음식을 씹기
도 편해지고 찬 걸 먹어도 시리지 않았지만 휘파람은 불어지지 않
았다.

쇳가루가 섞여 시커먼 기름이 깡통 안으로 흘러나왔다. 엔진룸
문틈으로 새어 들어온 햇빛에 기름이 반짝였다. 오브라딘은 손가
락 끝에 기름을 묻혀 햇빛에 비춰 보며 엔진오일의 상태를 확인했
다. 갑자기 엔진룸에 그늘이 졌다. 오브라딘은 커다란 머리통을 들
어 뒤를 돌아보았다. 헨리가 팔짱을 낀 채 등 뒤에 서 있었다. 모자

를 푹 눌러쓰고 인상을 쓰고 있는 걸로 보아 무슨 일이 있는 것 같았다.

헨리는 멀리 부둣가를 바라보며 담배 연기를 들이마셨다.

"이봐, 나 여길 떠나야 할 것 같아."

오브라딘은 헨리의 콧구멍에서 겨울바람처럼 뿜어져 나오는 담배 연기를 바라보았다. 담배 연기는 둥글게 꼬였다가 진초록색 그물 위로 흩어졌다. 다 망가져가는 '드리나'는 물 위에서 가볍게 흔들리고 있었다. 남자들 간의 대화에 이보다 좋은 장소가 또 있을까?

"문제가 있는데 어떻게 해결해야 할지 모르겠어. 그래서 여길 떠나야 할 것 같아. 떠나기 전에 자네 얼굴이나 한 번 더 보려고 왔어."

헨리는 기름 범벅이 된 오브라딘의 바지 위에 담뱃불을 든 손을 얹었다.

"자네는 내가 어떤 삶을 살아왔는지 몰라. 한 번도 물은 적이 없었지. 어디서 뭘 하다 왔는지, 온종일 뭘 하는지 캐묻지 않았지. 그게 얼마나 사람 마음을 편안하게 하는지 몰라."

헨리는 모자를 살짝 이마 위로 들어 올리고 슬픈 미소를 지었다.

"어디로 갈 건데?"

"그냥 사라질 거야. 아무도 날 찾지 않을 때까지."

헨리는 가죽구두의 앞코를 쳐다보며 생각에 잠겼다.

"살면서 그렇게 잠수 탄 적이 몇 번 있었어. 긴 시간이었어. 몇 년씩 걸리기도 했지. 벽돌로 창문을 막은 집에서 혼자 살았는데 내가 거기 있는지 아무도 몰랐어. 우리 부모님 집이었어. 부모님은 이미 오래전에 돌아가셨고. 난 학교도 6학년까지밖에 못 다녔어. 암산도 제대로 못한다니까. 그게 믿어져?"

오브라딘은 입에 묻은 담뱃가루를 물 위에 뱉었다.

"사는 데 아무 불편 없잖아. 많이 배울 필요가 없다니까."

헨리는 모자를 벗고 이마에 난 땀을 닦았다. 그리고 모자를 손가락에 걸어 빙빙 돌렸다.

"마르타는 해변에서 죽은 게 아냐."

그 말을 들은 오브라딘은 벌떡 일어나 제발 부탁이라는 듯 양팔을 들어 올렸다. 그 바람에 '드리나'가 심하게 흔들렸다.

"말하지 마. 난 알고 싶지 않아. 난 아무래도 상관없으니까 그냥 자네만 알고 있는 걸로 하자고."

따라 일어난 헨리가 오브라딘에게 손을 뻗었다.

"오브라딘, 진정해. 마르타가 사라진 날 밤에 나 해변에 갔었어."

오브라딘은 손으로 두 귀를 틀어막았다.

"제발 말하지 마, 부탁이야."

"그날 밤 무슨 일이 있었는지 자네에게 말하고 떠날 거야. 해변에 가보니 자전거와 옷은 있었는데 마르타는 보이지 않았어."

오브라딘은 낙심한 얼굴로 다시 자리에 앉더니 털이 숭숭 난 손을 조물거리기 시작했다. 헨리는 그의 검은 눈에 눈물이 비치는 것을 보았다.

"나도 알고 있었어. 그날 자네 차가 불도 안 켜고 지나가는 걸 봤거든. 다시 돌아오는 것도 봤고."

"그래서 무슨 생각을 했는데? 말해봐, 무슨 생각을 했어?"

헨리는 실제로 가슴이 덜컹했다. 오브라딘은 황소 같은 목을 좌우로 흔들었다. 육중한 몸뚱이가 한순간 부르르 떨렸다.

"아무 생각도 안 했어. 뭘 하든 자네 맘인 거지. 내가 무슨 생각을 했는지 기억 안 나. 그냥 자네 일이니까. 그냥 자네 일인 거라고 생각했어."

오브라딘은 골이 난 아이처럼 상체를 왼쪽으로 한껏 틀었다. 헨리는 친구 옆에 앉아 나지막이 말하기 시작했다.

"여자가 있어. 마르타 말고 다른 여자. 나쁜 여자지. 출판사에서 일하는 베티라는 여자야. 몇 년째 날 따라다녔는데 내 아이를 가졌다면서 협박하고 있어. 내 돈을 바라는 거지. 그리고 무엇보다 날 소유하려고 해."

그렇게 헨리는 생선가게 주인이자 친구인 오브라딘에게 그날 밤 절벽에서 무슨 일이 있었는지 다 털어놓았다. '드리나'는 물결에 가볍게 흔들렸고 간혹 작은 파도가 해초가 들러붙어 초록색이 된 뱃전 위로 튀어 올라왔다. 작은 물고기 떼가 지나갔고 오브라딘은 눈을 감은 채 헨리의 말을 들었다. 중간에 말을 끊는 일도 없었고 마치 메모라도 하듯 손가락으로 바지 재봉선을 만지작거리기만 할 뿐이었다.

"그 여자 말로는 마르타가 자기 집에 따지러 왔다는 거야. 하지만 마르타 차는 우리 집 차고에 들어 있고 마르타는 그날 밤 돌아오지 않았어. 내가 안 찾아본 데 없이 다 찾아봤어. 그리고 그날 이후 베티의 차가 없어졌어. 경찰에 도난신고를 했더라고. 그 여자 지금은 내 신용카드까지 쓰고 다니면서 내 아이를 가졌다고 동네방네 소문내고 있어. 법정에서는 내가 그랬다고 하겠지. 그럼 난 살인죄로 감옥살이를 하게 될 거고, 내 재산은 다 그 여자 게 되는 거야. 집이며 소설 판권이며 다."

이윽고 눈을 뜬 오브라딘은 햇살에 눈이 부신 듯 껌벅거렸다.

"보내버리지 그래?"

헨리는 의문이 담긴 눈길로 오브라딘을 쳐다보았다.

"어디로 보내라는 거야?"

"다시 돌아오지 못하는 곳으로."

"그게 어딘데?"

"아주 쉬워. 진짜야."

오브라딘이 속삭이듯 말했다. 헨리는 세차게 머리를 흔들었다.

"아냐, 난 그런 일 못해. 솔직히 그런 생각을 한 적은 많았지만 난 그런 일을 하기에 너무 물러."

"소설 속에선 그렇지 않잖아."

"그건 소설이지. 지어낸 얘기고 상상이잖아. 실제로는 담비 한 마리도 못 죽인다고. 오브라딘, 자네는 전쟁을 겪어봤고 딸도 잃어봤잖아. 증오할 줄 안다고. 하지만 난 증오가 뭔지 몰라."

"물고기를 증오해서 죽이나? 아주 쉽다니까 그러네."

헨리는 답답한 듯 무릎을 짚으며 일어섰다.

"사람은 물고기가 아니잖아. 마르타는 내가 사랑한 유일한 여자였어. 마르타의 빈자리가 너무 커. 집도 휑하게만 느껴지고 글도 쓸 수가 없어. 1, 2년 뒤에 엽서를 받거든 내가 보낸 줄 알아. 발신인은 없을 거야. 그럼 그때까지……."

헨리는 바지 주머니에서 열쇠를 하나 꺼냈다.

"이거 금고 열쇠야. 급히 돈이 필요할 때, 더 이상 어떻게 해야 할지 모르겠다 싶을 때 가서 열어봐. 어느 은행인지는 『프랭크 엘리스』 363페이지에 보면 나와 있을 거야. 잘 있어, 친구."

17

올드 하버는 인근에서 미슐랭 가이드의 별을 받은 유일한 레스토랑이었다. 타르 칠을 한 참나무 버팀목 위에 리모델링한 뱃전을 깔아놓고 바다 위에 높이 떠 있는 테라스를 만들었다. 그 테라스에 앉아 있으면 공중에서 일몰을 볼 수 있었다. 거기다 레스토랑의 특별 메뉴도 맛볼 수 있었다. 헨리는 튜더 그레이 색상의 벤틀리 컨버터블 옆에 마세라티를 주차하고 하얀 자갈이 고르게 깔린 주차장을 가로질러갔다. 셔츠 소맷자락을 걷어 올리고 재킷을 아무렇게나 걸친 채 자동차 역사의 시금석 옆을 무심히 지나쳤다. 막 샤워를 해서 상쾌한 애프터셰이브 냄새가 났고 적당하게 배가 고픈 상태였다. 그는 계단을 두 개씩 뛰어올라 백단목이 깔린 로비에 들어섰다. 크롬이 번쩍이는 이 상류 계층의 상징물 앞을 지나면서 부러운 마음이나 자격지심이 전혀 들지 않았다면 분명 성공한 사람이고 같은 클래스에 속하는 사람이었다.

헨리는 검정 선글라스를 쓰고 있었지만 사무장은 헨리를 바로 알아보고 테라스의 일명 제우스 자리로 안내했다. 목제 난간 바로 옆에 있는 구석 탁자였다. 불타는 위성이 수평선 밑으로 사라지는 모습도, 새로운 손님이 나타나는 것도 가장 잘 보이는 자리였다. 탁자와 탁자 사이 간격은 성인 남자가 편하게 발을 뻗을 수 있을 정도로 넓었고 여차하면 도망치기에도 좋았다. 헨리는 주위를 쓱 둘러보았다. 캐주얼 다이닝의 콘셉트는 가벼운 드레스코드였다. 다른 사람들도 그처럼 보트슈즈를 신고 선글라스를 쓰고 비싼 시계를 찬 모습이었다. 모두 같은 부류의 사람들이었다. 소위 말하는 젊게 사는 '50플러스'들. 난간 자리는 인기가 좋아서 수개월 전에 예약이 끝났다. 하얀 식탁보가 덮인 탁자 위에는 목이 긴 물컵 두 개, 식기 두 벌, 전채를 위한 앙증맞은 찬기 두 개, 그리고 완벽한 청결을 자랑하는 은은한 무늬의 냅킨이 놓여 있었다. 그는 손목시계를 보았다. 6시 46분이었다. 15분 정도 일찍 온 셈이었다.

베티는 사무실의 블라인드를 내려놓고 하루 종일 원고를 읽었다. 단 한 번 페퍼민트 차를 끓이러 휴게실에 갔을 뿐이다. 마지막 페이지를 넘기던 베티는 흠칫 놀라며 동작을 멈추었다.

"이게 뭐야? 어떻게 된 거지?"

베티는 자기도 모르게 큰 소리로 중얼거렸다. 원고가 갑자기 끊겼다. '끝'이라고 써 있지도 않았다.

소설 『하얀 어둠』은 스릴이 대단했다. 마지막 몇 장은 침을 묻혀

가며 허겁지겁 읽었다. 이제 뭔가 일어나야 했다. 그런데 갑자기 이 야기가 끊겨버린 것이다. 베티는 마치 그 속에 원고가 사라진 이유가 숨어 있다는 듯 넓게만 느껴지는 마지막 페이지의 여백을 뚫어지게 쳐다보았다. 하지만 거기에는 갈색 파리똥만 점처럼 찍혀 있었다.

전하는 바에 의하면 극작가 체호프의 친구들은 소설의 결말을 구하러 체호프의 작업실에 몰래 숨어들어가곤 했다고 한다. 체호프는 반드시 필요한 것만 남겨두고 이야기에 불필요하다고 생각되는 앞뒤 부분을 잘라내버린 것으로 유명하다. 그래서『강아지를 안은 귀부인』을 읽어본 사람들은 두 주인공이 보수적인 사회의 편견과 끝날 줄 모르는 러시아적 망설임을 이겨내고 드디어, 마침내, 이윽고 사랑의 감정에 취해 이제 일이 벌어지려는 순간…… 이미 이야기가 끝나버렸다는 사실을 깨닫고 경악한 경험이 있을 것이다. 그토록 기다리고 기다리던 장면이 소설 속에는 나오지 않는 것이다. 정말 아쉽지만 작가 마음이니 어쩔 수 없는 일이다.

베티는 바로 헨리에게 전화를 걸까 하다가 멈칫했다. 헨리가 마지막 부분을 모르고 안 줬을까? 마지막 장 전체가 없는 것 같은데……. 헨리는 "소설이 끝났어"라고 말하며 기묘한 미소를 지었었다. 그녀를 괴롭히려고 일부러 뒷부분을 빼놓은 것일까? 아니, 그건 말도 안 되는 바보짓이다. 이 소설은 앞서의 소설들과는 완전히 달랐다. 디테일을 포함한 모든 부분에서 더 열정적이었고 감성적인 힘이 넘쳐났다. 하지만 결말 없이는 머리 없는 몸뚱이에 불과했다. 베티는 식어버린 차를 다 마셨다. 무심함으로 무장한 이 남자가 얼마나 세심한 격정으로 인물들을 발전시켰는지 생각하니 새삼 놀라지 않을 수 없었다. 그녀는 읽은 원고를 차곡차곡 정리했다.

헨리는 소설 속에서 그녀의 초상을 그렸다. 베티는 이야기 초반부터 그 인물이 자신이라는 것을 느낄 수 있었다. 자신을 아내의 살인자로 의심하고 그녀 배 속의 아기에게 어떤 감정도 느끼지 못하는 이 남자가 사랑스러운 시선으로 그녀의 초상을 정확하게 그려낸 것이다. 편집자로 일하다보면 저자와 저작물을 구분하는 법을 배우게 된다. 그 사람 자체가 아니라 그의 사람됨이 작품 속에 반영되는 것이다. 마르타는 그녀의 집에서 나가기 전에 "우린 헨리가 어떤 사람인지 모르는 채로 사랑해야 해요"라고 말했다. 어쩌면 그녀는 헨리를 그렇게 사랑했는지도 모른다. 그의 정체를 모르는 채로 말이다.

* * *

베티는 오후 5시경 출판사를 나서기 전 복사실에 들어가 문을 잠갔다. 그리고 380쪽에 달하는 헨리의 원고를 복사기에 집어넣고 USB 스틱을 꽂은 다음 '스캔' 버튼을 눌렀다. 복사기는 바로 종이를 빨아들이기 시작했고 원고는 PDF 파일로 변환되어 스틱에 저장되었다. 베티는 복사기가 토해낸 복사본을 비닐봉투에 담아 핸드백에 넣었다. 그리고 USB 스틱은 자신의 책상 위에 있는 무라노 (유리공예로 유명한 이탈리아의 섬_역주)산 유리접시에 넣었다.

그녀는 모리아니의 사무실로 가기 위해 엘리베이터를 탔다. 엘리베이터가 움직이자마자 태동이 심하게 느껴졌다. 그녀가 배에 손을 얹자 곧 움직임이 진정됐다. 지독했던 입덧이 사라졌기 때문에 베티는 더 이상 약을 먹지 않았다. 몇 주 전부터는 술담배를 끊고 커피 대신 차를 마셨다. 끔찍할 것 같았지만 일상적인 독물을 끊는 일은 생각보다 쉬웠다. 나쁜 것을 멀리하다보니 그녀의 아름다움은 더욱 빛을 발했다. 남자들은 그녀가 지나가면 자동적으로 뒤를 돌아보았고, 출판사에서 일하는 여직원들 중에서도 그녀가 지나가면 힐끔거리는 사람이 많았다.

직원들이 다 퇴근해서 복도는 휑했다. 모두들 주말에 바닷가에라도 놀러 가려고 퇴근을 서둘렀으리라. 베티는 지나가면서 복도 탁자에 놓인 빈 커피잔들을 치웠다. 그리고 만나기만 하면 그녀에게 종이비행기를 날리는 홍보실의 잘생긴 청년에게 인사를 건넸다. 비서실에 들어서니 아이젠드라트가 철제서랍장 앞에 서서 장부정리를 하고 있었다. 모리아니가 항상 우리 출판사의 심장이라고 부르는 서랍장이다. 아이젠드라트의 모니터는 이미 덮여 있고 그 옆에는 타로카드 한 벌이 놓여 있었다. 모리아니의 방으로 들어가는 문은 굳게 잠겨 있었다.

"대표님 벌써 나가셨나요?"

아이젠드라트는 타로카드를 치우고 의자 등받이에 걸어놓은 가방을 챙겼다. 그녀에게서는 은은한 향수 냄새가 났고 머리도 잘 손질돼 있었다. 또한 사무실의 색깔과 자신의 옷 색깔을 매우 안정적인 감각으로 조화시키고 있었다.

"아까 3시에 약속 있어서 나가셨어요."

베티는 아이젠드라트가 숨기는 것이 있는지 읽어내려고 그녀를 빤히 쳐다보았다. 하지만 그녀는 역사박물관에서 토템 기둥을 구경하는 사람처럼 중립적인 미소를 지을 뿐이었다. 단지 잠시 베티의 배에 머무는 시선에서 그녀가 무슨 생각을 하는지 알 수 있었다.

"뭐 다른 할 말이라도 있나요?"

아이젠드라트가 스웨터의 배 부분을 쓸어내리며 물었다. 무의식적으로 나온 행동이었다.

"있어요. 생각해보니 그동안 수고하신다는 말 한마디도 한 적이 없네요. 제가 너무 생각이 없었던 것 같아요. 죄송합니다. 항상 일처리도 훌륭하고 존경할 만한 분이라고 생각했어요. 그럼 좋은 하루 되세요."

호노르는 잠시 얼어붙은 듯 그 자리에서 움직일 줄 몰랐다. 행운목에서 이파리 하나가 떨어졌다. 그 밖에는 모든 것이 변함없이 그대로였다. 아니, 변함이 있었다. 이런 감동적인 칭찬이 하필이면 적의 입에서 나오다니! 이제까지 베티의 차가운 경멸에 익숙했던 호노르에게 이 상황은 아이러니가 아닐 수 없었다. 그녀는 여자들이 어떤지 잘 알기에 베티의 말이 사심에서 나온 말이거나 입에 발린 말이라고 치부해버릴 수가 없었다. 그녀는 가방을 둘러메고 어깨

를 으쓱하며 사무실을 나섰다. '살다보니 별일이 다 있군. 뭐 그렇게 생각한다는데 어쩌겠어.'

헨리는 감자튀김을 곁들인 스테이크를 주문했다. 하지만 그냥 평범한 프렌치 포테이토가 아니라 '아베크 드 프리트 알뤼메트'였다. 결국 스테이크로 만족했지만 옆 탁자의 '레드 스내퍼 타이 스타일'도 맛있어 보였다. 그리고 무엇보다 그 앞에 앉아 있는 가슴 수술을 한 여자가 매혹적이었다. 그녀도 여차하면 합석하고 싶다는 눈치였지만 그럴 상황이 아니었다. 헨리는 남아 있는 선다우너를 마저 마셨다. 해는 아직 바다 위에 높이 떠 있었다. 시계를 보니 7시 7분이었다. 그가 로비 쪽을 쳐다보자 웨이터가 얼른 눈치채고 다가왔다. 식기 한 벌이 준비돼 있는 것을 본 웨이터는 헨리가 일행이 올 때까지 기다리고 싶어 한다는 것을 바로 알아챘다. 헨리는 올 사람이 여자이고 그녀를 기다리느라 안달이 나 있다는 인상을 줘서는 안 되기 때문에, 신사가 숙녀를 기다리며 우아하게 마시기에 적당한 버무드를 주문했다. 잠시 후 휴대전화가 진동했다. 베티였다.

"헨리, 나 지금 먼지 풀풀 날리는 신작로 같은 데로 가고 있거든요. 여기 맞아요?"

"응, 맞는 것 같은데."

차 안의 공기가 부르르 떠는 소리를 냈다. 베티는 먼지가 허옇게 덮인 차창을 내다보다가 창문을 조금 내렸다. 모래먼지가 바람과 함께 차 안으로 불어 들어오더니 베티의 살갗에 작은 크리스털처럼 내려앉았다. 모래먼지는 머리카락과 허파 속으로도 파고들었고 촉촉한 점막에 들러붙었다.

"뭐가 보이는 지 말해봐."

"오른쪽에는 들판과 전신주 같은 게 있고 왼쪽에는 덤불 같은 거 말고는 아무것도 없어요. 여기 모래먼지가 엄청나요. 도착하면 마차 경주를 하고 온 벤허처럼 보일 것 같아요."

헨리의 머릿속에는 제대로 길을 찾아든 베티가 보이는 듯했다.

"그 전신주를 따라가면 바로 여기가 나올 거야."

베티는 내비게이션을 확인했다.

"내비에는 일자로 된 길만 나와요. 4.9킬로미터 남았다고 나와요. 맞아요?"

"맞아. 바다가 보일 때까지 똑바로 오면 돼. 옛날에 항구였던 곳이야."

그가 앉아 있는 레스토랑의 이름도 올드 하버였다.

"거의 다 왔어. 내 원고는 가져왔어?"

"당연하죠."

"좋아. 선다우너 한 잔 시켜놓을까?"

"아뇨, 나 이제 술 안 마셔요."

베티는 휴대전화를 조수석에 놓인 가방에 집어넣었다. 노트북과 원고도 그 속에 들어 있었다. 헨리와 저녁 식사를 하러 출판사를 나올 때 그녀는 무척 고무된 상태였다. 호노르 아이젠드라트와

화해하기 위한 첫걸음을 뗀 것 같아 기분이 좋았다. 아이젠드라트가 비열하게 그녀를 까발렸지만 결과적으로는 그녀에게 좋은 일을 한 셈이었다. 물론 아이젠드라트의 의도와는 달랐겠지만. 어쨌든 그 초음파 사진이 공개됐으니 이제는 임신 사실을 쉬쉬할 필요가 없었다. 어떤 연애도 아이의 존재를 부인할 만큼 중요하진 않았다.

도로에 움푹 팬 웅덩이들은 점점 더 깊어졌다. 베티는 속도를 줄였다. 벌겋게 녹슨 컨테이너들이 여기저기 흩어져 있고 가끔씩 트럭용 폐타이어들도 보였다. 분가루 같은 모래먼지가 분수처럼 솟아올랐다. 베티는 되도록 타이어 자국을 피하면서 운전했다. 비 올 때 생겼다가 햇빛에 굳어버린 넓은 타이어 자국들은 돌덩이처럼 단단하게 굳어 있었다.

천천히 달릴수록 도착지는 더 멀어 보였고 길을 잘못 든 것 같아 걱정되었다. 하지만 헨리는 예전부터 외딴 곳에 있는 멋진 장소를 찾아내는 데 재주가 있었다. 한번은 스페인에 갔을 때 마주르카 알라로에서 '에스 베르거'라는 레스토랑을 찾아간 적이 있었다. 헨리는 자꾸만 산 위로 올라갔다. 엔진이 숨 가쁜 소리를 내고 차가 덜컹거리는데도 '가다 보면 언젠가는 나오겠지'라며 좁고 구불구불한 산길로 차를 몰았다. 베티는 그를 믿고 기다렸다. 그렇게 한참을 올라가니 끝없이 이어질 것 같던 가파른 길이 끝나고 산속 레스토랑의 원조라 할 수 있는 곳이 나타났다. 그리고 그날 그들은 인생 최고의 양고기 요리를 맛보았다. 베티는 배 속의 아이가 그날 밤 생졌다고 확신했다.

멀리 팻말이 하나 보였다. 철제 대들보 위에 반쯤 쓰러져 있었고 햇빛에 바래고 먼지를 뒤집어써서 뭐라고 써 있는지 알아보기 힘들었다. 가까이 가보니 희미하게 어선의 일부와 '하버'라는 글씨가 보였다. 여기가 맞는 것 같았다. 내비게이션에도 목적지까지의 거리가 1킬로미터 미만으로 나왔다. 개념도에는 바다 옆에 네모반듯한 부지가 그려져 있었다.

"목적지 근처입니다. 목적지까지 700미터 남았습니다."

철망으로 에워싸인 사각형의 부지와 공장건물이었을 법한 추한 콘크리트 건물 전면이 보였다. 뼈대만 남은 크레인 위에는 갈매기들이 앉아 있었다.

베티는 활짝 열려 있는 대문으로 천천히 들어가 잡초가 무성한 콘크리트 진입로로 차를 몰았다. 무단투기한 쓰레기들이 쌓여 있고 썩는 냄새가 진동하는 가운데 노란색과 파란색의 큰 플라스틱 통들이 바람에 뒹굴고 있었다. 베티는 빛바랜 글씨로 '통행금지' 팻말이 붙어 있는 야트막한 담 앞까지 가서 차를 멈추었다. 그리고 밖으로 나와 주위를 살폈다. 내비게이션에서 삐 하는 소리와 함께 "화살표를 따라가세요"라는 멘트가 나왔다.

테라스는 어느새 붉은 태양빛에 잠겼고 손님들은 점점 더 많아졌다. 한 여자가 웨이터의 안내를 받으며 막 헨리 옆을 지나갔다. 헨리는 굽 높은 샌들을 신은 그녀의 그을린 발뒤꿈치에 시선을 빼앗겼다. 그때 휴대전화에서 진동음이 났다.

"베티, 어디야?"

"쓰레기하치장 같은 데 와 있어요. 여기 팻말에 '통행금지'라고 써 있는데 어쩌라는 거예요? 아무리 봐도 레스토랑 같은 건 없어요."

"그럼 지금 담 앞에 서 있겠네?"

"네, 이젠 더 이상 안 들어갈 거예요. 유령이 나올 것 같아요."

헨리는 소리 내어 웃었다.

"그 팻말 무시하고 조금 더 가봐. 내가 마중 나갈게."

그의 웃음소리에 마음이 놓인 베티는 잠시 망설이다가 다시 차에 탔다. 그리고 꼴보기 싫은 담을 따라 천천히 앞으로 나아갔다. 운전하면서 계속 귀에 대고 있던 전화기에서는 헨리의 차분한 숨소리가 들렸다. 그렇게 50미터쯤 더 가니 왼쪽에 뻥 뚫린 공간이 나타났고 바다가 보였다.

"이제 바다가 보여요. 격납고가 있고요. 드럼통이랑 낡은 선로가 있는데 사람도 차도 아무것도 안 보여요. 지금 어디예요?"

"지금 그쪽으로 가고 있어. 격납고 옆에서 멈춰. 금방 갈게."

베티는 격납고 옆에 차를 세웠다. 문이 열린 격납고는 악어의 아가리처럼 시커멓게 그 속을 드러내고 있었다. 차창에 먼지가 너무 많이 껴서 어두운 격납고 안에 뭐가 있는지 전혀 알아볼 수 없었다.

"혹시 저 안에 레스토랑이 있는 거예요?"

"아, 이제 보이네. 베티, 차에서 내려. 나 보여?"

베티는 천천히 문을 열고 차에서 내렸다. 격납고의 어둠 속에서 차가운 바람 한 줄기가 불어왔다. 그녀는 전화기를 손에 꼭 쥐고 주위를 두리번거렸다.

"헨리, 어디 있어요?"

18

옌센은 통계를 좋아했다. 물론 범죄 발생률 연간통계자료도 다 꾀고 있었다. 숫자는 말한다. 특히 서로 대조했을 때 많은 것을 말해준다. 예를 들어 독일에서 2009년 얼굴 레이저시술을 받은 여성은 38,117명, 남성은 42,623명이었다. 그는 회사 식당에서 식사를 할 때 이런 숫자들을 늘어놓으며 "이게 무슨 뜻이겠어?"라고 동료들에게 묻곤 했다.

살인 분야의 범죄는 작년에 비해 2.2퍼센트 줄어들었다. 범죄자 검거율은 95.9퍼센트로 경찰청의 능력은 돋보이지만 범죄자들의 평균 이해력이 떨어진다는 인상을 주기에 딱 좋은 수치다. 체포되어 무거운 벌을 받게 될 가능성이 거의 백 퍼센트에 육박하는데도 범죄자들이 범죄를 저지르는 것은 아마도 검거율이 '거의' 100퍼센트이기 때문일 것이다. 통계란 어디까지나 내 얘기가 아니라 남의 얘기니까. 그리고 통계라는 것이 '드러난' 범죄를 다루기 때문이리라. 드러나지 않은, 말하자면 들키지 않고 '성공한' 범죄는 비공개의 천국에 머문다. 여기서 도출할 수 있는 결과는 내년에도 올해만큼 많은 범죄와 복수가 발생하리라는 것이다. 그래서 우리는 불길한 예감을 떨칠 수 없다.

옌센은 마르타 하이든의 죽음을 전형적인 사고사로 보았다. 사고가 아니라고 할 만한 동기도, 단서도 없었다. 해변에서 발견된 자전거는 익사사고임을 확신시켜주었다. 그뿐 아니라 다른 사람들도 모두 그렇게 확신했다. 하지만 그것은 달랑 자전거 하나에 의지해서 내린 추측일 뿐이었다. 게다가 그 자전거도 하필이면 실종자의 남편에 의해 발견됐다. 사실 추측의 가능성은 다양했다. 해변에서 자전거가 발견됐다는 것이 꼭 바다에서 수영하다 떠내려갔다는 것을 의미하지는 않았다. 실종자가 외계인에게 납치돼 지금쯤 우주선 안에서 요상하게 생긴 미성년자 외계인과 사랑을 나누고 있을지도 모르는 일이다.

반면 모리아니 출판사의 편집장인 35세 여성 베티 한젠의 실종은 사고가 아니었다. 자살은 더더욱 아니었다. 야간순찰을 돌던 해경 헬기가 불타는 자동차를 발견한 것은 밤 10시였다. 10시 45분경 현장에 도착한 소방관들은 거의 다 타버린 자동차에 거품을 발사했고 결과적으로 차량 주변에 있던 소중한 흔적들을 모두 덮어버렸다. 화재 감식 기사들이 투입됐지만 사람의 것으로 보이는 흔적은 찾지 못했다.

아침 근무가 시작되고 한 시간 뒤 옌센은 폐쇄된 생선공장에 도착했다. 한 10년 전부터 문을 닫은 공장부지는 코스타 브라바(스페인 카탈루냐 지방의 해안_역주)에서 본 음산한 해변 풍경을 떠올리게 했다. 그는 전날 저녁 헬스장에서 3주간 못한 운동을 한꺼번에 몰아서 한 여파로 온몸이 쑤시고 아팠다. 1500밀리그램짜리 이부프로펜을 먹었지만 제대로 걷지를 못하고 오랑우탄처럼 팔을 늘어뜨린 채 비칠거렸다.

소화거품 위로 내려앉은 분진은 회색 진흙탕이 되어 굳어가고 있었다. 감식반 직원들은 그 위에 엎드려 혈액, 머리카락, 피지, 타고 남은 뼛가루 따위를 찾느라 바빴다. 옌센은 일찍이 전문 분야를 정할 때 감식반을 택하지 않은 것을 선견지명이라고 여겼다. 그 일이 덜 중요하거나 흥미롭지 않아서가 아니라 현미경으로 들여다보듯 세상을 봐야 하는 일이 너무 피곤할 것 같아서였다. 감식반에게 머리카락 하나는 큰 나무기둥을 하나 발견한 것과 같았다. 미립자의 세계를 쑤시고 다니는 일은 손에 잡히는 것이 있어야 하는 그에게는 전혀 맞지 않았다.

옌센은 바다까지 걸어가보았다. 마흔두 걸음이었다. 모든 선로는 바다를 향해 나 있는 울퉁불퉁한 콘크리트 길 위로 뻗어 있었다. 물속에는 골조만 남은 이동 장비가 그대로 하릴없이 녹슬어가고 있었다. 잘나가던 시절에는 어선 가득 싣고 온 생선을 이 썰매처럼 생긴 통에 넣어 선로 위로 끌었을 것이다.

아무런 성과 없이 수색을 마친 경찰견들은 다시 차에 태워졌고 경찰 동료 몇 명은 아직도 바닷가 저수 탱크에서 스노클링 장비만 착용한 채 수색을 계속하고 있었다. 오후에는 해군에 요청한 잠수부들이 올 것이다. 하지만 그들이라고 해서 뭘 발견하지는 못할 것이다. 그는 감식이 끝난 폐타이어 위에 앉아 슬쩍 스트레칭을 했다. 몸을 좀 움직여야 팔에 감각이 돌아올 것 같았다. 그는 이곳에서 시체가 발견되거나 범인이 남긴 흔적 혹은 사건 해결에 도움이 될 만한 단서가 발견될 거라고 생각하지 않았다. 그는 주머니에서 구겨진 팩스 종이를 꺼내 응급구조 신고 기록 사본을 읽었다.

9시 16분 헨리 하이든은 휴대전화로 경찰 응급번호에 전화를 해서 교통사고 신고가 들어온 것이 있는지 물었다. 그리고 출판사 편집장인 베티나 한젠이 자신의 오리지널 원고를 가지고 나오기로 했는데 아직 약속장소에 나오지 않았다고 설명했다. 오는 길에 자신에게 두 번 전화를 했는데, 한 번은 길을 물어보기 위해서였고 두 번째는 늦는다고 알리기 위해서였다며 그후 몇 시간째 전화 연락이 안 되고 있다고 말했다. 상황실 담당자는 교통사고 신고 들어온 것이 없으며 실종신고를 내기에는 아직 이르다고 답변했다. 언뜻 보면 잘못된 데가 전혀 없었다. 통화시간과 장소에 대한 하이든의 진술도 아마 맞을 것이다. 통화 내역을 확인할 필요도 없었다. 하지만 옌센은 왠지 모르게 찝찝했다.

그가 이상하게 생각하는 것은 이 두 사건의 공통점이었다. 헨리 하이든과 가까운 사이인 여자가 한 달 새 둘이나 사라졌다. 한 명과는 결혼한 사이였고 다른 한 명과는 함께 일하는 사이였다. 하지만 그런 상황이었다면 누구라도 하이든처럼 대처하지 않았을까? 또 하나 눈에 띄는 점은 두 여자 모두 '통째로' 사라졌다는 것이다. 그들은 머리카락 한 올, 비듬 한 조각 남기지 않고 흔적도 없이 사라졌다. 마르타 하이든의 수영실력은 수준급이었다. 하지만 아무리 선수라고 해도 급한 물살을 견뎌낼 수는 없으니까. 그런 면에서 그녀의 죽음은 이해할 만했다. 하지만 그 편집장처럼 심신이 건강한 여자가 어떻게 그렇게까지 길을 잘못 들 수 있었는지 이해가 되지 않았다. 해안도로에서 웅덩이 천지의 이 모래언덕까지는 5킬로미터나 떨어져 있다. 레스토랑을 가리키는 이정표나 팻말도 없고 내비게이션에 검색해봐도 레스토랑 같은 것은 나오지 않는 황량한 곳이다. 그리고 그녀의 시체는 어디로 갔단 말인가?

옌센은 자리에서 일어나 비칠거리며 동료 곁을 지나 격납고로 갔다. 그리고 어둠 속으로 다섯 걸음쯤 들어간 다음 큰 소리로 외쳤다.

"살려주세요!"

사람들은 모두 동시에 동작을 멈추고 주위를 두리번거렸다. 하지만 그를 보는 사람은 아무도 없었다. 겨우 다섯 걸음 들어갔는데도 보이지 않는다는 뜻이었다. 범인은 바로 여기 서 있었는지도 몰랐다.

* * *

　다섯 번이나 전화를 했지만 연락이 닿지 않자 아이젠드라트는 택시를 불러 직접 모리아니의 집으로 갔다. 정원 문을 통해 오래된 저택부지로 들어간 그녀는 검지가 저리도록 초인종을 길게 눌렀다. 그런 다음 집을 빙 돌아가 열려 있는 베란다 문을 통해 도서관으로 들어갔다. 그녀는 걱정에 휩싸여 온 집 안을 뒤졌다. 대부분의 방은 비어 있거나 책, 상자 따위가 차지하고 있었다. 그녀는 큰 소리로 그의 이름을 부른 다음 귀를 기울였다.

　결국 그녀가 모리아니를 찾아낸 곳은 2층 침실이었다. 그는 얼굴이 땀으로 뒤범벅된 채 권투 링처럼 생긴 큰 침대에 모로 누워 있었다. 호흡의 간격이 너무 길었다. 이불 위에 모르판톰 10밀리그램 곽이 뜯어져 있었다. 알약 세 개가 비어 있었다. 그녀는 모리아니를 똑바로 눕혔다. 그는 힘들게 숨을 쉬며 눈을 떴다. 그리고 그녀를 알아보고 미소를 지었다. 그녀는 물을 가져와 조심스럽게 그의 입에 흘려 넣어주고 그를 부축해서 일으켰다. 고통스러워하는 것이 눈에 보였다. 그는 너무 쇠약해져서 화장실에서도 그녀가 잡아주어야 할 정도였다. 그래도 커피를 넉 잔 마시고 나더니 어느 정도 기운을 차렸다. 그는 그녀의 걱정스러운 얼굴을 쳐다보았다.

　"알아, 어젯밤에 헨리가 전화를 했어. 원고를 잃어버렸다고."

　"원고를요?"

　그녀는 놀라서 손으로 입을 막았다.

"응, 베티가 가지고 있었대."

"세상에! 복사본 없어요? 설마 복사본 하나쯤 만들어뒀겠죠."

모리아니는 고개를 저었다.

"항상 타자로 치더라고. 나도 그 원고를 봤어. 호노르, 혹시 지금 올 거면 그 전에 내 영국 비스킷 좀 갖다줘."

호노르는 그가 말한 알루미늄 통을 값비싼 식재료들이 부패해가는 식료품 창고에서 찾아냈다. 스페인산 훈제육 위에도 파란 곰팡이 잔디가 깔렸고, 소시지는 거의 미라가 됐고, 과일들은 비쩍 말라버렸고, 통조림 깡통들은 팽팽하게 배가 불러 위험해 보였고, 식료품 선반 사이에는 수많은 거미줄 터널이 창궐해 있었다. 이 집에는 분명 여자의 손길이 필요했다. 호노르는 비스킷 통을 열기가 겁났지만 다행히 내용물은 온전한 상태로 보존되어 있었다.

"호노르, 우리 집 지붕에 독수리들이 앉아 있지 않았어? 시체 냄새 맡고 기다리는 거야. 얼마나 더 버틸 수 있을지 모르겠어."

그가 그녀에게 그렇게 격 없는 말투를 쓴 것은 이번이 처음이었다. 그녀는 그의 손을 꼭 잡아주었다.

"자, 경리 아가씨, 오늘의 좋은 소식은 뭐지? 좋은 소식 있나?"

그가 비스킷을 맛있게 먹으며 물었다.

* * *

방 세 개가 딸린 작은 아파트는 깨끗하게 정돈돼 있었다. 모든 방에서 약하게 은방울꽃 냄새가 났고 거실에 펼쳐져 있는 빨래건조대에서는 은은한 섬유유연제 냄새가 났다. 옌센은 천천히 집 안을 돌아다니며 가구, 베니스 산 유리공예품들, 옷과 신발을 구경했다. 벽에는 그녀가 모델인 커다란 흑백사진이 걸려 있었다. 강한 조명을 받은 옆모습을 찍었는데 옌센이 보기에는 1940년대 할리우드 스타였던 라나 터너를 닮은 것 같았다. 그는 휴대전화 카메라로 그 사진을 찍었다. 식탁 위에는 아침 식사를 한 흔적이 그대로 있었다. 반쯤 넘겨진 신문 옆에는 먹다 만 사과가 놓여 있었다. 냉장고에는 자석 달력이 붙어 있었는데 한 날짜에 빨간 동그라미가 쳐져 있고 사인펜으로 '병원'이라고 써 있었다. 옌센은 손목시계로 날짜를 확인했다. 오늘 날짜였다.

침실에 있는 작은 책상 위에 사진이 있었는데 그중에는 헨리 하이든과 함께 찍은 것도 몇 장 있었다. 아마 낭독회나 도서전에서 찍은 사진 같았다. 컴퓨터는 보이지 않았지만 무선랜 공유기가 있는 것으로 보아 인터넷 연결이 돼 있었다. 원고 더미 위에는 쓰다 만 자동차보험 손해 보상청구서가 있었다. 차종은 이미 보험회사에서 써놓았고 '도난'에 표시가 돼 있었다. 베티 한젠이 차량 도난신고를 한 사실은 옌센도 알고 있었다. 그리고 렌터카 비용을 헨리 하이든의 신용카드로 내고 있다는 것도 알았다. 문제는 왜 그런가 하는 것이었다.

옌센은 사망자의 집을 둘러보는 것을 좋아했다. 마치 교회에 간 무신론자가 신의 부재에 대해 명상하듯 천천히 죽은 사람의 집을 둘러보노라면 오싹해지면서도 경건한 마음이 들었다. 소파 옆에 놓인 신발 한 켤레에도 슬픈 사연이 있을 수 있었다. 아마도 나중에 치워야겠다고 생각하며 벗었겠지. 침대에 펼쳐져 있는 책 한 권, 멈춰버린 시계, 달력에 표시된 메모는 저세상에서 온 메시지일지도 몰랐다.

망자의 유물들을 보며 멜랑콜리한 기분에 젖은 옌센은 이 집의 주인에 대해 생각해보았다. 벽에 붙은 사진을 보기 전에도 그녀가 헨리 하이든의 애인일 거라는 생각은 했다. 젊고 예쁜 그녀는 그와 잘 어울렸다. 아마 지적이기도 했으리라. 직업적으로도 성공했고 일관계로 하이든과 밀접했을 것이다. 결혼을 위한 짝짓기와 불륜 관계는 대부분 직장에서 맺어진다. 그저 추측이고 예감일 뿐이지만 옌센은 두 여자의 죽음이 묘하게 얽혀 있으며 하나의 동기에서 비롯됐다고 믿었다.

헨리 하이든은 베티 한젠을 죽이지 않았다. 그건 확실했다. 하이든에게는 세상에서 가장 확실한 알리바이가 있었다. 유명한 식당에 앉아 남들이 다 보는 앞에서 그녀를 기다리고 있었으니까. 게다가 그녀와 전화통화까지 했다. 갑자기 책상 위에 있던 낡은 전화기가 울렸다. 옌센은 깜짝 놀라 어깨를 움찔했다. 그리고 잠시 망설이다가 수화기를 들었다. 할론퀴스트 산부인과의 간호사가 일정을 알려주려고 전화한 것이었다.

"언제라고요?"

"오늘 오후 3시요."

＊＊＊

주차장에 경찰차가 서 있었다. 안테나가 눈에 덜 띄게 뒤쪽에 달려 있었지만 눈에 띄지 않을 수 없었다. 헨리는 수위에게 인사를 하고 관절염에 걸린 부인의 안부를 물었다. 대답은 언제나처럼 죽지 못해 산다는 것이었다. 그는 빨라진 맥박을 정당화시키기 위해 4층까지 걸어 올라갔다.

호노르 아이젠드라트가 기다리고 있었다는 듯 복도로 나왔다. 그녀는 눈이 붉게 충혈돼 있었고 머리도 약간 흐트러진 모습이었다. 그리고 상황에 걸맞게 짙은 회색 투피스를 입고 있었다.

"경찰이 와 있어요. 여기 있는 사람 모두 심문을 받아야 한대요. 베티 사무실도 못 들어가게 막아놨어요. 지금 대표님 상태가 많이 안 좋아요. 어쩌다 이런 일이 일어난 거죠?"

"호노르는 벌써 들어갔다 나왔어요?"

"아뇨, 대표님 끝나면 제 차례예요. 헨리, 원고를 완전히 잃어버렸다는 게 사실이에요?"

그는 심각한 표정으로 고개를 끄덕였다.

"메모를 보고 다시 써볼 순 있겠지만 오래 걸릴 거예요. 만약 베티가 정말 죽은 거라면 원고도 없어진 겁니다."

"베티가 아직 살아 있을 거라고 생각하는 거예요?"

헨리는 호노르의 입술이 파르르 떨리는 것을 보았다. 그는 측은한 마음에 그녀를 살포시 안고 어깨를 다독거렸다.

"시체가 발견되지 않는 한 죽었다고 할 수 없어요."

호노르는 그의 포옹을 풀고 눈물을 닦았다.

"헨리, 혹시 내가 그랬다고 생각하는 거 아니죠?"

"뭘요?"

"그 초음파 사진 내가 보낸 거 아니에요."

"천만에요, 그럴 리가요! 내 생각을 말해볼까요? 내 생각엔 그 애 아빠란 인간이 보낸 겁니다."

헨리가 방에 들어갔을 때 모리아니의 심문은 이미 끝난 상태였다. 체스판 위에 마지막 남은 말들처럼 형사 세 명이 서 있었다. 모리아니는 면도 안 한 꺼칠한 얼굴로 임스 의자에 앉아 있었다. 얼굴색이 잿빛이었고 일어날 힘도 없는지 손만 흔들었다.

"헨리, 경찰에서 나오신 분들이야. 죄송합니다만, 성함이 뭐라고 하셨죠?"

헨리는 옌센 옆에 서 있는 주머니쥐 형사를 알아보았다. 그새 눈썹 정리를 해서 눈썹이 붙어 보이지는 않았다. 얼굴 생김새가 곱고 짙은 잿빛머리 남자는 처음 보는 사람이었다.

"수사계장 아너 블룸이라고 합니다."

그가 자신을 소개했다. 헨리는 이게 좋은 징조인지 나쁜 징조인지 판단이 서지 않았다. 그는 세 사람 모두와 악수를 했고 다시 한번 옌센의 손아귀 힘이 강하다고 느꼈다.

"어떻게 표현해야 하나……? 뭐 좀 알아낸 게 있습니까?"

헨리가 형사들을 둘러보며 물었다.

"아직 수사 중입니다. 범인이 한 명인지 여러 명인지 알 수 없지만 자동차를 불태워서 증거를 없앴습니다. 저희의 관심은 무엇보다 이 범행이, 우발적인 것이냐 계획된 것이냐 하는 것입니다."

옌센은 일부러 사무적인 말투를 썼다. 헨리는 이해가 안 된다는 얼굴로 형사들을 번갈아 보았다.

"누가 계획을 했단 말입니까? 베티는 길을 잃은 겁니다. 스스로도 거기가 어딘지 모르고 있었어요. 그런데 누가 어디 있는지 알고 계획을 했겠습니까?"

"바로 그게 문제입니다, 하이든 씨."

블룸 계장이 끼어들었다. 그러자 옌센은 바로 입을 다물었다.

"누군가 차에 같이 타고 있었단 말씀을 하시는 겁니까?"

"그럴 수도 있겠죠. 생각해볼 수 있는 문제 아닙니까?"

"하지만 누가요?"

그때 문이 열리고 호노르 아이젠드라트가 들어왔다. 주머니쥐를 닮은 여형사는 킁킁거리며 냄새를 맡았다.

"특별한 일이 없으시면 하이든 씨와 함께 심문을 계속하죠. 모리아니 씨, 빈 방이 더 있습니까?"

옌센이 모리아니에게 물었다. 모리아니가 대답하려 했지만 갑자기 헨리가 손을 들어 올리며 끼어들었다.

"할 얘기가 있습니다. 여기 있는 사람들 모두가 알아야 할 일입니다. 저는 얼마 전 아내를 잃었습니다. 그리고 베티와 함께 제가 오랫동안 작업해온 소설 원고도 사라졌습니다."

헨리는 마음을 가다듬는 듯 잠시 침묵했다. 그리고 모리아니 쪽을 쳐다보았다. 모리아니가 고개를 끄덕였다.

"내가 이미 말했네."

"전 며칠 전 베티와 포시즌 호텔에서 만났는데, 베티는 겁에 질려서 제정신이 아니었습니다. 뭔가를 두려워하고 있었어요."

옌센 형사가 녹음기를 꺼내 들었다.

"이의가 없으시면 녹취하겠습니다."

"전혀 이의 없습니다. 그래서 우린 오이스터 바에 앉아 소설에 대한 이야기를 했습니다. 전 아내가 죽은 뒤 글을 쓸 수 없다고 얘기했습니다. 그런데 베티는 도통 대화에 집중하지 못했습니다. 왜 그러냐고 했더니 울컥하면서 다 털어놓더군요. 임신했다고요."

호노르는 어지러운지 벽에 몸을 기댔다.

"이름도 말하던가요?"

옌센이 물었다. 그는 이런 얘기를 다른 증인들 앞에서 하는 것이 껄끄러운 듯했다.

"아니요. 베티는 아이를 지우기에는 너무 늦었다며 엄청난 실수를 저질렀다고 했습니다."

"성폭행을 당한 것 같았나요?"

주머니쥐 형사가 물었다.

"글쎄요, 그럴 수도 있겠죠. 어쨌든 어떤 행동을 할지 알 수 없는 위험한 사람이라면서 그 남자가 너무 무섭다고 했습니다. 헤어지긴 했는데 복수할까봐 두렵다고요. 그 남자가 계속 전화하고 출판사에 초음파 사진을 보내겠다고 협박했던 모양입니다. 베티는 차도 그 남자가 훔쳐갔다고 생각하고 있었습니다."

"열쇠도 함께요?"

메모를 하던 옌센은 이해가 안 된다는 듯 머리를 절레절레 흔들었다.

"그건 모르겠습니다. 전 경찰에 신고하라고 했습니다. 그리고 우리 집에 며칠 와 있으라고 했지만 베티가 거절했습니다. 그러다 베티가 갑자기 메스껍다면서 화장실에 갔습니다. 그런데 한참 지나도 돌아오지 않아서 전 일을 하러 집으로 돌아갔습니다. 그게 마지막이었습니다. 전 지금도 바로 경찰에 신고하지 않은 걸 후회하고 있습니다. 베티는 엄청난 정신적 압박에 시달리고 있었습니다. 위험에 처해 있는 사람을 혼자 두는 게 아니었는데……"

그때 벽에 기대어 축 늘어져 있던 호노르가 말했다.

"그건 제가 보증할 수 있어요. 그날, 그러니까 11일 전 화요일에 저도 우연히 그 호텔 로비에 있었어요. 베티가 화장실에 가는 것도 봤고요. 베티는 구토를 하더니 엉엉 울었어요. 아주 슬프게요. 하이든 씨가 오이스터 바에서 나와 호텔에서 나가는 것도 봤어요. 하지만 하이든 씨는 저를 못 봤습니다."

모리아니는 힘겹게 의자에서 일어나더니 호노르에게 자리를 양보하고 책상 앞에 가서 앉았다. 얼굴이 고통에 일그러져 있었다. 그는 헨리에게 다음 말을 재촉했다.

"자네 얘기를 듣다 말았군, 헨리."

"제가 하고 싶은 말은 단 하나입니다. 만약 베티가 죽었고 옌센 형사님 말대로 그게 우발적으로 일어난 일이 아니라 계획적 살인 이라면 아이 아버지를 찾아야 합니다."

모리아니의 사무실은 콘서트홀 같은 침묵에 휩싸였다. 간간이 잔기침 소리만 들릴 뿐이었다.

19

살인전담반 세 개를 이끌고 있는 아너 블룸은 사건분석의 천재
로 명성이 자자했다. 영화나 텔레비전에서 '프로파일링'으로 알려
진 수사기법이다. 한번은 범인 프로필을 어찌나 정확하게 그려냈
는지 나중에 체포돼 교도소에 갇힌 범인이 그에게 축하의 말을 전
해올 정도였다. 블룸은 심리학에 대해서는 쥐뿔도 몰랐지만 인재
운영에 있어서는 초인적 감각을 지닌 사람이었다. 살인전담반을
지휘하는 데 최적의 조건을 갖춘 셈이었다. 그는 헤드헌터처럼 최
고의 전문가만을 골라 팀을 꾸렸고, 그렇게 꾸린 팀은 3년 연속 범
인검거율 백 퍼센트를 달성하는 기염을 토했다. 그는 여자를 밝혔
고 독백을 즐기는 사람이었다. 그가 영어 인용구를 섞어가며 하는
장문의 연설은 점점 길어져 부하직원들의 애로가 컸다. 옌센은 그
런 연설을 들을 때마다 초과근무 수당 생각이 간절했다.

사건 분석은 피해자와 범인의 이동 프로필을 맞춰보는 식으로

진행됐다. 피해자가 살아온 삶을 최대한 빠짐없이 재구성해내고 잠재적 범인의 삶과 맞춰보았을 때 발생하는 교차점들을 비교하는 식이었다. 이 방법은 매우 효과가 좋았다.

분석 전문가들은 베티 한젠이 지난 6개월 동안 누군가와 전화연락을 해왔다는 사실을 알아냈다. 그런데 그 누군가의 정체가 수수께끼 같았다. 선불카드 전화기를 사용했고 지어낸 이름과 가짜 주소로 등록되어 있었다. 베티의 휴대전화도, 이메일이 저장돼 있을 노트북도 사라졌다. 가죽 표지에 싸인 다이어리에서도 그녀가 주고받은 공적, 사적 우편물에서도 특별한 이름은 등장하지 않았다.

옌센은 산부인과에 가서 베티에게 초음파 검사를 해준 여의사를 만났다. 하지만 베티는 의사에게도 아이 아버지에 대한 얘기는 하지 않은 것 같았다. 의사 말에 의하면 친부의 유전자검사는 양수를 둘러싸고 있는 양막조직을 떼어내야 가능하다고 했다. 가족, 친구, 출판사 직원 전원, 이웃들을 탐문했지만 사건과 관련 있는 증언은 전혀 나오지 않았다.

베티의 집에서 지문도 검사했지만 베티, 옌센, 한 이웃집 여자의 것 외에는 나오지 않았다. 쓸 만한 단서라고는 발신자의 이동 프로필이 전부였기 때문에 대부분의 인력은 그쪽에 투입됐다.

이미 알려져 있듯이 이동통신사에서는 '누가, 언제, 어디서, 누구와 얼마나 오랫동안 통화했는가' 하는 데이터를 6개월까지만 보관할 수 있게 돼 있다. 아너 블룸은 제대로 경찰수사를 하는 데는 그 기간이 너무 짧다고 생각했다. 범죄자 추적을 위해서는 무기한으로 보관해야 한다는 게 그의 의견이었다. 휴대전화를 가진 사람은 모두 잠재적인 범죄자로 볼 수 있기 때문에 예방 차원의 조치가 필요했다. NSA(미 국가안보국)라면 모든 걸 알고 있을 테지만 미국인들은 정보를 내놓는 데 인색하기로 유명하다.

옌센은 휴대전화 추적결과도 그다지 마음에 들지 않았다. 그는 벽에 붙은 커다란 지도에 투명한 비닐로 발신자의 이동 프로필을 표시해놓고 케이퍼를 추가한 점보사이즈 참치피자를 주문했다. 통화시각, 장소, 시간은 작은 점으로 표시했다. 이 점들은 구름처럼 넓게 퍼져 있었고 선으로 연결하자 미적인 관점에서 볼 때 매우 수준 높은 기하학적 무늬가 만들어졌다. 하지만 수사의 관점에서 봤을 때는 한마디로 난장판이었다. 발신지는 그때그때 달랐고 시내에서 한 전화도 많았다. 그것도 베티 한젠의 집에서 가까운 곳이었다. 하지만 대부분의 통화는 인가에서 멀리 떨어진 숲이나 자연보호구역 같은 외진 곳에서 이루어졌다. 모두 300킬로미터 반경 내였다. 따라서 전화기의 위치를 정확하게 파악하기가 힘들었다. 게다가 전화를 하기 직전에 전화기를 켜서 통화하고 통화가 끝나면 바로 전화기를 껐기 때문에 도로를 따라 이동하는 선이 만들어지지 않았다. 선은 없고 여기저기 점만 흩어져 있는 형국이었다.

이미 산속 생활을 하는 사람, 산지기, 사냥꾼을 집중적으로 조사하는 특수조가 꾸려져 있었고 경찰중대 하나가 투입되어 전화기가 켜진 지점 부근을 이 잡듯이 훑었다. 범인의 은신처를 찾아내기 위해 적외선카메라와 위성사진도 동원됐다. 지나가던 등산객들은 이유도 모른 채 경찰에게 휴대전화 검문을 당했고 경찰중대는 땅굴도 찾아다녔지만 야생동물의 굴과 버려진 보이스카우트 캠프만 발견했을 뿐이다. 그 밖에는 딱히 성과라 할 만한 것이 없었다.

수사가 더 이상 진척되지 않자 콜드케이스, 즉 미해결 살인사건 중 비슷한 패턴을 가진 사건들을 조사하기 시작했다. 새로운 가설과 새로운 전문가들이 투입됐다. 수사반의 규모는 점점 커졌지만 수사는 점점 중심을 잃어갔다. 옌센은 이제 사무실 벽에 붙은 지도에 다트를 던지는 지경에 이르렀다. 그는 범인이 자연인이라는 가설을 믿지 않았다. 발신자가 게릴라처럼 나타났다 사라지는 것도 훨씬 단순한 이유에서라고 생각했다. 그는 그 수수께끼의 남자가 헨리 하이든이라고 확신했다.

매일 수사반 전원이 모이는 회의에서 아너 블룸은 새로운 '범인 프로필'을 복사해서 돌렸다.

"우리가 찾는 범인은 오래전부터 이중생활을 하고 있는 남자입니다. 30세에서 45세 사이의 건장한 남자이고 결혼해서 가정을 이뤘는지도 모릅니다. 어쨌든 눈에 띄지 않게 평범한 삶을 살고 있을 겁니다. 거주지는 여기서 300킬로미터 반경 내이고 직업은 사냥꾼, 산지기, 경찰, 직업군인일 가능성이 있습니다. 위장이 완벽하고 위치 측정에 능하기 때문입니다. 범인은 자신의 평범한 삶에서 찾을 수 없는 스릴을 추구합니다. 여가시간에 은행을 털거나 살인을 저지르는지도 모릅니다. 아니면 뭔가에 쫓기고 있을 수도 있고요."

"뭐에 쫓겨요?"

뒷자리에 앉아 있던 옌센이 물었다.

"과거에 일어난 일, 트라우마적 경험, 아니면 과거에 저지른 범죄일 수도 있지. 범인은 그 무엇도 우연에 맡기지 않아. 피해자와 가까워진 후 자신에 대한 환상적인 거짓말을 늘어놓았을 거야. 그러니까 피해자가 가족, 친구를 비롯해 그 누구에게도 범인에 대한 이야기를 하지 않은 거지. 즉, 우리는 그 여자가 범인의 진짜 정체를 모르고 있었다고 봐야 해. 그러던 어느 날 그 여자는 범인의 아이를 가지게 됐어. 범인은 그렇게 되기를 원하지 않았겠지. 상황이 너무 위험해지자 피해자가 증인 하이든을 만나러 가는 차 안에 동승해서 피해자를 죽인 다음 시체를 숨긴 거지."

"어떻게요?"

"보트나 배를 이용했겠지. 살인은 바닷가에서 일어났어."

뒤쪽에 앉아 있던 옌센이 자리에서 일어섰다.

"외람된 말씀이지만 세상에 그렇게 멍청한 여자는 없습니다. 게다가 피해자는 편집자였습니다. 편집자는 직업적으로 책을 읽고 분석하고 논리적 실수와 잘못된 연결지점을 찾아내는 사람입니다. 그리고 편집자라는 게 환상적인 거짓말을 전문적으로 다루는 직업 아닙니까? 그 사람들이 그런 걸 놓칠 리 없습니다. 제 말은 누구든 속일 수는 있지만 무기한으로 속일 수는 없다는 겁니다. 범인이 위장을 한 건 확실합니다만, 위장을 했다면 왜 그 여자와 계속 전화연락을 했겠습니까?"

옌센의 말에 사람들은 블룸의 눈치를 살폈지만 옌센은 의연하게 말을 이었다.

"제 생각에 그 남자는 그저 멀리 산책 다니는 걸 좋아하는 사람입니다. 아무도 몰라야 할 비밀이라면 왜 초음파 사진을 출판사에 보냈겠습니까?"

아너 블룸은 좌중을 둘러보았다.

"피해자가 남자를 떼어버리려고 일부러 보냈을 수도 있지 않을까?"

"남자를 두려워했다면 절대 그럴 수 없죠."

블룸은 불편한 기색을 숨기지 않았다. 공인된 사건분석의 천재인 그에게 사사건건 토를 다는 팀원은 비생산적 존재일 뿐이었다.

"좋아, 옌센. 그렇다면 자네 생각엔 그 수수께끼의 남자가 누군가? 어디 한번 말해봐."

옌센이 뭐라고 중얼거렸다.

"뭐라고? 뭐라고 하는지 하나도 안 들려. 좀 크게 말해줄 수 없나?"

블룸이 소리 높여 물었다.

"이미 아는 사람일 수도 있다고 했습니다."

"아는 사람일 수도 있다?"

아너 블룸은 벽에 걸린 시계를 보았다. 아는 사람일 수도 있다니? 그는 이 옌센이란 녀석이 영 마음에 들지 않았다. 살인전담반 치고는 나이도 너무 어리고 경험도 부족했다. 게다가 행동도 민첩하지 못하고 팀워크도 좋지 못했다. 블룸은 이미 오래전부터 그를 다른 부서로 보낼 생각을 하고 있었다. 점잖게 '부서 이동'을 시키는 것이 가장 좋은 방법일 것이다.

"옌센, 자네 주장이 뭔지는 여기 있는 사람들 모두 알고 있네. 그리고 왜 그렇게 그 생각을 고집하는지 모두 궁금해하고 있어. 증인 하이든은 그 시간에 사람들로 가득 찬 레스토랑 야외 테라스에 앉아 있었어. 그리고 수사에도 성심껏 협조하고 있어. 게다가 피해자가 죽었을 때 자기 전화로 그 여자와 통화하고 있었다고. 자네 생각엔 대체 동기가 뭔가?"

옌센은 큰 소리로 헛기침을 한 후 대답했다.

"이건 치정 사건입니다. 피해자 베티 한젠은 하이든의 내연녀였습니다. 하이든이 아이 아버지입니다. 하이든, 베티 한젠, 혹은 두 사람이 함께 마르타 하이든을 죽였습니다. 그런데 뭔가 계획이 어긋난 겁니다."

* * *

'난 문제가 있는 사람이야.' 기스베르트 파시는 에어컨이 틀어져 있는 조용한 특실에서 생각했다. 사고 난 다음부터가 아니라 그전부터 그랬다. 가뭄에 콩 나듯 면회를 오던 어머니 아말리가 이미 확인시켜준 바 있었다. 그날 어머니는 "넌 처음부터 외아들이었어"라고 말해주었다. 그에게는 누나가 둘이나 있었는데도 말이다. 그건 그가 어린 시절의 절반을 보육원에서 보내야 했던 이유이기도 했다. 그 대화 이후 그는 어머니와 연락을 끊었다.

로젠하이머라는 이름의 신경외과 의사는 그 끈질긴 휘파람 소리
가 벽에서 나는 것이 아니라 외상성 뇌손상에서 비롯된 이명 현상
이라고 말했다. 그때 두뇌 맨 뒤쪽에 위치한 시각피질도 손상됐는
데 그것 때문에 사물이 이중으로 보이는 것이라고 했다. 이 두 가지
는 평생 고쳐지지 않을 것이라고 했다. 다리가 뻣뻣한 증상, 반으로
줄어든 허파 기능, 향후 16개월 안에 80퍼센트의 확률로 발생할 간
질 발작도 마찬가지였다. 로젠하이머는 배려심이 많은 사람은 아
니었다. 파시는 사실 심리치료사와 얘기하고 싶었지만 심리치료사
들은 병원 방문을 하지 않는다. 사고 난 지 3주가 지났지만 그는 아
직 스스로 침대에서 나갈 수 없었다. 공중에 매달려 있던 다리는 이
제 플라스틱 깁스를 했고 가슴에 꽂힌 튜브에서는 이제 맑은 임파
액이 아주 조금씩 흘러나왔다.

기스베르트 파시는 살면서 이렇게 행복한 적이 없었다. 선물로
주어진 인생을 새로이 시작할 수 있다는 생각에 기쁨과 감사한 마
음이 넘쳤고 그 덕분에 통증과 이명도 잘 견딜 수 있었다. 그는 가
끔씩 이 모든 것을 가능하게 해준 남자에 대해 생각했다. 그의 침대
옆에는 헨리가 가져다준 〈세기의 소프라노들〉 CD세트 세 개와 검
찰에서 온 편지 한 장이 놓여 있었다. 과실에 의한 방화 때문에 소
송이 진행 중이라는 내용이었다. 그의 집에 화재가 발생해 가산이
모두 불탔는데, 화재 원인은 '미스 왕'이라는 브랜드의 실리콘 인

형 내부에 있던 전기 구루프의 과열 때문이라고 했다. 병원에서 나가면 길거리에 나앉는 신세가 될 것이다. 게다가 여차하면 감옥에 들어갈 판이었다. 파시는 굵은 밑줄이 쳐진 '화재 원인' 문단을 열 번도 더 읽었다. 그리고 '집에서 나오기 전에 분명히 전원을 껐는데……'라고 생각하며 고개를 갸우뚱거렸다.

그때 문 두드리는 소리가 났다. 갸름한 얼굴에 가지런히 자른 검정 앞머리, 커다란 눈망울에 짙은 아이라이너가 녹아버린 미스 왕을 떠올리게 하는 간호사였다. 그녀는 밤이면 밤마다 그의 전기 구루프 상상 속에 등장하곤 했다.

"손님 오셨는데요."

옌센은 큰 서류가방을 들고 방으로 들어왔다. 파시는 그 가방을 본 순간 가슴이 덜컹했다. 하지만 곧 자신의 갈색 가방이 아니라는 것을 깨달았다. 그 가방은 검은색이었다. 코듀로이 재킷을 입은 형사는 친절하게 공무원증을 보여주며 자신을 소개했다. 그리고 뒤에 있는 책상 위에 가방을 내려놓았다. '건강보험도 안 들었고 가진 거라곤 쥐뿔도 없는 인간이 특실을 쓰다니 대단한데.' 옌센은 속으로 이렇게 생각하며 튼튼해 보이는 손으로 흰색 커튼을 열어젖혔다. 창밖으로 공원이 내려다보였다. 그는 병실을 한번 훑어본 뒤 인정한다는 듯 고개를 끄덕였다.

"방이 아주 좋습니다."

사람들이 예의상 자주 하는 이 말은 특별히 나쁜 소식을 말하기 전이나 화제전환을 할 때 쓰이곤 한다. 어쨌든 난생처음 보는 형사에게 듣기에는 너무 사적인 말이었다.

"신분증 다시 한 번 보여주시겠습니까?"

파시의 말에 옌센이 다시 공무원증을 꺼내 보여주었다.

"파시 씨, 대답하기 싫으시면 안 하셔도 됩니다. 이건 심문도 아니고 취조도 아닙니다. 건물화재 때문에 온 것도 아닙니다. 교통사고에 관해서 몇 가지 물어볼 게 있습니다."

파시는 형사의 넓은 어깨 너머로 보이는 검정 가방을 노려보듯 곁눈질했다.

"혹시 저 안에 제 문건들이 들어 있나요?"

옌센은 그럼 그렇지 하는 표정으로 미소를 지었다.

옌센은 가방에서 0.5센티미터 두께의 서류봉투를 꺼내 파시에게 건넸다. 파시는 봉투를 열어보았다. 그 안에는 모리아니 출판사의 카탈로그 한 권, 1979년 성 레나타 보육원의 원아 명단과 신문, 잡지에서 오려낸 헨리의 사진 몇 장이 들어 있을 뿐이었다. 그 중에는 헨리 부부가 소파에 앉아 있는 『컨트리리빙』지의 사진도 있었는데 헨리의 얼굴에 사인펜으로 동그라미가 쳐져 있었다. 지나고 보니 유치하기 짝이 없었다.

"하이든 씨와는 어떻게 아는 사이죠?"

모르는 사이라고 해봐야 믿지 않을 것이다.

"사고 났을 때 저를 차에서 끌어내 병원에 데려다줬습니다. 이미 알고 오신 것 아닌가요?"

284

옌센은 고개를 끄덕였다.

"그런데 어떻게 그걸 기억하십니까? 의식이 없는 상태 아니었나요?"

"유추한 거죠. 저를 차에서 끌어낸 사람이 병원에 데려온 사람 아니겠습니까?"

"옳으신 말씀입니다. 그런데 왜 하이든 씨가 사고현장에 있었죠?"

"하이든 씨에게는 사고의 책임이 없습니다. 그건 제가 장담합니다."

파시는 미리 예상했던 질문에 준비해둔 대답을 했다.

"네, 알겠습니다. 그렇다면 하이든 씨가 우연히 딱 그 장소에 있었다는 말인가요?"

"네. 아까 심문도 취조도 아니라고 하시지 않았나요?"

건장한 체격의 형사는 약간 우울한 표정으로 시선을 창밖으로 던졌다. 옌센은 '나는 평생 가도 이런 좋은 병실에 묵을 수 없겠지' 라고 생각하고 있었다.

"솔직하게 말하죠. 하이든 씨는 파시 씨를 응급실에 데려다주고 한 시간 뒤에 법의학과 건물에서 저와 만났습니다. 부인의 신원확인을 위해서였습니다."

"네, 부인이 익사했다죠? 신문에서 읽었습니다."

"그 시체는 하이든 부인이 아니었습니다."

"그걸 왜 제게 얘기하시는 거죠?"

"며칠 전 다른 여성이 살해됐습니다. 모리아니 출판사의 편집장으로, 특히 하이든 씨의 소설을 담당했던 사람입니다. 하이든 씨 소설 참 좋죠? 저도 그 문체를 참 좋아합니다. 하이든 씨를 잘 아시나요?"

파시는 중도적 대답을 택했다.

"사람을 안다는 게 어디 쉬운 일인가요?"

"하이든 씨에 관한 자료를 수집하시던데요?"

"그 이상입니다. 아니, 제 말은 더 이상은 아닙니다. 이미 아시겠지만 있던 것도 다 불타버렸고요."

"사실 헨리 하이든의 과거에 왜 그렇게 관심이 많으신지 좀 궁금했습니다."

옌센이 의자를 끌어와 손을 짚으며 물었다.

"성 레나타 재단에 함께 있었습니다."

"보육원이죠?"

"네, 아주 오래전 일입니다."

"하이든 씨의 전기를 쓰시려는 건가요?"

여기서 대답만 잘하면 파시는 그 형사와 친구가 될 수 있었다. 힘든 방화소송도 비켜갈 수 있을지 모르고 경찰과 협력해 헨리를 잡아넣을 수도 있었다.

"현재는 건강해지려고 노력하면서 저 자신의 전기에만 신경 쓰고 있습니다."

두 사람 사이에는 잠시 침묵이 감돌았다. 옌센은 그들이 우연히 한 장소에 있었다는 말을 추호도 믿지 않았다. 하지만 이런 식으로는 안 된다는 것 또한 인정해야 했다. 어쨌든 이 얼간이에게 하이든은 생명의 은인이었다. 아마도 응급실 기록에서 보고 알았으리라. 이상한 것은 하이든이 나중에 법의학과에 왔을 때 자신의 영웅적 행동에 대해 단 한 마디도 하지 않았다는 것이다.

"그럼 어서 건강해지시란 말밖에는 드릴 말씀이 없겠군요."

"고맙습니다."

옌센은 책상 위에 있던 가방을 들었다. 가방은 아직도 무거웠다. 그는 악수를 하기 위해 파시에게 손을 내밀었다.

"이제 끝난 겁니까?"

"네."

"혹시 제 갈색 가방은 못 찾았나요?"

파시가 악수를 하며 물었다.

"아니요. 갈색이라고 하셨나요?"

"네, 갈색이고 벨트가 빙 둘러져 있습니다. 형사님 것하고 거의 같은 크기고요."

"충돌할 때 바다 위로 날아가지 않았을까요?"

"아마 그랬겠지요. 안전벨트를 안 했으니까요."

20

부엌에서 큰 칼로 꿩고기를 썰던 헨리는 창밖으로 뭔가 스쳐 지나가는 것을 보았다. 그림자 같은 형상이 딸기나무 덤불 사이를 지나 헛간 쪽으로 후루루 달려갔다. 양쪽으로 열리는 문인데, 문 하나는 고리는 걸지 않은 채 닫혀 있고 다른 하나는 활짝 열려 있었다. 폰초는 차가운 부엌바닥에 얌전히 엎드려 있었다. 아무것도 눈치채지 못한 것 같았다. 그는 고기 써는 칼을 내려놓고 뒷걸음질로 개를 넘어갔다. 그 침입자를 본 것이 이번 주 들어 벌써 세 번째였다. 며칠 전에는 멀리 들판을 가로질러 가는 것을 보았다. 그 들판도 30헥타르나 되는 그의 토지에 속하는 땅이었다. 그때는 사유지인 줄 모르고 산책하는 사람이라고만 생각했다. 그의 땅에는 사유지임을 알리는 팻말이나 울타리가 없었다. 그러다 그 사람이 그의 집을 따라 평행으로 오르락내리락하는 것을 보고 서재에 가서 쌍안경을 가지고 나왔다. 그러나 그 사람은 이미 사라지고 없었다. 그로부터 이틀 뒤 포플러 사이 진입로에 그 사람이 서 있었다. 집에서 백 미터도 떨어지지 않은 거리였다. 그는 나무에 기댄 채 마치 할 말이 있다는 듯 헨리를 쳐다보았다. 오브라딘은 아니었다. 옌센 형사도 아니었다. 옌센은 어깨가 더 넓고 금발이었다. 파시 그 얼간이일 리도 없었다. 그는 아직 병원에 누워 있을 테니까. 헨리는 손을 흔들어보았지만 그는 포플러에 기댄 채 미동도 하지 않았다. 헨리는 다시 쌍안경을 가지고 나왔지만 그는 사라지고 없었다.

그런데 이제 정원에까지 침입한 것이다.

헨리는 청소용구함에서 작은 도끼를 꺼내 들고 서쪽 테라스를 통해 밖으로 나갔다. 서쪽에는 아직 그늘이 드리워져 있을 시간이었다. 뒤쪽으로 돌아가 몰래 헛간으로 들어갈 생각이었다. 폰초가 헐떡거리며 뒤를 따랐다. 그는 벽에 딱 붙어 전진하다가 팔뚝만한 참나무를 쌓아놓은 장작더미 뒤에 몸을 숨겼다.

헛간 뒤에 늘어선 빗물통 속의 물은 반쯤 채워진 채 조용히 썩어가고 있었고 그 위에서 모기 떼가 춤을 추었다. 헨리는 녹슨 탈곡기 위로 올라갔다. 탈곡기 위는 새똥 천지였고 밀짚 썩은 것이 요상한 모양으로 굳은 채 깔려 있었다. 그는 샛문을 통해 헛간 안으로 훌쩍 뛰어 들어갔다. 꼬리를 흔들며 서 있던 폰초는 사냥개의 감각이 깨어났는지 쏜살같이 달리기 시작했다.

낡은 전구가 전선에 매달린 채 흔들리고 있었고 둥지에서 날아오른 제비들이 대들보 밑에서 시끄럽게 울고 있었다. 열린 문으로 뛰어 들어온 폰초는 헉헉거리며 서 있다가 주둥이를 들고 킁킁거렸다. 헨리는 도끼를 손에 꼭 쥐고 긴장한 표정으로 서 있었다. 폰초는 그다지 관심이 없다는 듯 왔다 갔다 하더니 다리를 들고 영역표시를 했다. 그러자 도끼를 든 헨리의 손에도 긴장이 풀렸다.

"누구 있어요?"

대답은 돌아오지 않고 제비들의 날갯짓 소리만 기묘하게 울렸다. 헨리는 손을 뻗어 흔들리는 전구를 멈추었다. 제비들이 날아오르면서 건드린 것 같았다. 오른쪽으로 마르타의 사브가 눈에 들어왔다. 먼지투성이의 보닛 위에 고양이 발자국이 선명하게 찍혀 있었다. 차문은 살짝 열려 있었다. 옆 창문으로 마르타의 얼굴 반쪽과 오른손 손가락들이 확실하게 보였다. 마르타의 하얀 손가락들이 움직이고 있었다. 헨리는 도끼를 떨어뜨리고 뒷걸음질 쳤다. 마르타의 반쪽 얼굴이 입을 열었다 닫았다. 소리는 전혀 들리지 않았다. 헨리는 온몸에 소름이 쫙 끼쳤다.

얼마나 그렇게 서 있었을까? 시간이 얼마나 흘렀는지 전혀 가늠이 되지 않았다. 그런 상황은 보통 아주 짧거나 무한히 길게 느껴진다고 하지 않는가? 헨리는 인사를 하듯 천천히 손을 들어 올렸다. 마르타의 반쪽 얼굴은 차창 뒤에서 아무런 표정이 없었고 손가락들은 위아래로 오르내리며 천천히 창문을 더듬었다. 헨리에게는 마치 사라진 얼굴 반쪽이 보이지 않는 검은 천으로 뒤덮여 있는 것처럼 보였다. 처음 보았을 때의 놀라움이 가시고 그 모습이 어느 정도 눈에 익자 헨리는 눈을 질끈 감았다 떴다. 반쪽 얼굴은 순간적으로 사라졌다가 손목 없는 손가락들과 함께 다시 나타났다.

그것은 마르타가 아니었다. 완전한 모습도 아니었고 그렇다고 마르타와 닮은 것도 아니었다. 그것은 환영일 뿐이었지만 그것이 타고 있는 자동차와 똑같이 사실적이었다. 헨리는 용기를 내 사브에 타고 있는 얼굴에게 다가갔다. 얼굴도 물러서지 않았다. 그는 차 문을 확 열어젖혔다. 차 안에서는 축축한 레자 냄새가 났을 뿐 아무도 없었다. 폰초는 헨리의 다리 사이로 털이 북실북실한 머리를 들이밀고 코를 킁킁거렸다.

"이 안에는 아무것도 없어."

헨리는 조용히 말하고 차문을 닫았다. 창문을 들여다보았지만 얼굴은 다시 나타나지 않았다. 그는 밀짚이 깔린 바닥에서 도끼를 주운 다음 문을 닫고 헛간을 나왔다. 혹시나 하는 마음에 딸기나무 덤불 주변에 발자국이 있는지 살폈지만 폰초의 커다란 개 발자국만 찍혀 있었다.

소냐는 머리에 수건을 터번처럼 감은 나체의 모습으로 욕실에서 나왔다. 그리고 부엌에서 꿩고기를 뜯고 있는 헨리의 등 뒤로 다가갔다. 그녀의 손목에서 가느다란 파텍 필립이 빛났다. 헨리가 아내를 죽이기 전 베티에게 이별 선물로 주려고 산 그 시계였다.

"놀라지 마세요."

그녀는 양팔로 그의 허리를 감싸며 그의 등에 가슴을 갖다 댔다.

그들은 오전에 오브라딘의 '드리나'를 타고 해안을 떠다니며 꿈같은 시간을 보냈다. 오브라딘은 통 말이 없었다.

"사랑이 뭔지 사람들은 알까요? 사랑에 관한 연구 같은 것도 있겠죠?"

그녀가 기분 좋은 고양이 같은 소리를 냈다. 그는 대답 없이 칼질만 계속했다.

"사랑이 얼마나 진한지, 얼마나 오래가는지, 지나간 뒤에는 어떻게 되는지 측정할 수 있을까요?"

그녀는 그의 등이 땀으로 흠뻑 젖은 것을 느끼고 그에게서 떨어졌다.

"세상에, 왜 이렇게 땀이 많이 났어요?"

역시 땀으로 뒤범벅된 그의 얼굴은 아픈 사람처럼 잿빛이었다.

"왜 그래요? 무슨 일 있어요?"

그녀는 손으로 그의 이마에 난 땀을 닦아주었다. 그녀의 손에서 장미오일 향기가 났다. 그는 칼을 내려놓고 그녀를 향해 돌아섰다.

"아내가 차 안에 있어."

소냐는 자신도 모르게 의자 등받이에 걸려 있던 자신의 노란 실크스카프를 움켜쥐었다. 그리고 겁에 질린 듯 뒤꿈치를 들고 헨리의 어깨 너머로 부엌 창문을 내다보았다.

"어디요?"

"헛간. 헛간에 있는 자기 차 안에 앉아 있어. 내 눈에만 보여. 반쪽뿐인 얼굴과 손 없이 손가락들만 있어. 마르타처럼 생기지도 않

왔어. 하지만 난 마르타라는 걸 알 수 있어. 마르타가 나와 접촉하
려고 해."

그가 그녀의 팔을 잡으며 말했다. 잘 단련된 그녀의 팔뚝근육이
느껴졌다. 그녀는 이런 일을 겪기엔 너무 어렸다.

"그건 환영이에요, 헨리."

"뭐라고 부르든 상관없어. 내 눈에 마르타가 보이고 마르타도 날
보고 있어."

머리통 하나만큼이나 키가 작은 소냐는 그를 올려다보았다. 터
번 밑으로 삐져나온 머리카락에서 물방울이 떨어져 눈물처럼 뺨으
로 흘렀다.

"죽은 부인이 보고 싶어서, 너무 슬퍼서 그런 거예요."

왜 그렇지 않겠는가? 보고 싶다는 말은 적당한 표현이 아닐지 몰
라도 마르타가 없어서 슬픈 건 사실이었다. 그녀가 주던 사랑, 그
녀의 존재 자체가 그리웠다. 그건 그 무엇으로도 대체할 수 없었다.
그러나 용서받고 싶고 죄의식으로부터 벗어나 마음이 편해지길 바
라는 사람이 과연 애도를 말할 수 있을까? 살인자가 피해자를 애도
해도 되는 걸까? 베티와 아기도 다시는 돌아올 수 없는 곳으로 갔
다. 하지만 그들을 생각할 때 헨리는 슬프지 않았다. 만약 그가 정
말 애도할 줄 안다면 그들도 애도해야 하는 것 아닌가?

"이리 와봐, 보여줄 게 있어."

헨리가 소냐의 손을 잡아끌었다.

그는 2층으로 올라가는 계단을 막고 있던 무거운 서랍장을 옆으

로 밀었다. 그 바람에 마룻바닥이 사정없이 긁혔지만 그는 상관하지 않았다. 소냐는 2층에 올라가고 싶은 생각이 전혀 없었다. 그의 아내가 2층에 살았다는 말을 들었거니와 1층만 해도 사우나 시설을 갖춘 욕실 두 개, 여러 개의 손님방, 나무 패널로 장식된 벽난로방, 특대형 파노라마 창문으로 둘러싸인 작업실이 있으니 위에 올라갈 필요가 없었다.

"뭔데요? 꼭 봐야 해요?"

소냐가 물었지만 헨리는 아무 대답이 없었다.

"잠깐만요. 뭐 좀 걸치고 올게요."

헨리는 그녀가 목욕가운을 입고 돌아올 때까지 기다렸다가 그녀에게 손을 내밀었다. 그녀는 그의 손을 잡고 어두운 2층으로 가는 계단을 밟았다.

만신창이가 돼 있는 2층을 보고 놀란 소냐는 얼른 손으로 입을 가렸다. 지붕 밑 천장은 완전히 허물어졌고 길게 찢긴 파란색 비닐이 미역줄기처럼 흔들리고 있었다. 방을 나누던 벽도 모두 쓰러졌고 유리섬유 사이로 전기선과 수도관이 다 드러나 있었다. 기와와 널빤지 틈으로는 비가 들이쳐 벽과 마룻바닥이 지저분하게 얼룩져 있었다. 대들보를 톱으로 썰었는지 큰 조각들이 여기저기 흩어져 있었다.

"견고성이 좀 떨어졌어. 들려? 옛날엔 이런 소리 안 났거든."

헨리가 마룻바닥 위에서 발뒤꿈치를 올렸다 내렸다 하며 말했다.

"누가 이런 거예요? 이걸 다 당신이……."

헨리는 허물다 남은 나무벽을 가리켰다.

"여기가 마르타의 방이었어. 그놈이 처음엔 이 위에 있었거든. 그러다 천천히 지붕 뒤쪽으로 이동하더라고. 저기 완전히 뒤쪽까지……. 이리 와봐. 지금 그놈이 어디 숨어 있는지 보여줄게."

그가 손을 잡자 그녀는 손을 빼냈다.

"누가 숨어 있다는 거예요?"

"담비 말이야. 아직도 여기 살고 있지만 내가 꼭 잡고 말 거야. 잡아서 가죽을 벗긴 다음 구워서 먹어버릴 거야. 그리고 구덩이에 똥으로 쌀 거야."

소냐는 계단 쪽으로 뒷걸음질 쳤다.

"담비 한 마리 때문에 집을 이 모양 이 꼴로 만들었다고요?"

"쉿!"

헨리는 손을 들어 그녀를 제지하더니 가만히 귀를 기울였다.

"난 아무 소리도 안 들려요."

그녀가 속삭였다. 그의 눈동자가 한쪽으로 쏠린 채 기묘하게 빛났다. 그는 여전히 팔을 올린 채 소리에 집중하고 있었다. 바람에 비닐이 부스럭거렸다.

"바람소리예요, 헨리."

헨리는 고개를 끄덕였다.

"놈이 멈췄어. 우리가 온 걸 알아챘나봐."

"이제 그만 아래로 내려가요. 네?"

헨리는 그녀의 얼굴을 지그시 쳐다보았다.

"지금 무슨 생각 하는지 알아. 사실 나도 담비가 실제로는 없는 거 아닌가 하는 생각이 들 때가 있어. 그렇지 않다면 지금까지 못 잡았을 리가 없잖아? 사실은 거의 잡을 뻔했었는데 놈이 날 물었다니까. 이것 봐."

그는 소매를 걷어 올리고 담비에게 물린 자국을 보여주었다. 그리고 작게 잘린 각목 하나를 구두 끝으로 밀었다. 그 밑에는 짐승의 것으로 보이는 적갈색 똥 한 무더기와 털이 놓여 있었다. 헨리는 그 앞에 쭈그리고 앉았다.

"담비 똥이야. 냄새도 나지 않아? 이걸 보고도 환영이라고 할 거야?"

소녀는 그의 아래턱이 갈리는 소리를 들었다.

"도움을 받으세요. 이건 혼자 할 수 있는 일이 아니에요. 그 누구도 못해요. 자, 어서 내려가요."

"내가 무서워?"

그녀는 뒤돌아 계단을 내려가기 시작했고 그는 그 자리에 선 채 그녀의 뒷모습을 지켜보았다. 욕실로 들어간 그녀는 목욕가운을 벗고 서둘러 옷을 입었다. 그녀가 나왔을 때 그는 계단 앞에 다시 서랍장을 밀어놓고 있었다. 그녀는 그를 도우려 했다. 그를 구하고 싶었다. 하지만 그는 말없이 부엌으로 가서 꿩의 다리를 뜯기 시작했다.

낮잠을 자던 헨리는 전화벨 소리에 잠이 깼다. 병실에 있는 파시였다.

"옌센이라는 형사가 찾아왔습니다. 하이든 씨에 대해 캐묻더라고요…… 여보세요? 전화 받고 계신 겁니까?"

파시는 헨리가 아무 반응도 보이지 않자 확인차 물었다.

"네, 듣고 있습니다."

"살인전담반 형사였어요. 제가 사고 났을 때 하이든 씨가 우연히 현장에 있었던 건지 묻더라고요. 그리고 우리가 어떻게 아는 사이인지도요. 제 생각엔 문제가 좀 있을 것 같습니다."

"제가 미행한 것 알고 계셨죠? 그래서 모퉁이에서 절 기다리고 계셨던 거죠? 제 말이 맞죠?"

헨리가 병실 침대에 다가앉자 파시가 말을 이었다. 병실 창문에는 커튼이 쳐져 있었고 침대 옆 탁자에는 책과 잡지가 수북이 쌓여 있었다. 헨리는 감정의 동요 없이 온화한 표정이었다.

"왜 브레이크를 밟지 않았습니까?"

파시는 어설프게 헛웃음을 쳤다.

"그건 전에도 한번 물어보셨죠. 저도 잘 모르겠습니다. 뭐 인생이란 게 언젠가는 끝나는 거니까요. 그건 그렇고, 우리 전에 한 번 만난 적이 있습니다. 아마 기억 못 하실 겁니다."

헨리는 무게중심을 다른 발에 놓더니 다리를 꼬았다. 그리고 나지막하게 말했다.

"성 레나타. 네가 침대 2층을 썼었지."

파시는 밀려오는 감회에 눈을 감았다.

"네가 오기 전까지는, 헨리. 하지만 지금은 그런 어두웠던 시절 얘기를 할 때가 아니야."

파시는 『컨트리리빙』에서 오려낸 사진을 집어들었다.

"부인을 잃었지?"

헨리는 고개를 끄덕였다.

"상심이 크겠다. 상냥하고 똑똑해 보이는데. 개는 잘 있니?"

헨리는 그 사진을 달라고 해서 보더니 침대 위에 내려놓았다. 그의 얼굴에 낙서가 되어 있었지만 거기에 대해서는 아무 말도 하지 않았다.

"폰초? 아주 잘 있어."

파시는 침대 각도를 조절하려고 손으로 침대 옆을 더듬었다.

"이 병실도 그렇고 네가 베풀어준 은혜를 어떻게 다 갚아야 할지 모르겠다."

헨리가 뭐라고 말하려 했지만 파시는 손을 내저었다.

"그 옌센이라는 형사가 그러는데 네 소설 담당 편집자가 살해당했대. 그 사람은 내 사고와 네 부인이 죽은 일, 그 여자가 죽은 사건 사이에 관계가 있다고 생각하는 것 같았어."

"아무 관계도 없어."

"난 네 말을 믿지만 그 사람은 믿지 않을 거야. 경찰이 한번 쑤시기 시작하면 뭐라도 찾아내게 돼 있거든. 내 차 안에 갈색 가방이 있었는데 내가 너에 대해 찾아낸 자료가 모두 그 안에 들어 있었어. 이 사진…… 내 갈색 가방 속에 들어 있던 거야. 그 형사가 갖다 줬는데 내 갈색 가방은 못 찾았다고 하더라고. 내 생각엔 경찰이 다 가지고 있는 것 같아."

파시가 침대 위의 사진에 손을 얹으며 말했다.

"나에 대해 뭘 찾아냈는데?"

"과거. 너희 부모님에 관한 법률 서류, 네가 보육원을 옮겨 다닌 과정, 그리고 작가로서 성공한 이야기. 내가 찾을 수 있는 건 다 찾아서 모았어."

"뭐 하러?"

헨리의 말투는 지극히 차분했다. 파시는 침대를 더 앞으로 세웠다. 다리부목에서 자그맣게 딱 하는 소리가 났다.

"널 죽여버리려고. 네가 못 견디게 부러웠거든. 그리고 내가 복수 생각만 하는 치졸하고 못난 루저이기 때문이겠지. 난 이제까지 살면서 이룬 게 하나도 없어. 나도 너처럼 되고 싶었어. 사람이라면 누구나 뭔가 이루고 싶잖아? 난 끔찍하게 외로웠어. 오죽하면 미스 왕이라는 실리콘 인형이랑 같이 살았겠니?"

파시의 자조적인 웃음 사이로 발작적인 기침이 일었다. 그가 물 컵을 향해 손을 뻗자 헨리가 물컵을 건네주었다. 그는 단숨에 컵을 비웠다.

"난 네 성공을 시기했어. 시기라는 건 암보다 더 무서운 거야. 이런 말이 위안이 될지 모르겠지만 나도 많이 괴로웠어. 난 네가 망하는 꼴을 보고 싶었고, 그래서 그걸 밝혀내려고 했어. 네가…… 그 소설들을 직접 쓴 게 아니라는 걸. 날 용서해줄 수 있겠니?"

파시는 마지막 진실 한 방울을 힘겹게 내뱉고 침대에 등을 기댔다. 드디어 말했다. 지친 그는 눈을 감고 셋까지 셌다. 눈을 감아도 헨리를 향해 질주하는 자신의 모습이 보이지 않았다. 편안한 어둠에 감싸인 기분이었다. 그가 눈을 떴을 때 헨리는 창가에 서서 공원을 내려다보고 있었다.

"미스 왕 말이야, 적어도 예쁘긴 했겠지?"

"예쁘다고? 예쁜 정도가 아니지. 환상적인 미모야. 거기다 IQ도 90-60-90이라고! 뭐 지금은 불타버렸지만."

"안됐네."

"됐어, 우리가 언제부터 그런 말 하는 사이였나? 참, 그러고 보니 미스 왕 할부금도 아직 다 못 갚았네."

파시는 제 말에 웃음을 터뜨렸고 갑자기 웃는 바람에 허파에서 고름이 한꺼번에 튀어나와 기도가 막히고 말았다. 파시의 얼굴은 순식간에 시퍼렇게 변했다. 헨리는 비상 버튼을 눌러 간호사를 불렀다. 앞머리를 가지런히 자른 간호사가 들어와 파시에게 산소마스크를 씌우고 침대를 제 위치로 내렸다.

"파시 씨, 똑바로 누워 계셔야 해요."

그녀는 야단치듯 말하고 시트를 매만졌다. 헨리는 허리를 숙이고 있는 그녀의 동그란 엉덩이를 쳐다보았다. 그녀는 그 시선을 의식했는지 허리를 펴고 옷매무새를 바로했다.

"파시 씨, 더 필요하신 거 있으세요?"

그녀는 호기심 어린 시선을 헨리에게 던진 뒤 파시의 대답을 기다리지 않고 방을 나갔다. 두 남자는 그녀가 나가기를 조용히 기다렸다.

"난 저 여자 볼 때마다 심장이 터져 죽을 것 같아. 저 여자에 비하면 미스 왕은 시골 촌닭이지. 흠, 그래도 미스 왕이 사람 말을 잘 들어주긴 했지."

파시는 한숨을 푹 쉬었다. 헨리는 다시 침대 옆 의자에 앉았다.

"기스베르트, 나에 대해 뭘 알고 있지?"

21

패뢰르 섬 서쪽 북대서양 어디쯤에선가 저기압이 발생했다. 그 계절에는 드문 일이었다. 따뜻한 공기기둥이 솟구쳤고 하강하는 기압 때문에 차가운 공기가 유입됐다. 바람이 불자 수천만 톤의 미세한 물방울이 위로 올라가 얼음알갱이로 변하더니 시계 방향으로 회전하기 시작했다. 점점 속도가 빨라지는 가운데 저기압골은 동쪽으로 이동했다. 그로부터 한 시간 뒤 해상기상청은 스코틀랜드 해안 무선기지국에 폭풍주의보를 전달했다.

헨리는 자기 집 정원에서 열매가 주렁주렁 열린 체리나무 옆에 자리를 잡고 85밀리미터 렌즈를 장착한 캐논 카메라의 초점을 열려 있는 헛간 문에 맞췄다. 그리고 얼굴 앞에서 윙윙거리는 모기를 손으로 쫓으며 기다렸다. 헛간 문을 통해 보이는 형상은 미동도 없이 서 있었다. 마치 자기 그림자를 밟고 서 있는 듯했다. 몸통도 투명하지 않았다. 부분적으로 빛이 반사돼 조금씩 알아볼 수 있었다. 하지만 얼굴 반쪽은 여전히 보이지 않았다. 헨리는 다시 한 번 셔터를 눌렀다. 카메라 화면을 보니 역시나 형상 없이 헛간 문만 찍혀 있었다.

아무리 현대적 기술의 디지털카메라라고 해도 환영이 찍히지 않을 거라는 건 헨리도 처음부터 알고 있었다. 하지만 이런 방법으로 환영을 지울 수 있지 않을까? 얼마 전 법의학 잡지에서 읽은 바에 따르면 신체 부위가 절단된 사람들이 가상의 고통을 느낄 때 의수나 의족을 달아주면 그 고통이 멈춘다고 했다. 두뇌가 인공보장구를 받아들이고 고통 명령을 거둔 것이다. 즉, 두뇌는 보조수단으로도 만족한다는 뜻이었다.

그는 이 단순한 논리에 따라 자신의 환각을 카메라로 찍었다. 사진 속에 환각이 찍히지 않는다는 것, 즉 환각이 실재하지 않는다는 것을 자신에게 증명하기 위해서였다. 그가 이미 알고 있는 것을 두뇌가 받아들인다면 환각이 그칠지 모른다는 게 그의 계산이었다.

폰초는 그늘에서 멕시코 기차역의 관리인처럼 늘어지게 자고 있었다. 어쩌다 한 번씩 뭔가 지나간다 싶으면 한쪽 눈만 살짝 떴다가 다시 감았다. 개의 세계에는 보조수단도 투영도 없을 것이다. 그저 맘에 들거나 맘에 들지 않는 것이 있을 뿐이겠지. 헨리는 카메라를 삼각대 위에 올리고 타이머를 10초로 맞췄다. 그리고 헛간을 등지고 돌아서서 눈을 감은 채 찰칵 소리가 나기를 기다렸다.

오브라딘은 '드리나'의 새 디젤엔진을 가동시키다 무전기에서 흘러나오는 폭풍주의보를 들었다. 기압계를 보니 한 시간 동안 무려 3헥토파스칼의 기압 상승이 있었다. 날씨가 급변한다는 뜻이었다. 돌풍을 동반한 폭풍이 북해 남쪽으로 방향을 틀었고 한랭전선이 이미 셰틀랜드 군도(영국 최북단의 제도_역주)를 넘어섰다. 스타방게르(노르웨이 남서부의 도시_역주)까지의 배 운행도 끊겼다. 오늘 밤쯤에는 해안에 폭풍이 들이칠 것이다. 모터에 발동이 걸렸다. 배는 잿빛 연기를 내뿜으며 안정적으로 달리기 시작했다. 오브라딘은 유압계를 확인한 후 배 옆구리에 손을 대보았다. 역시 볼보 엔진은 그를 실망시키지 않았다. 선체에 떨림이 거의 없었다. 하지만 마누라가 로또에 당첨됐다는 말은 사실이 아닐 터였다.

같은 시각 옌센은 도로변 콘크리트 기둥에 빨랫줄을 묶어놓고 난간을 넘어 천천히 절벽으로 내려가고 있었다. 도로변에 서 있다 갈색 물체가 절벽 틈에 끼여 있는 것을 보고 그것을 보러 가는 것이었다. 절벽 틈까지 간 그는 배를 깔고 엎드려 어두운 틈 안을 들여다보았다. 가죽처럼 은은히 반짝이는 물체에 쇳조각 같은 것이 붙어 있었다. 녹이 낀 놋쇠 같기도 했다. 가만히 보니 거기에 손잡이가 달려 있었다. 옌센은 기뻐하며 틈 속으로 팔을 집어넣었다. 가방 손잡이까지 한 뼘 정도가 모자랐다. 그는 운동화와 양말을 벗고 발가락으로 꺼내보려고 했지만 종아리가 너무 굵어서 좁은 틈으로 들어갈 수가 없었다. 머리 위에서는 쌩쌩 달리는 자동차 소음이 들렸다. 파시가 교통사고를 낸 곳이었다. 옌센은 욕설을 중얼거리며 나뭇가지를 찾아 두리번거렸다. 하지만 식물이 잘 자라지 않는 절벽 주변이라 적당한 것이 없었다. 그러다 5미터 정도 떨어진 곳에 있는 말라빠진 나무덤불을 발견했다. 거기 달린 가느다란 가지면 얼추 길이가 맞을 것 같았다. 그는 허리에 빨랫줄을 묶고 단단히 묶였는지 확인한 다음 절벽 위로 기어가기 시작했다.

헨리의 휴대전화가 울렸다. 호노르 아이젠드라트가 흥분해서 약간 쉰 듯한 목소리로 말했다.

"헨리, 찾았어요! 원고 찾았어요!"

헨리는 카메라를 바닥에 내려놓았다.

"어디서요?"

"베티 사무실에서요. 그 데이터 저장하는 작은 스틱 있잖아요. 세상에, 경찰이 오늘 아침에야 베티 사무실을 개방했거든요. 책상 위에 있는 작은 유리접시 위에 있었어요. 베티가 한 장 한 장 다 디지털화해서 저장해놨더라고요. 여긴 지금 환호성 지르고 난리 났어요. 대표님도 급히 출판사로 오고 계세요. '하얀 어둠', 이게 제목인가요?"

헨리는 귓불을 만지작거리며 입술을 깨물었다.

"네, 가제예요. 호노르, 제 생명의 은인이십니다. 정말 고맙습니다."

그는 최대한 기쁜 척하며 헛간 쪽을 흘깃 쳐다보았다. 형상은 사라지고 없었다.

"정말 다행이지 뭐예요. 괜찮으시면 바로 인쇄할게요."

"안 돼요! 제가 갈 때까지 기다리세요. 음…… 여기 집에 계신 손님만 보내고 제가 오늘 저녁에 출판사로 가겠습니다."

호노르는 잠시 말이 없었다.

"폭풍이 온다는데 운전하시려고요?"

"폭풍요?"

* * *

가방이 움직였다. 뾰족한 가지 끝이 손잡이 옆 쇠붙이에 낀 것이다. 옌셴은 조심스럽게 가지를 들어 올렸다. 이마의 땀이 눈으로 흘러내렸다. 희귀종 도마뱀이 바위 위로 기어갔지만 옌셴은 전혀 눈치채지 못했다. 그 순간 가지가 뚝 부러졌다.

"빌어먹을!"

옌셴은 '빌어먹을!'을 반복해 부르짖었다. 그래도 성이 안 풀리는지 가지를 틈 속에 던져버리고 주먹으로 바위를 쳤다. 그는 그 가지를 꺾는 데 꽤 애를 먹었다. 꺾었다기보다는 빙빙 돌려서 겨우 떼어냈는데 다 말라버린 식물이 어찌나 질긴지 15분이나 걸렸다. 뿌리에서 안 떨어지려고 그렇게 버티더니 막상 쓰려고 하자 성냥개비처럼 어이없이 부러지다니!

옌셴은 웃통을 벗었다. 바다 쪽에서 찬바람이 불어왔다. 수평선에 크게 먹구름이 일고 있었다. 그는 모래투성이 절벽에 몸을 찰싹

붙이고 틈 속으로 손을 집어넣었다. 그리고 가방에 조금이라도 더 닿으려고 크게 숨을 내쉬었다. 드디어 손끝으로 가방 손잡이를 잡고 위로 끄집어냈다. 그것은 인조가죽으로 된 여성용 핸드백이었다. 내용물은 완전히 부패했고 죽은 곤충들만 쏟아져나왔다. 바싹 마른 곤충 사체들은 가루가 되어 바람에 날아갔다.

헨리는 기름통 뚜껑을 열었다. 그리고 종이로 가득한 파시의 가방에 고급 가솔린 반 리터를 다 부었다. 그리고 다시 뚜껑을 닫은 다음 성냥개비에 불을 붙였다. 성냥불은 바람 때문에 금세 꺼졌다. 네 번째에야 불이 붙었고 펑 하는 묵중한 소리와 함께 가방이 불길에 휩싸였다. 검은 연기가 피어올랐다. 그는 가방이 검게 타들어가는 것을 지켜보았다. 바람에 불길이 화르르 솟구쳤다. 잠에서 깬 폰초는 이리저리 뛰어다니다 바람을 향해 컹컹 짖었다.

딸기나무 가지가 땅에 닿도록 휘었고 지붕 위로 구름이 빠르게 흘러갔다. 헨리는 지붕창이 열려 있는 것을 보았다. 그가 시작한 철거 작품을 이 폭풍이 완성할지도 모르겠다는 생각이 들었다. 마르타의 마지막 메시지는 '어떻게 끝날지 알겠어?'였다. 그것은 한번 시작된 것은 언젠가는 끝나야 한다는 경고, 아니 비전이었다.

* * *

15년 전 1월에 있었던 해일 이후 지역의 재난대응책은 꾸준히

강화돼왔다. 당시에는 아무런 대책도 없는 무방비상태에서 허리케인의 직격탄을 맞았다. 처음에는 부둣가의 어선들이 바다로 풀려나가 이리저리 쏠려 다니다가 기괴한 쓰레기 더미로 변했다. 그다음에는 항구에 위치한 역사적 건물들이 쓰러졌고 마을회관 앞 너도밤나무들이 들꽃처럼 송두리째 뽑혀나갔다. 돌풍이 수의처럼 끌고 온 해일은 도로를 뒤집어엎고 작은 공동묘지의 무덤들을 휩쓸어갔다.

헨리가 시내에 나갔을 때 대로변의 집들은 거의 다 창문을 널빤지로 막아놓은 상태였다. 일몰 시간까지 아직 두 시간이나 남았는데도 날은 어두웠고 강도 7, 8의 돌풍을 동반한 거센 비가 내리고 있었다. 트럭에 모래포대를 싣고 다니며 집집마다 던지던 남자들은 거센 바람에 차체를 붙잡아야만 했다. 헨리는 엘레노어 린즈 시장이 자율소방대원복을 입고 서 있는 교통통제선 앞에서 차를 멈췄다. 차창을 조금 내리자 빗물이 얼굴로 사정없이 튀었다.

"뭐 도울 일 없습니까?"

"강아지 손이라도 빌려야 할 판이에요. 오브라딘 부인이 창문을 막고 있던데 가서 좀 도와줘요."

시장이 도로 저편을 가리키며 말했다.

"소냐는 어디 있습니까?"

"소냐는 잊어버려요. 나이 차이가 너무 많아요."

시장은 차 지붕을 두드리며 지나가라고 손짓을 했다.

헬가는 혼자서 생선가게 창문에 덧창을 끼우느라 고군분투하고 있었다. 키가 작고 힘이 없는 그녀에게 무거운 나무판을 제자리에 끼우는 일은 너무 힘들었다. 헨리는 가게 앞에 차를 세웠다. 내리자마자 온몸이 비에 젖었다. 그는 헬가에게 덧창을 받아 들고 바람 부는 방향으로 뒤집었다.

"오브라딘 어디 갔어요?"

헨리가 한껏 소리를 높여 물었다. 헬가는 어깨를 으쓱하며 뭐라고 말했지만 헨리는 무슨 말인지 알아듣지 못했다. 두 사람은 두 번 실패한 끝에 덧창을 제자리에 끼웠고 헬가는 쇠고리를 채웠다. 헨리는 마구 짖어대는 개를 차에서 끌어내 생선가게 안으로 들어갔다. 겁먹은 개는 작은 강아지처럼 낑낑거리며 구석으로 가서 엎드렸다. 헨리는 생선 매대가 깨끗이 비어 있는 것을 보고 놀랐다.

"무슨 일 있어요? 오브라딘은 어디 있어요?"

헬가는 손등으로 얼굴을 닦았다. 그것이 빗물인지 눈물인지 알 수 없었다.

"어딜 갔겠어요? 애인한테 갔지! 이 미친놈이 또 술을 푸기 시작했어요. 종일 그 빌어먹을 배에 처박혀서 새 엔진만 만지작거리고 있어요. 세상에 그것밖에 없다는 듯이요. 그 사람 날 버리고 갈 것 같아요. 꼭 말을 해야 아나?"

'드리나'는 하얀 물거품이 솟구치는 바다 위에서 위태롭게 춤추고 있었다. 돛대는 마치 메트로놈처럼 파도치는 대로 이리저리 흔들렸다. 라이트가 켜져 있었고 시동도 걸려 있었다. 헨리는 바람에 날려 바다에 떨어질까봐 한껏 자세를 낮춘 채 방파제를 넘어갔다. 배는 사람 키만 한 말뚝에 달랑 밧줄 두 개로 묶여 있었다. 선체와 방파제 사이에서는 분수처럼 물보라가 일었다. 말뚝이 늘어선 곳까지 간 헨리는 잠시 말뚝 하나를 붙잡고 있다가 네 발로 부교 위를 기어 흔들리는 배 안으로 들어갔다.

오브라딘은 어부용 방수복을 입은 채 엔진 옆에 엎드려 있었다. 배 안에는 이미 물이 꽤 들어와 있었다. 헨리는 그를 똑바로 눕혔다.

"어이, 친구, 밧줄 풀어. 드라이브 가자고!"

오브라딘이 혀 꼬부라진 소리로 말했다. 점심때 먹은 양파와 샐러드가 얼굴과 가슴에 붙어 있었다.

헨리는 오브라딘을 일으켜 앉혔다. 그러자 오브라딘의 입에서 천둥 같은 트림 소리가 났다. 헨리는 손등으로 그의 뺨을 찰싹찰싹 때렸다.

"멍청한 짓 하지 말고 어서 뭍으로 가. 마누라를 불행하게 만들고 싶어?"

"그 여자가 불행에 대해 뭘 알아? 나 내일 들어간다고 해."

엔진실에 물이 쏟아져 들어왔지만 오브라딘의 눈은 다시 스르르 감겼다. 헨리는 그를 흔들어 깨웠다.

"이 술주정뱅이야, 내일이 어디 있어? 폭풍이 불기 시작했다고. 계속 여기 있으면 다시는 돌아가지 못해!"

헨리는 오브라딘을 일으켜 세우려 했다. 그러나 육중한 체구의 그는 힘들이지 않고 팔동작 하나로 헨리를 밀쳐버렸다. 헨리는 엔진에 가서 부딪혔다. 오브라딘은 잠시 정신이 맑아지는지 벌떡 일어나 위협하듯 버티고 서서 주먹을 쥐었다.

"헨리, 우린 이제 끝났어! 줄 거 줬고 받을 거 다 받았어. 난 이제 빚진 것 없어."

그러더니 그는 눈알이 돌아가며 뒤로 쿵 쓰러져버렸다. 머리가 물속에 잠겼다.

마지막 대사 한번 죽이는군. 헨리는 머릿속으로 계산을 하고 있었다. 그렇다, 그들은 끝났다. 오브라딘이 죽으면 귀찮은 마지막 위험요소도 사라지는 셈이다. 디테일 속에서 범하게 되는 실수, 생각 없이 내뱉은 말 한마디, 기억하지 못하는 사소한 일들, 보이지 않는 작은 실수들 말이다. 이런 것들이 일을 망친다. 오브라딘은 물에 빠져 죽을 것이다. 인간적 요소들도 함께. 그 누구도 그의 죽음을 베티의 실종과 연관 짓지 못할 것이다. 그는 모든 것을 운명에 맡기고 배에서 나가기만 하면 된다. 이제까지 운명은 그를 실망시킨 적이 없었다. 그럼에도 불구하고 헨리는 벨트를 풀어 오브라딘의 몸통에 묶고는 배 밖으로 끌어내기 시작했다. 아마도 사람이 어쩌다 선해지는 그런 순간이었으리라. 헨리 자신의 생각도 그랬다. 잠시 선해졌을 뿐 그는 여전히 악인이었고 결국 죗값을 치르게 돼 있었다.

돌풍은 두 시간 동안 불어댔다. 무전기에서는 거의 1분에 한 번씩 기상특보가 흘러나왔다. '시속 120킬로미터의 강풍, 북 10에서 11, 서 소용돌이, 스카게라크(스카게라크 해협. 노르웨이, 스웨덴, 덴마크 사이의 해협_역주) 서 12, 북동 소용돌이, 11로 하강세.' 지친 헨리는 마을회관에 마련된 야전침대에 몸을 뉘었다. 옆 침대에는 오브라딘이 코를 골며 자고 있었다. 마을회관은 임시대피소로 변했다. 외벽은 철심을 넣은 콘크리트로 보강했고 문과 창문에는 알루미늄 블라인드가 설치돼 연합군이 비행기로 폭탄을 떨어뜨린다 해도 끄떡없을 것 같았다. 가끔씩 땅이 흔들릴 뿐 병원대기실에서 기다리는 것처럼 무료한 분위기였다. 여자들은 소곤거렸고, 남자들은 불평하듯 낮은 소리로 중얼거렸고, 아이들은 빽빽 울어댔고, 개들은 헐떡거리는 가운데 가끔씩 무전기에서 소리가 났다. '스카게라크서 11, 북동 소용돌이, 10으로 하강세…….' 이런 재난 상황도 죽기에 나쁘지 않은 조건이었다. 하지만 대헨리님은 그렇게 쉽게 죽지 않았다. 죽는 건 언제나 다른 사람들이었다.

린즈 시장은 소방대원복 차림으로 커피와 비스킷을 나눠주고 다녔다. 헨리는 소냐와 개에 대해 생각했다. 피로감에 눈이 스르르 감겨왔다. 흐릿하게 커피 주전자를 든 린즈 시장이 보였다. 그녀는 그 빌어먹을 자상함, 행복과 정의를 향한 의지, 그에게는 도저히 이해가 되지 않는 공동체의식으로 무장하고 있었다. 그는 문득 바지가 축축하다는 사실을 깨달았고 동시에 얼굴근육이 마비되는 것을 느꼈다. 그리고 눈을 감았다. 그는 어릴 적 부모님의 집으로 들어갔다. 그리고 그때 아버지가 했던 것처럼 천천히 계단을 올라갔다. 아이 방 문틈으로 불빛이 새어나왔다. 이불자락이 사각거리는 소리가 났다. 그는 문을 열었다. 매트리스가 젖어 있는 게 보였다. 어린 헨리가 또 오줌 싼 시트를 숨기려 하고 있었다. 그는 눈 밑에서부터 치밀어 오르는 분노를 느꼈다. 그리고 어린 헨리를 침대 밑에서 끌어냈다.

"왜 숨는 거냐? 학교는 왜 안 가? 밤마다 이불에 오줌은 왜 싸고? 빌어먹을, 네 엄마는 대체 어디 갔니?"

22

구름 한 점 없는 파란 하늘 위로 부러진 대들보 조각이 삐죽 솟아 있었고, 그 위에 단열용 유리솜이 걸려 있었다. 지붕골조는 바람에 흔적 없이 날아갔고 나무, 나뭇가지, 낙엽, 어디서 떨어져나왔는지 모를 조각들, 기왓장, 뿌리째 뽑힌 식물들, 많은 양의 유리가 정원에 널브러져 있었다. 헨리는 그 가운데서 죽은 담비를 발견했다. 목이 부러진 채 돌 틈에 끼여 있었다. 그는 개가 물어뜯을까봐 담비를 땅에 묻었다.

집은 손상을 입었지만 유리창 몇 개 깨진 것을 제외하면 멀쩡했다. 이건 마치 할부로 하는 이별 같았다. 처음에는 마르타, 그다음엔 베티, 그리고 이제 담비가 갔다. 더 이상 여기 남아 있을 이유가 없었다. 그는 집을 팔 생각이었다. 물론 손해를 보고 팔아야 하겠지만 결과적으로는 이득이었다. 이제 새롭게 시작할 시간이다.

폰초는 이리저리 돌아다니며 킁킁거렸다. 그리고 흥분해서 연신

꼬리를 흔들어댔다. 폭풍의 창조적 파괴력이 새로운 냄새들을 만들어낸 것이다. 개에게 있어 폭풍으로 난장판이 된 도시는 어지러이 썩어가는 것들의 냄새로 신세계나 마찬가지일 것이다. 헛간 벽이 살짝 무너지면서 사브가 피해를 입었다. 차 지붕이 찌그러졌고 앞유리가 깨졌다. 운전석 문은 살짝 열려 있었다.

"이리 와서 내 옆에 앉아봐."

헨리는 목소리가 나는 쪽으로 고개를 돌렸다. 그것은 마르타의 목소리였다. 그녀의 목소리는 언제나 그랬듯이 부드럽고 차분했다. 결혼해서 사는 동안 그녀는 한 번도 목소리를 높인 적이 없었다. 마르타는 운전석에 앉아 있지 않았다. 비물질적 존재는 장소에 구애받지 않으니 이상할 것도 없었다.

"작가놀이 하는 것도 이제 지겹네."

그가 단호하지만 조용히 말했다. 귀신은 정중하게 대해야 하는 법이다. 그리고 너무 아이 다루듯 해서도 안 된다.

"당신이 원한 일이었고 난 당신 뜻을 따랐어. 하지만 이제는 당신이 없잖아. 더 이상 작가 노릇은 하기 싫어."

"그럼 어쩌려고?"

"글쎄, 구체적인 건 모르겠고 일단 끝을 맺어야지."

* * *

지역신문에 보니 폭풍 피해는 예상보다 그리 심각하지 않았다.

보험회사들로선 자연재해 보상규정의 역사가 새로 씌어진 날이었고, 주주들은 대박 났다고 할 수 있었다. 피해를 입은 사람들은 대부분 비싼 보험을 들 여력이 없는 소시민들이었다. 어선 여러 척과 항구시설, 학교건물, 해안 주변의 다리가 붕괴되거나 손상됐다. 다국적 기업인 보험회사들로선 결코 큰일이 아니었다. 지역소식란에 이런 기사가 실려 있었다.

"……특히 피해가 심한 해안에서 어제 해안보호 자원봉사자들이 고물이 된 승용차를 발견했다. 승용차 안에는 여성의 시체가 들어 있었고 경찰 강력반이 이미 수사를 시작한 상태다."

결국 찾아냈구나. 그 시체가 누구고 누구 소유의 자동차에 타고 있는지 알게 되면 옌센은 어떤 표정을 지을까? 아마 당황하겠지. 마르타의 시체는 법의학과에서 봤던 통통한 익사체보다 훨씬 많이 부패했을 테니 자연재해에 의한 사고로 보기에는 좀 무리가 있을 것이다.

마르타가 발견됐다는 소식이 바로 오지도 않을 것이다. 경찰은 먼저 수사 전략을 짜기 위해 가장 타당해 보이는 추리를 할 것이다. 모든 범죄 뒤에는 보이지 않는 연관성들이 복잡하게 얽혀 있다. 하지만 범행 동기와 과정을 아는 사람은 범인뿐이다. 즉, 경찰이 타당한 가설을 세우기까지 시간이 한참 걸린다. 그리고 그 결과는 신통치 않을 것이다. 베티의 차에서 마르타가 죽은 것은 단순한 실수다. 상황들의 불행한 조합이라고나 할까? 그런 '실수'는 논리적 인과관계로 설명할 수 없다. 아마 초과근무만 줄창 하다가 수수께끼가 풀리지 않아 실망과 짜증만 늘어갈 것이다. 아마 그때쯤 되면 찾아오겠지. 진상 규명에서 가장 값진 것, 즉 범인이 가진 정보를 구하러 말이다. 헨리만이 그 모든 것을 해명할 수 있었다. 하지만 그는 해명할 생각이 전혀 없었다. 즉, 준비할 시간은 충분했다. 그는 효과가 입증된 방법으로 이 모든 귀찮은 일들을 떨쳐버리고 아무것도 모르는 척할 생각이었다.

그 후 며칠 간 그는 정원 청소를 하며 보냈다. 예상했던 대로 아무 일도 일어나지 않았다. 그는 사람을 불러 건물 피해 상황 견적을 낸 다음 보험회사에 보냈다. 그리고 리모델링할 건축가를 알아보았다. 그런 와중에 모리아니가 죽었다.

클라우스 모리아니는 베니스의 병원에서 죽었다. 그리고 죽기 전 병상에서 그의 비서였던 호노르 아이젠드라트와 결혼하고 출판사와 개인 재산 전부를 유산으로 물려주었다. 그녀는 남편의 시체를 옮겨와 가족묘에 안치할 준비를 했다. 모리아니의 장례식은 죽은 지 일주일 후 직원들, 친구들, 작가들이 지켜보는 가운데 치러질 예정이었다. 그리고 유산에 관한 법률적 문제가 정리될 때까지 대리자격으로 출판사를 운영할 계획이었다. 호노르 모리아니는 여전히 행운목이 자라고 있는 비서실에 앉아 경영을 했다. 철제서랍장 속에는 출판사 경영에 필요한 기밀서류가 다 들어 있었다. 그녀는 돌아오자마자 원래 살던 집을 내놓고 죽은 남편의 저택으로 들어갔다. 그녀가 그 집에서 제일 먼저 한 일은 해충구제 회사에 전화해

식료품 창고를 소독한 것이었다. 그녀는 질서를 사랑하는 사람이었으므로 서재에 종유석처럼 군데군데 쌓여 있는 우편물들을 바로 정리하기 시작했다. 먼저 날짜별로 정리한 다음 심플한 고가구 책상 속에서 찾아낸 아즈텍 제물 모양의 칼로 편지를 한 장 한 장 뜯었다.

　장례식 이틀 전 헨리 하이든이 출판사에 나타났다. 그는 검은 양복 차림으로 나타나 호노르의 손에 입을 맞추며 친밀하게 인사를 건넸다. 그들은 건파우더 차(총알 모양으로 빚은 중국차의 일종_역주)를 마시며 고인에 대해 이야기했다. 호노르는 베니스에서 보낸 시간을 회상하며 모리아니가 간암에 걸린 사실을 털어놓았고 조반니 파올로 병원에서 그녀에게 청혼했다고 말했다. 헨리는 모리아니의 임스 의자에 앉아 그녀의 말에 귀를 기울였다. 친구이자 후원자였던 그를 생전에 다시 한 번 찾지 않은 것이 후회되고 부끄러웠다. 호노르는 그의 손등을 다독였다.

　"시간이 너무 짧았어요, 헨리. 그리고 그동안 안 좋은 일이 많았잖아요. 이해할 수 없는 끔찍한 일들 말이에요. 그분에게 가장 큰 선물은 새 소설의 원고였어요."

　"원고를 읽었습니까?"

　호노르는 미소 띤 얼굴로 고개를 끄덕였다.

　"네, 대표님이 인쇄해서 베니스 여행 때 가져갔어요. 둘이 함께 읽었어요. 정말 훌륭한 소설이에요, 헨리. 훌륭한 문학작품을 만들어냈어요."

"결말은요? 결말은 어떻게 생각하십니까?"

긴 침묵이 흐른 후 호노르가 입을 열었다.

"정말 놀랍게도 제가 우편물 속에서 찾아냈지 뭐예요."

그녀는 모리아니의 책상으로 가서 서랍에서 서류봉투를 하나 꺼내왔다. 손가락 반 마디 정도 되는 두께의 원고가 나왔다. 타자기로 친 것이었다. 헨리는 마르타의 타자기와 같은 활자체임을 바로 알 수 있었다.

"이거 말이에요, 읽을 때 기분이 아주 이상하더라고요."

그녀는 헨리에게 얇은 원고를 건넸다. 헨리는 귀가 뜨거워지는 것을 느끼며 의자등받이에 잔뜩 힘을 주었다. 마치 뜨거운 물에 적신 수건이 얼굴을 짓누르는 것만 같았다. 맨 위에 마르타의 손글씨로 쓴…… 이런 걸 뭐라고 해야 할까? 쪽지가 있었다.

헨리, 사랑하는 내 남편, 이로써 당신과 당신의 소설을 구합니다. 당신을 빈손으로 돌아서게 하는 일은 예전에도 할 수 없었고 지금도 할 수 없기에. 무슨 일이 있었는지, 오늘 무슨 일이 일어날지 나는 모릅니다. 하지만 당신을 처음 만났을 때 당신에게서 뿜어져 나오던 밝은 빛은 검디검었습니다. 당신이 걱정됩니다.

여기서 우리는 잠시 멈출 필요가 있다. 헨리가 우느라 아내의 쪽지를 계속 읽을 수 없었기 때문이다.

무엇이 당신을 타락으로 몰아넣든, 당신이 무엇을 사랑하든, 나는 당신의 광기 바깥에 있었습니다. 당신은 나를 보호해주었고 이해해주었고 내가 나 자신으로서 살 수 있게 해주었습니다. 당신은 당신 마음속 악령과의 음침한 만남에 서둘러 가느라 이 훌륭한 결말을 내던졌어요. 내가 잘 보관해두었다가 나중에 모리아니 대표님에게 보낼게요. 사랑하는 아내 마르타 드림.

사람들은 아직 경험해보지 못한 일에 대해 잘못된 선입견을 갖곤 한다. 하지만 막상 그 일이 눈앞에 닥치면 놀랍게도 친숙하게 느껴지는 경험을 한다. 호노르는 이제까지 남자가 우는 것을 본 적이 없었다. 헨리는 엄마를 찾는 아이처럼 소리 내어 엉엉 울었다. 만약 호노르가 손에서 부드럽게 원고를 빼내지 않았다면 원고는 수채화로 변했을 것이다. 그녀는 그가 실컷 울도록 조용히 문을 닫고 나갔다.

호노르는 그제 밤늦게 모리아니의 우편물 속에서 원고 마지막 장을 발견했다. 처음에는 뭔가 착각이 있었던 거라고 생각했다. 마르타의 글은 헨리에게 보내는 편지 형식으로 돼 있었기 때문이다. 하지만 봉투에는 분명히 마르타의 섬세한 필체로 모리아니의 집주소가 적혀 있었다. 분명 착각은 아니었다. 세상의 숨겨진 비밀을 간파하는 호노르가 이 사랑이 듬뿍 담긴 이별 편지와 마르타의 실종 사이의 연관성을 눈치 못 챌 리 없었다. 마르타는 헨리의 타락과 악령과의 음침한 만남을 언급했다. 그녀의 편지에는 불안한 예감이 담겨 있었다. 만약 호노르가 출판사의 경영인이 아니고 헨리가 그

출판사의 금송아지 같은 존재가 아니었다면 그녀는 벌써 경찰에 신고했을 것이다. 소설의 마지막 장은 현금수표와도 같았기 때문에 모든 도덕적 의구심을 넘어섰다. 그래서 호노르 아이젠드라트, 아니 호노르 모리아니는 경찰 대신 타로카드를 접견하기로 했다. 열한 번째 카드가 나왔다. 정의. 세상에는 저절로 없어지는 의심도 존재한다는 사실을 확인시켜준 카드였다.

* * *

조문객들이 거짓으로 슬퍼하고 상심한 척한다면 그건 고인의 탓일 가능성이 크다. 생전에 인간관계가 좋지 못했거나 잘못된 사람들과 사귀었거나. 클라우스 모리아니의 장례식은 그가 살았던 모습처럼 과장 없이 진솔한 눈물과 함께 치러졌다. 짙은 구름이 무겁게 드리운 초가을 하늘 아래 작은 묘지에는 수많은 사람이 모여들었다. 300명 정도 되는 조문객이 예배당에서 가족묘로 가는 길에 죽 늘어섰다. 그중에는 우산이 없는 사람도 많았다. 모리아니의 관이 사람들 사이로 지나가는 순간 비가 오기 시작했다.

헨리는 옌센이 경찰관 서너 명과 함께 멀지 않은 곳에 서 있는 것을 보았다. 검은 옷 일색의 사람들 속에서 그들은 바로 눈에 띄었다. 검은 옷을 입지 않았다는 것은 그들이 일 때문에 와 있다는 것을 뜻했다. 뭐 안 될 것도 없었다. 오늘은 죽음에 대해 이야기하기 좋은 날이니까. 오래된 플라타너스 아래 기스베르트 파시가 서 있었다. 파시는 헨리와 눈이 마주치자 멋쩍은 듯 짚고 있던 목발을 흔들었다. 멀리서 봐도 얼굴에 살이 붙었고 머리를 밀었던 부위에도 머리카락이 자라나 있었다. 조문객들은 차례대로 관 앞에 꽃을 던졌고 한 시간 정도 지나자 헌화가 모두 끝났다. 이윽고 행렬은 묘지 출구를 향해 움직이기 시작했다. 묘지 앞에는 다과가 차려져 있는 출판사로 조문객들을 실어 나르기 위해 셔틀버스 여러 대가 대기하고 있었다.

"부인을 찾았습니다."

헨리가 지나가자 옌센이 툭 내뱉었다. 옌센 자신도 그 순간 자신의 박정한 말투를 의식했는지 얼른 입을 다물었다. 어쩌면 헨리의 눈빛 때문이었는지도 모른다.

"이번에는 확실합니까?"

헨리가 물었다. 그러자 옌센의 상사, 앞에서 언급한 사건분석의 천재가 끼어들었다.

"저는 수사책임자인 아너 블룸이라고 합니다. 우리 직원의 직설적인 말투는 제가 대신 사과드리겠습니다."

헨리는 걸음을 멈췄다.

"이번에는 정말 찾은 겁니까?"

"확실합니다. 네…… 안타깝게도 그렇게 됐습니다. 이미 신원확인이 됐습니다."

"난 확인한 적 없습니다. 죽었습니까?"

"네, 안타깝지만 그렇습니다. 상심이 크시겠습니다."

"어디서 찾았습니까?"

"찾으려고 해서 찾아낸 게 아닙니다. 시체가 발견됐다고 해야 맞을 겁니다. 하지만 그 얘기는 서에 가서 조용히 하시죠."

"아내는 지금 어디 있습니까?"

"법의학과요."

행렬의 선두에 서 있던 호노르 모리아니가 헨리에게 다가왔다.

"무슨 일이죠?"

"마르타를 찾았답니다."

호노르는 경찰관들을 노려보았다.

"그 얘기를 하러 여기까지 찾아왔단 말씀인가요?"

"하이든 씨, 서에 가서 조용히 얘기하시죠. 오래 걸리지 않을 겁니다."

호노르는 헨리를 꼭 안아주었다.

"가세요, 헨리. 대표님도 그러라고 하셨을 거예요."

헨리는 호노르의 손에 입을 맞추고 옌센을 쳐다보았다.

"어느 쪽으로 가면 됩니까?"

"이쪽으로."

경찰관들은 묘지 옆문으로 가기 위해 조문 행렬과 마주보는 방향으로 그를 이끌었다. 곧 조문객들의 당혹스러운 시선이 헨리에게 집중됐다.

"마치 체포되는 것 같군요. 일부러 이러는 겁니까?"

"전혀 아닙니다. 일정 때문에 어쩔 수가 없었습니다. 하이든 씨의 도움이 필요합니다. 체포도 아니고 취조도 아닙니다."

그러나 그 상황은 '동네사람들 이것 보시오' 하는 것이나 다름없었다. 사실 그들은 셔틀버스가 있는 묘지 입구에서 기다릴 수도 있었다. 수사전략적 대화법에 관심 있는 사람이라면 블룸과 옌센이 마르타가 죽었다는 사실, 시체가 언제 어디서 어떻게 발견됐는지 언급하지 않았다는 것을 눈치챘을 것이다. 그들은 헨리에게서 범인만이 알고 있는 정보를 야무지게 뽑아낼 작정이었다. '비 마이 게스트, 머더퍼커스(Be my guest, motherfuckers).' 헨리는 속으로 되뇌었다. 그 또한 철저하게 준비된 상태였다.

파시를 발견한 옌센은 걸음을 멈췄다. 목발을 짚은 파시는 뻣뻣한 다리로 최대한 빨리 그들을 쫓아왔다. 파시와 옌센이 대화를 나누는 동안 헨리는 경찰관들에게 호위되어 묘지를 빠져나가 흰색 아우디 A6에 올라탔다. 파시는 혼자 남겨졌고 헨리는 다시는 그를 보지 못했다.

23

그들은 아무것도 몰랐다.

희미한 예감, 작은 단서 하나만 있었더라도 묘지에서 그렇게 어설프게 겁을 줄 필요는 없었을 것이다. 그들이 손에 쥔 것은 아무것도 없었다. 그들은 아무것도 몰랐고, 헨리의 상대가 못 됐다. 그들은 그저 주어진 일을 할 뿐이었고 실적이 필요했다. 범죄를 해명하는 일은 범죄를 저지르는 것만큼이나 힘든 일이다. 범죄자나 경찰이나 쉬는 시간에 돈을 받는다는 것만 빼면 똑같았다.

"새 책은 언제 나옵니까?"

차를 타고 가는 동안 옌센이 물었다. 실수를 만회하려는 기색이 역력했다.

"도서전에 출품될 겁니다."

"무슨 내용인지 물어봐도 되겠습니까?"

"뭐 안 될 것도 없겠죠?"

헨리는 창밖으로 시선을 던졌다. 회색 건물들이 스쳐 지나갔다. 길고 힘든 싸움이 될 것이다. 한꺼번에 네 명이 왔다는 것은 말 한 마디 행동 하나하나를 다 기억하겠다는 뜻이었다. 15킬로미터 정도 차를 타고 가는 동안 차 안에는 침묵이 흘렀다.

둥근 철망을 얹은 빨간 벽돌담은 도로를 따라 한참이나 이어졌다. 경찰서 건물은 제1차 대전 전에 병영으로 설계된 건물이었다. 건물들의 조화, 담, 나토 철망에서 아직도 패배한 포위전 분위기가 물씬 풍겼다. 차단기가 올라갔다. 헨리는 입속으로 중얼거렸다.

"성 레나타."

그들이 '회의실'이라고 부르는 방은 공기구멍이 나 있는 가스실이었다. 비닐장판이 깔린 바닥에는 커피 자국과 곰팡이가 핀 흔적이 여기저기 있었다. 방 중앙에는 회색 천으로 덮인 큰 접이식 칠판이 서 있었다. 헨리는 학생용 회전의자에 앉아 칠판을 바라보았다. 옌셴이 커피를 가져왔다. 가려진 칠판이 있는 방에 혼자 두는 것, 그것도 전략이었다. 아마 이것이 종교재판의 첫 번째 단계였으리라. 범인에게 고문기구를 보여주는 것만으로도 범인의 기를 꺾을 수 있다는 것은 중세 이후 쭉 기록에 남아 있다.

"질문을 알 수 없는 수많은 대답이 쌓여 있습니다."

아너 블룸이 입을 열었다. 헨리는 '어쭈, 제법인데'라고 생각하며 커피를 한 모금 마셨다. 커피는 적당히 뜨거웠지만 너무 연했다.

"갑자기 경찰서로 가자고 해서 놀라셨죠?"

"아니요, 괜찮습니다. 그런데 이유를 말해주지 않고 뜸을 들이시니 걱정스럽습니다. 아내에게 무슨 일이 생긴 겁니까?"

블룸은 옌센과 짧은 시선을 주고받았다.

"그 이유는 우리가 수수께끼 앞에 서 있다는 겁니다. 이 일을 오랫동안 해왔지만 이런 경우는 처음입니다. 하이든 씨의 도움이 필요합니다. 아내에 대해 잘 아셨을 것 아닙니까?"

"즉 범죄라는 말이군요?"

"왜 그렇게 생각하시죠?"

"왜냐하면 여기는 경찰서이고 형사님들은 살인전담반 소속이니까요. 제가 잘못 생각하는 건가요?"

"아주 틀린 건 아닙니다. 확실한 건 부인의 죽음이 자연사가 아니라는 겁니다. 그렇다고 자살도 아닙니다."

헨리는 옌센을 쳐다보았다. 그는 그 연한 커피를 홀짝이며 친절한 미소를 지었다. 그도 오늘 아침 한 여자 옆에서 잠이 깼을까? 신문을 읽었을까? 세탁기에서 축축한 빨래를 꺼내 널었을까? 6분간 삶은 달걀을 먹었을까? 아니면 4분간 삶은 달걀을 좋아할까? 경찰관과 범죄자가 다른 게 뭘까? 문명화된 인간과 그렇지 않은 인간의 차이가 뭘까? 달걀 삶는 시간, 그리고 본능에 지배받는 야생성의 차이 말고는 없지 않은가?

"옌센 씨에게도 말했지만 아내가 자살했다는 건 상상할 수도 없습니다. 아내는 행복했습니다, 아니 우린 행복했습니다. 절 혼자 두고 떠나버릴 사람도 아니고요."

다시 침묵이 흘렀다. 형사들은 헨리를 쳐다보기만 했다.

"이거 뭐 퀴즈 같은 겁니까? 아내가 어떻게 죽었는지 제가 알아 맞혀야 하는 겁니까?"

옌센은 커피잔을 탁자에 내려놓았다.

"부인의 자전거와 옷이 해변에 있었다고 하셨죠?"

"네, 그건 이미 얘기했습니다. 기억이 가물가물해지려고 하고 있지만 맞습니다, 해변에 있었습니다."

"부인은 해변에서 익사한 게 아닙니다. 동쪽으로 30킬로미터 떨어진 곳에서 죽었습니다."

형사들은 헨리가 이 말을 듣고 어떻게 반응하는지 살폈다. 헨리는 절벽에 있던 캠핑카와 솔방울을 던지며 놀던 벌거숭이 아이들을 떠올렸다.

"어떻게 그럴 수가 있죠?"

"저희도 그게 의문입니다. 부인은 자동차 안에 있었습니다. 안전벨트도 맨 상태였어요. 차에 탄 채로 절벽 아래로 추락한 겁니다."

헨리는 벌떡 일어섰다.

"그럴 리 없습니다!"

"왜죠?"

"아내의 차는 저희 집 헛간에 있으니까요."

"그건 부인의 차가 아니었습니다. 하이든 씨의 편집자 베티나 한 젠의 차였습니다."

블룸이 칠판 위에 덮여 있던 천을 단번에 걷어냈다. 초점이 정확하게 맞은 컬러 사진들이 붙어 있었다. 스바루의 전면, 측면. 물고기들에게 다 뜯어먹힌 마르타의 시체가 안전벨트에 의지한 채 운전석에 앉아 있었다. 살점이 다 떨어져나가 해골이 된 얼굴. 벌어진 입속에는 치아가 온전히 남아 있었다. 헨리는 눈을 감았다. 다시 소리 없는 영상이 눈앞에 떠올랐다. 마르타가 소리를 지르며 차창을 두드리는 모습, 차문을 열려고 애쓰는 모습, 차가운 바닷물이 그녀의 폐 속으로 들어가고…… 그녀는 죽어간다.

형사들은 그에게 시간을 주었다. 헨리는 말없이 사진을 보다가 형사들에게 등을 돌리고 창밖을 내다보았다. 창밖에는 휑한 뜰밖에 없었다.

잠시 후 옌센이 헛기침을 하고 말했다.

"절벽 해안에 산사태가 나면서 발생한 강한 중력 때문에 절벽 사이에 가라앉아 있던 차체가 수면 위로 떠올랐습니다."

"그 차가 누구 차라고요?"

"베티나 한젠, 하이든 씨의 편집자요."

헨리는 고개를 돌려 형사들을 똑바로 쳐다보았다. 형사들은 마치 태어나서 처음으로 밤의 여왕이 부르는 아리아를 듣는 귀머거리들 같은 표정을 지었다.

"이건 대답이군요. 이 대답에 대한 질문은 뭐죠?"

헨리가 나지막하게 물었다.

"질문은 이렇습니다. 하이든 씨, 돌아가신 부인이 왜 실종된 편집자의 차에 타고 있었는지 설명하실 수 있습니까?"

"아니요, 저도 이해가 안 됩니다. 미안하지만 저 칠판 좀 다시 덮어주시겠습니까? 보고 있기가 힘듭니다."

블룸이 눈짓을 하자 옌센이 다시 천을 덮었다.

"부인과 편집자가 서로 아는 사이였습니까?"

"만난 적이 있습니다. 얼마 전에 돌아가신 출판사 사장님 집 정원에서 열린 칵테일파티에서요."

헨리는 형사 하나가 재킷 주머니에 손을 집어넣은 뒤 바로 다시 꺼내지 않는 것을 곁눈질로 보았다. 분명 숨겨놓은 녹음기를 켜는 것이리라. 분위기가 점점 무르익어가고 있었다.

"두 사람은 함께 수영하러 가곤 했습니다. 전 한 번도 따라간 적이 없습니다. 마르타의 말로는 베티가 수영을 잘 못한다고 했습니다. 마르타는 수영과 산책을 무척 즐겼지요."

"메모해도 되겠습니까?"

옌센이 볼펜을 꺼내며 물었다.

"네, 그럼요. 저희는 뭐랄까, 아주 규칙적인 생활을 했습니다. 전 밤에 글을 썼고요. 밤에 아이디어가 가장 잘 떠오르거든요. 아침에는 늦게까지 잠을 잤습니다. 그동안 아내는 수영이나 산책을 하러 갔고요."

"어디로 산책을 갔죠? 정해진 루트가 있었습니까?"

"아내는 그런 성격이 아니었습니다. 그때그때 내키는 대로 갈 곳을 정했습니다. 사람들이 없는 외진 곳으로 다니길 좋아했죠. 자연을 사랑하고 혼자 있는 시간을…… 혹시 지도가 있습니까?"

형사들은 서로 얼굴을 쳐다보았다. 다음 순간 옌센이 재빨리 일어나 나가더니 잠시 후 다트구멍이 뚫린 지도를 들고 돌아왔다. 헨리는 그들이 지도를 바닥에 펼치느라 애쓰는 모습을 지켜보았다. 지도 위에 여러 개의 점과 선이 보였다.

"이 구멍들은 무시하십시오. 부인이 자주 가던 곳이 어딘지 아시겠습니까?"

"그럼요. 제게 산책 다닌 얘기를 많이 했거든요. 예를 들면 여기, 점이 많이 찍혀 있는 여기가 아내가 자주 다니던 곳입니다. 이곳 경치가 아주 좋다고 하더라고요."

헨리는 그들 옆에 쭈그리고 앉아 손가락으로 지도의 여기저기를 가리켰다.

"여기는요?"

블룸이 절벽 근처를 가리키며 물었다. 형사들은 소풍 나온 아이들처럼 들떠 있었다.

"마르타는 바다를 사랑했습니다. 높은 곳에서도 전혀 현기증을 느끼지 않았죠. 바닷가 높은 절벽을 따라 걷기를 좋아했습니다. 절벽에 너무 가까이 가서 보는 사람이 아찔할 정도였죠. 전 위급상황에 대비해 휴대전화를 사주려고 했습니다. 하지만 마르타는 싫다고 했습니다. 휴대전화를 싫어했거든요."

"정체 모를 발신인을 찾아냈어!"

남자화장실에서 블룸이 들뜬 소리로 외쳤다. 그러자 소변보는 데만 집중하고 있던 옌센이 툭 던졌다.

"그럼 위장이 완벽하고 위치 측정에 능하며 이중생활을 하고 있는 아기아빠가 마르타 하이든이라는 겁니까?"

이미 손을 다 씻은 블룸은 물기를 말리고 있었다.

"이봐 옌센, 훌륭한 수사관이 되려면 때에 따라서는 사고 모델을 버릴 줄도 알아야 한다고. 추상화시키라고."

평소 손을 씻지 않는 옌센은 상사가 옆에 서 있으니 손을 씻지 않을 수 없었다.

"그런데 왜 남편에게 전화를 하지 않고 하필 편집자에게 전화를 했을까요? 무슨 할 얘기가 있었을까요? 그것도 비밀스럽게."

블룸은 문고리에 손을 얹었다.

"그걸 알아내기 위해서 우리가 있는 것 아닌가? 자넨 아닌가, 옌센?"

두 형사가 다시 돌아왔을 때 헨리는 칠판에서 천을 걷어내고 사진을 보고 있었다.

"아내가 이 차에 타고 바다에 떨어졌다는 게 도저히 이해가 안 됩니다. 베티 차라는 건 확실합니까? 베티 말로는 도둑맞았다고 하던데."

"베티 한젠의 차가 맞습니다, 하이든 씨. 저희에게도 이 지점이 큰 문제입니다. 한젠 씨는 차량 도난 신고를 했지만 차 열쇠가 없는 상태였습니다. 당연히 없을 수밖에 없죠. 열쇠는 차 안에 꽂혀 있었으니까요. 그리고…… 보험회사에는 보상도 필요 없다고 했더군요."

옌센이 서류를 봐가며 말했다.

"이상하네요. 베티가 제게 말하기로는 아마 그 남자가……."

블룸이 손사래를 쳤다.

"차량이 도난당했다면 적어도 열쇠는 가지고 있어야 합니다."

열쇠에게 축복을! 헨리는 살면서 운명이 내미는 도움의 손길을 느낀 적이 많았다. 운명은 사람을 가리지 않고 작은 교정을 가했고 막다른 곳에 다다랐을 때 승자가 되어 그 상황을 벗어날 수 있게 해주었다. 모든 것을 계산에 넣었던 헨리도 미처 차 열쇠는 생각하지 못했다. 그리고 차 열쇠 같은 사소한 물건이 이렇게 큰 의미를 가지게 될 줄도 몰랐다. 어쨌든 이것은 그에게 엄청난 플러스 요소로 작용했다. 범죄자들, 특히 보험 사기범들은 잘 알겠지만 범죄 신화가 만들어지는 데 있어서 부차적인 것이란 없다. 그저 동등하게 중요한 디테일들이 있을 뿐이다.

"하이든 씨가 말한 그 정체 모를 남자의 존재도 신빙성이 없습니다."

"하지만 베티는 임신 상태였습니다. 그럼 아기 아버지가 누구란 말입니까?"

옌센이 뭐라고 말하려 했지만 이번에도 블룸이 가로막았다.

"저희는 이 문제를 푸는 데 하이든 씨가 도움을 주시리라 기대했습니다만……."

"도움요? 제게도 이름을 말하지는 않았는데요. 다른 사람에게 말을 했나요? 저는 잘 모르겠습니다."

"누군지 안 물어보셨습니까?"

"물어봤지요. 베티는 위험한 사람이라고만 했습니다."

"그게 하이든 씨를 말한 건 아닐까요?"

헨리는 소리 내어 웃었다.

"옌센 형사님은 저를 너무 과대평가하시는군요. 욕인지 칭찬인지 알 수가 없네요."

헨리는 이제 절벽에서 무슨 일이 일어났는지 형사들에게 말해줘야 할 때가 됐다고 생각했다. 블룸이 때맞춰 키워드를 꺼냈다.

"그러니까 돌아가신 부인이 하이든 씨의 편집자와 함께 수영을 하러가곤 했다는 말이죠?"

"네, 맞습니다. 그리고 틀립니다. 제 아내가 바로 편집자였으니까요."

헨리는 방금 한 말의 효과가 나타나도록 잠시 뜸을 들였다.

"아내는 제가 쓴 원고를 매일 봐주었습니다. 제가 못 보는 걸 아내는 볼 수 있었죠. 아내가 없었다면 소설을 단 한 권도 완성하지 못했을 겁니다. 제 생각엔 베티가 그것 때문에 괴로워했던 것 같습니다."

블룸은 생각에 잠긴 채 열 손가락을 둥글게 모았다.

"말씀 중에 죄송합니다만, 그럼 진짜 편집자는 뭘 했습니까?"

"아무것도 안 했죠. 베티는 야심만 많고 무능했습니다. 전 베티를 신뢰하지 않았습니다. 소설이 완성되면 제가 출판사로 가져갔고 베티는 그저 완성된 원고를 읽기만 했습니다."

"그럼 뭘 하고 월급을 받은 겁니까?"

이건 공무원들만이 할 수 있는 질문이었다. 헨리는 엷은 미소를 지었다. 공무원들이 문학에 대해 뭘 알겠는가?

"오해는 하지 마십시오. 전 베티에게 큰 신세를 졌습니다. 베티가 없었다면 지금의 저도 없을 겁니다. 왜냐하면 제 원고를 맨 처음 발탁한 사람이 바로 베티였거든요. 『프랭크 엘리스』 혹시 읽어보셨나요?"

"전 아직. 하지만 옌센 형사는 읽어봤습니다. 우리 서의 책벌레지요. 그 책을 읽었을 때도 엄청나게 칭찬하더라고요. 안 그래, 옌센?"

옌센은 아이 취급을 당하는 것 같아 기분이 상했다. 이건 살해 동기야. 자, 옌센, 어서 총을 꺼내 이 인간을 쏴버려. 그리고 뜰에 던져버리라고. 내가 축복해주지.

"마르타는 베티에게 소설이 얼마나 진행됐는지 얘기해주곤 했습니다. 아마 함께 수영을 하면서 말했겠지요. 베티는 상사인 모리아니에게 그대로 보고하면서 그것이 다 자신의 성과인 양 말했습니다. 전 그 사실을 알고 무척 화가 났습니다. 분노했습니다! 어떻게 남의 공을 그렇게 가로챌 수 있단 말입니까? 하지만 아내는 웃으며 그냥 놔두라고 했습니다. 다 자기 방식대로 사는 거고 누구나 좋은 면이 있는 거라고요. 아내는 그런 사람이었습니다. 언제나 사람의 장점만을 보려고 했지요. 지금 생각해보면 그건 실수였습니다."

헨리가 칠판의 사진들에 시선을 던지며 말했다.

"지난번에 소설이 사라졌다고 하셨는데 지금 다시 찾으셨지요?"

"네. 소설은 완성됐고 출판 일정까지 나와 있는 상태였습니다. 아내가 죽은 후 전 베티에게 오리지널 원고를 주면서 모리아니에게 갖다주라고 했습니다. 그런데 베티는 그렇게 하지 않았습니다. 아마 베티 차 안에서 함께 불탔을 겁니다. 베티에 관해서는 새 소식이 있나요?"

니들은 베티를 절대 못 찾을걸. 니들 스스로도 알고 있잖아. 헨리는 속으로 생각했다. 사실 그 자신도 오브라딘이 어디에 베티를 빠뜨렸는지 알지 못했다.

이윽고 옌센이 여기저기 널려 있는 수많은 대답들에 가장 잘 맞는 질문을 했다.

"원고는 어떻게 해서 다시 찾으신 건가요?"

"제가 찾은 게 아닙니다. 현재 출판사 대표인 호노르 아이젠드라트 씨가 USB 스틱 속에서 우연히 발견했습니다. 베티가 몰래 복사해놓은 거죠. 왜 그랬는지는 저도 모르겠습니다."

24

관은 거친 소나무로 만들어졌고 아주 작았다. 네 귀퉁이에 금속 징이 박혀 있었다. 헨리는 아내의 유해를 화장하기로 결정했다. 마르타도 그렇게 하기를 원했을 것이다. 이렇게 함으로써 그녀는 한순간의 온기, 한 줌의 재로 남게 됐다. 소각로의 무거운 쇠문이 열리자 엄청난 열기가 뿜어져나왔다. 자동레일 위에 놓인 관이 소각로 안으로 밀어 넣어졌다. 나무는 곧 활활 타올랐고, 하얗게 부서지는 빛에 헨리는 눈이 부셨다. 소각로 문이 다시 닫혔고 풀무가 작동을 시작했다. 처음부터 끝까지 컴퓨터로 작동되는 화장 시설이 움직이기 시작했다. 사람이 전혀 참여하지 않기 때문인지 이 화장 과정에는 왠지 모를 비장함이 깃들어 있었다.

마르타의 장례식은 모리아니의 가족묘에서 멀지 않은 곳에서 치러졌다. 인부들은 묘지 규정에 따라 미리 깨끗하게 파놓은 구덩이에 네모난 나무 테두리를 두르고 그 위에 인조잔디 매트를 덮고 있었다. 그리고 유골함을 가지고 왔다. 검은 화강암 비석에는 날짜 없이 마르타의 이름만 새겨져 있었다. 신문에 부고도 나가지 않았고 장례식에 초대된 사람도 없었다. 그는 홀로 아내의 유해를 묻으러 갔다. 거의 익명의 장례식에 가까웠다. 신을 믿지 않고 사후세계에도 관심이 없는 헨리는 신부도, 비문 읽는 사람도 부르지 않았다. 물조리를 들고 지나가던 낯선 여자 하나만 잠시 멈춰 섰다 남편의 무덤으로 향했다.

헨리는 유골함을 들고 구덩이 앞에 섰다. 엄청난 무력감이 밀려왔다. 앞으로 어떻게 살아야 할지 막막하기만 했다. 작가 노릇은 이제 끝났다. 소냐는 그 폭풍 이후 전혀 소식이 없었다. 아마도 헨리 같은 남자에게는 일상이라는 것이 없고 그저 단편적 삶이 이어질 뿐이라는 것을 깨달았으리라. 헨리는 완전범죄에 성공했다. 그리고 다시 혼자가 되었다. 더 이상의 소설은 없을 것이다. 그를 기다리는 여자도, 학교에서 돌아올 아이도 없었다. 집에서 그를 기다리는 것은 이제 개 한 마리뿐이었다. 경찰마저 언젠가는 그에게서 관심을 거둘 것이다. 헨리는 자신의 인생에서 꽤 재미있는 사기꾼 이야기 한 편 빼고는 남길 것이 없다는 것을 잘 알았다. 하지만 누구에게 그 이야기를 들려주겠는가? 이제 그가 할 수 있는 일은 사라지는 것뿐이었다. 인부들은 작은 구덩이에 흙을 퍼 담기 시작했다. 헨리는 말없이 그 모습을 지켜보았다.

옌센은 마르타의 자전거를 끌고 묘지 앞에서 헨리를 기다리고 있었다. 만성적인 공간 부족 현상에 시달리던 경찰서 증거보관소의 증축 공사를 앞두고 법적 연관성이 없는 증거물의 폐기처분 명령이 떨어지자 옌센이 자전거를 빼내 가져온 것이었다. 헨리는 오늘이 장례식인지 어떻게 알았느냐고 묻지 않았다. 용의자의 이동 경로 정도는 파악하고 있어야 형사들도 월급 받을 자격이 있지 않겠는가? 사실 사람들은 경찰이 그들의 예상보다 더 많이 알고 있으리라 생각하곤 한다. 옌센과 헨리는 함께 자전거와 옷가지를 트렁크에 실었다.

"대답에 대한 새로운 질문을 찾아내셨습니까?"

헨리가 트렁크를 닫으며 물었다. 옌센은 머리를 쓸어 넘겼다. 셔츠 소매가 팽팽해지며 훌륭한 이두박근이 두드러졌다.

"전 하이든 씨를 이해할 수가 없습니다. 이해하려고 해봤는데 안 됩니다."

"이해하고 말고 할 게 뭐 있습니까?"

"부인을 잃었는데 어떻게 그 끔찍한 사진들을 보고도 감정의 변화도 없고 눈물도 보이지 않을 수 있는지 이해가 안 됩니다."

"울면 눈물 때문에 앞이 안 보이잖아요."

옌센은 됐다는 듯 손사래를 쳤다.

"미행하던 사람의 목숨을 구하고도 아무 말 안 하고 그 사람 병원비까지 내주고. 생판 모르는 사람에게 왜 그런 호의를 베푸는 겁니까?"

헨리는 검은 양복재킷을 벗어 차 안에 던졌다. 그리고 옌센에게

성큼 다가섰다.

"옌센, 당신 형사 아니야? 인간 사냥꾼이잖아. 빌어먹을, 왜 쏘지를 못해?"

옌센은 한 발을 뒤로 빼며 가슴을 쑥 내밀었다.

"형사는 인간 사냥을 하는 게 아닙니다. 진실을 알아내는 거죠."

"나한테서? 내 안에 진실은 없어. 물고기들에게 뜯어 먹혔고 불속에서 타버렸어. 다 타서 재가 됐다고."

헨리는 옌센의 얼굴에 대고 소리쳤다. 그리고 잠시 후 다시 진정된 목소리로 말했다.

"당신 날 살인자라고 생각하죠? 잡아넣고 싶죠, 안 그래요? 그런데 당신 뭐하고 있습니까? 날 이해하려고 하고 있어요. 사냥하는 사람이면 그냥 사냥을 해요. 이해하려거든 당신 자신부터 이해하라고. 미리 말해두는데 내게서 진실 같은 거 찾을 수 없습니다. 그냥 대놓고 들짐승을 부르면 도망갑니다. 들짐승을 오게 하려면 먼저 안심시켜야 해요."

헨리는 그 말만 남기고 차에 타더니 시동을 걸었다. 옌센은 커다란 손으로 차 지붕을 짚으며 차 안을 들여다보았다.

"당신 어머니 어디 있어?"

＊ ＊ ＊

1970년대 큰 골함석 공장이 망하면서 몰락하기 시작한 마을은 죽은 듯 고요했다. 오후의 햇살이 서향으로 세워진 집들을 비추고 있었다. 나갈 사람들은 이미 다 나갔는지 남은 집은 몇 되지 않았다. 가슴께까지 자라난 나무울타리와 잔디가 깎여 있는 앞뜰이 드문드문 눈에 들어왔다. 도로를 따라 놓인 좁은 기찻길은 황폐해진 밭과 쓰레기 더미들과의 경계선이 되었다. 선로 위 횡목 사이에는 소리쟁이가 자라고 자작나무와 야생포도나무도 띄엄띄엄 자라고 있었다. 25번지의 철제 울타리문에는 자물쇠가 채워져 있었다. 울타리 뒤에는 나무덤불이 아무렇게나 자라고 있었고 집으로 들어가는 길에는 잡초가 무성했다.

"혹시 식물에 관심 있으세요? 여긴 거의 정글인데요. 낫 같은 건 안 가지고 다니죠?"

헨리가 열쇠를 자물쇠에 꽂으며 농담을 했다. 옌센은 자물쇠가 반짝거리는 새것임을 바로 알아챘다. 그들은 높이 자란 잡초를 헤치고 집으로 걸어갔다. 어디서 짐승이 움직이는지 풀잎 바스락거리는 소리가 났다. 곳곳에 흙더미가 높이 쌓여 있었다.

"저기가 야수가 살았던 곳이에요."

헨리가 정원 뒤쪽 개암나무 덤불 사이에 있는 낮은 나무판자 건물을 가리켰다. 옌센은 걸음을 멈추고 손으로 챙을 만들어 햇빛을 가렸다. 아직 그럴 시간이 아닌데 해가 무척 낮게 떠 있었다.

"어렸을 때는 저 안에서 잘 놀았습니다. 저 헛간이 내 궁전이었죠. 혹시 『미녀와 야수』읽어봤어요?"

옌센은 잠깐 생각하는 표정을 지었다.

"아니요, 영화로만 봤습니다."

헨리는 무성한 잡초를 헤치고 압축톱밥으로 만든 두꺼운 문으로 막아져 있는 집을 향해 계속 걸어갔다. 검정 양복에 도둑가시가 들러붙었지만 전혀 개의치 않았다.

"내가 어떤 역할이었는지 알아맞혀봐요."

"야수?"

헨리는 소리 내어 웃으며 사슬에 매달린 열쇠를 주머니에서 꺼냈다.

"그렇게 대답할 줄 알았습니다. 틀렸어요, 미녀였어요."

옌센은 야수가 누구였느냐고 물어보려다 그만두었다. 압축톱밥 문에 달린 자물쇠도 새것이었다. 옌센은 허리춤에 찬 권총을 더듬었다. 그리고 권총집의 단추를 풀어놓았다. 원래 현관문은 상처가 많고 거의 세로로 쪼개져 있었다. 원래 열쇠구멍이 있던 자리에는 경찰이 봉인한 스티커 흔적이 아직도 남아 있었다. 헨리가 문을 열었다.

"집에 손님이 온 게 얼마 만인지 모르겠네요. 들어오세요."

문이 열려 있어 현관에는 햇빛이 들었지만 집의 나머지 부분은 모두 어둠 속에 잠겨 있었다. 옌센은 재킷 안주머니에서 볼펜 모양 휴대용 전등을 꺼냈다. 문 앞에는 시멘트바닥이 아직 건재했지만 몇 발짝 들어가니 마룻바닥을 전부 들어내 철제 대들보과 널빤지로만 이어져 있었다.

"7년 전에 이 집을 샀는데 시 소유로 돼 있더라고요. 그때부터

아무도 안 살아서 그런지 아주 싼값에 샀어요. 이 근처 집들이 다
그래요."

헨리는 고양이처럼 균형을 잡고 널빤지 위를 걸었다.

"발밑 조심하세요."

옌셴은 손전등으로 널빤지 사이를 비춰보았다.

"저 아래는 창고입니까?"

헨리는 어느새 걸음을 멈추고 미동 없이 서 있었다.

"보일러실요. 미장도 안 했어요. 그냥 흙바닥에 진흙 벽입니다."

옌셴은 작은 부엌에 손전등을 비췄다. 여기도 오븐 바로 옆까지
바닥이 파헤쳐져 있었다. 바닥을 밟을 때마다 곤충 등껍질 부서지
는 소리가 났다.

"계단 구경하실래요?"

등 뒤에서 헨리가 물었다. 그를 따라 한때 식당이었을 법한 굴곡
진 방을 지나가니 난간이 달린 좁은 층계가 나타났다. 계단 폭이 옌
셴의 어깨넓이 정도밖에 되지 않았고 나일론 양탄자로 덮여 있었
다. 옌셴은 위를 올려다보았다. 경사가 가팔랐고 3미터 좀 못 될 것
같았다.

"여기요?"

헨리는 그를 지나쳐 계단을 올라가더니 아래를 내려다보았다.

"형사님이 서 있는 바로 그 자리에 우리 아버지가 누워 있었어
요."

옌셴은 손전등으로 헨리를 비췄다. 손전등을 조금만 움직여도

헨리의 모습은 어둠 속으로 사라졌다.

"그걸 봤습니까?"

"네, 그때 바로 여기 이 자리에 서 있었거든요."

옌센은 손전등으로 계단 위아래를 훑었다.

"그날이 어머니가 실종된 날이죠?"

"저번에도 말했지만 난 어머니가 멀리멀리 가버린 줄 알았어요. 오랫동안 어머니를 기다렸죠. 바로 이 집에서요. 하지만 어머니는 다시는 돌아오지 않았어요. 소식도 전혀 없었고요. 그게 30년 전 일입니다."

옌센은 계단을 올라갔다.

"그런데 그날 왜 거기 서 있었죠?"

"내 방이 여기였거든요. 이리 와봐요."

헨리가 작은 문을 열었다. 옌센은 그 옆에 서서 손전등으로 방 안을 비췄다. 바닥도 손상되지 않았고 널빤지로 막아놓은 창문 밑에 어린이용 침대도 있었다. 잘 정돈된 침대시트는 곰팡이와 쥐똥으로 시커멓게 변해 있었다.

"아버지가 날 찾으러 올라왔어요. 난 얼른 숨었죠."

"어디로요?"

"침대 밑으로요."

"왜요?"

"아버지는 화가 많이 나 있었고 내게 실망했거든요. 아버지는 날 침대 밑에서 끌어내더니 네가 후레자식인 걸 아느냐고 물었어요."

"후레자식요?"

"네, 후레자식."

"그래서 뭐라고 했어요?"

헨리가 웃었다.

"난 그때 열 살이었어요. 열 살짜리가 후레자식이 뭔지 어떻게 알겠어요. 그냥 뭔가 나쁜 거려니 했죠. 아버지가 내게 설명을 해주더군요. 다정하게 내 이름을 부르면서 조용히 말했어요. 넌 후레자식이다, 왜냐하면 네 엄마가 창녀니까. 넌 내 아들이 아니다. 난 그 말이 무슨 뜻인지 바로 이해했어요."

옌센은 귀 뒤를 긁적거렸다.

"아직도 그렇게 생각해요?"

"지금은 아버지를 이해합니다. 아버지는 내가 자기 자식이 아니라서 화가 났던 거예요. 그걸 알게 된 후 마음이 많이 아팠겠죠. 하지만 그때는 어려서 그런 줄을 몰랐어요."

"그래도 아버지라고 부르는군요."

"다른 아버지가 없으니까요."

"아버지가 그날 밤 왜 2층에 올라왔죠?"

"날 데리러 온 거였어요. 난 계단까지 끌려나와서 난간기둥을 꽉 붙잡았어요. 아버지는 온 힘을 다해 날 끌어당겼어요. 그 바람에 내 잠옷이 찢어졌어요. 옷에 오줌을 쌌기 때문에 온통 축축했거든요. 아버지는 균형을 잃고 비틀거리더니 계단 아래로 떨어졌어요. 그게 마지막이었죠."

"그래서 어떻게 했습니까?"

헨리는 다시 웃었다.

"다시 침대로 돌아갔죠. 지하실 한번 보실래요?"

잡초밭이 된 정원을 지나 밖으로 나가다가 옌센은 걸음을 멈추고 흙더미를 발로 툭 건드렸다.

"이건 뭡니까?"

헨리는 옷에 붙은 먼지와 도둑가시를 털어냈다.

"구덩이잖아요. 혹시 어머니가 땅속에 묻혀 있나 하고 여기저기 파봤습니다. 하지만 어머니는 찾을 수 없었어요."

어스름이 질 무렵 묘지 앞 주차장에 도착한 그들은 한참을 나란히 앉아 있었다. 그러다 옌센이 일어나 차 문을 열었다.

"하이든 씨, 베티 한젠이 어디 있는지 아십니까?"

"내가 그걸 알면 지금 여기 있지 않겠죠."

"그럼 어디 있는데요?"

"아내와 함께 집에 있겠죠."

* * *

헨리 하이든은 새 소설이 나오기 전 흔적 없이 사라졌다. 소설은 예상과 달리 베스트셀러가 되지 못했다. 평론가들은 결말이 낯설고 당황스럽다고 평했다. 하이든이 사라지고 1년 뒤 오브라딘 바자리크는 모르는 사람에게서 엽서를 받았다. 거기에는 갈색 잉크에 섬세한 필체로 '한 번도 혼자인 적이 없는 것보다는 항상 혼자인 것이 낫다'라고 써 있었다.

옮긴이 김진아

1973년 전북 전주 출생. 서울 숙명여자대학교에서 교육학을 전공하고 독일로 건너가 베를린 자유대학교에서 교육학 및 연극학 석사를 취득하고 독일 두이스부르크-에센대학교에서 교육학 강사를 역임했다.
현재는 전문 번역가로 활동 중이며 옮긴 책으로는 〈백설공주에게 죽음을〉〈사악한 늑대〉〈바람을 뿌리는 자〉〈에레보스〉〈내가 미친 8주간의 기록〉 등이 있다.

미스터 하이든

초판 1쇄 발행 2016년 6월 29일 | 초판 7쇄 발행 2017년 7월 10일

지은이 사샤 아랑고 | 옮긴이 김진아 | 펴낸이 김영진

본부장 나경수 | 개발실장 박현미
개발팀장 차재호 | 책임편집 김기원 | 디자인 김가민
사업실장 백주현 | 영업 이용복, 방성훈, 김선영, 정유, 허성배 | 국제업무 박지영
마케팅 민현기, 김재호, 김동명, 정슬기, 엄재욱, 김은경 | 제작 이형배

펴낸곳 (주)미래엔 | 등록 1950년 11월 1일(제16-67호)
주소 06532 서울시 서초구 신반포로 321
미래엔 고객센터 1800-8890
팩스 (02)541-8249 | 이메일 bookfolio@mirae-n.com
홈페이지 www.mirae-n.com

ISBN 978-89-378-3873-6 03850

* 북폴리오는 (주)미래엔의 성인단행본 브랜드입니다.
* 책값은 뒤표지에 있습니다.
* 파본은 구입처에서 교환해 드리며, 관련 법령에 따라 환불해 드립니다.
 단, 제품 훼손 시 환불이 불가능합니다.

북폴리오는 참신한 시각, 독창적인 아이디어를 환영합니다.
기획 취지와 개요, 연락처를 bookfolio@mirae-n.com으로 보내주십시오,
북폴리오와 함께 새로운 문화를 창조할 여러분의 많은 투고를 기다립니다.

이 도서의 국립중앙도서관 출판예정도서목록(CIP)은 서지정보유통지원시스템 홈페이지(http://seoji.nl.go.kr)와 국가자료공동목록시스템(http://www.nl.go.kr/kolisnet)에서 이용하실 수 있습니다.(CIP제어번호: CIP2016014402)